干潟の光のなかで

ハンス-ヨゼフ・オルトハイル著
鈴木久仁子訳

エディションq

干潟の光のなかで

第一部

第一章

一七八六年のある秋の夕暮れ、風はなく大気は澄み渡っていた。パオロ・ディ・バルバロ伯爵は数人の猟師を連れて干潟で鴨猟をしている最中に、はるかかなたのヨシの中に黒い影が揺れているのに気がついた。めったに人の行かないあたりだから、始めは、何かの間違いかと思ったが、じっと目をこらすと、暮れなずむ明かりの中に浮かんでいるのは船の影のようだ。

「おい、変なものがあるぞ」

皆いっせいに、どうやら主のいないらしい小船の方に目を向けた。このあたりではもうほとんど使われていない古い型の漁船が、干潟のぬかるみに半分埋まっている。

「あそこまで近づいてみよう」伯爵の言葉に、男たちは黙ったまま武器を取り直し、ゆっくりと、不気味な黒い物体に近よった。濃い緑色のヨシの中に、絵筆をひとはけしたような黒い影。

パオロ・バルバロが干潟で猟をするのは年に数回のことだ。裏に毛皮を張ったマントを着こみ、漕ぎ手の隣りに座って、周りで起きることに神経を集中させる。猟銃の手入れをする男たちを包む緊張と静寂。突如飛び立つ一群の鳥の羽音。青空に打ち出される花火のような猟銃のキラメキ。倦むことなく追いつづけた獲物を水の中から引き上げる猟犬の力強い跳躍。何ひとつ見逃さないようにじっと見つめている。

以前は自分でも銃を手にしたが、見ているだけのほうがずっと楽しいことに気がついてからは、猟銃を持つことはなくなった。じっと観察していれば、たとえ自分で獲物を撃ち落とさなくても、猟師たちとすべてを一緒に体験している気分になれる。

彼は、秋になると街から遠く離れた猟場にやってきて、単調ではあるがきっぱりした毎日を送る内向的で無駄口をたたかない猟師たちが好きだった。街に住む彼の友人たちはたいがい口数が多く、硬い座席にじっと座り黙って見ているなどということはできないし、寡黙で無愛想だが人のよい猟師たちのよさを分かろうともしないが、彼は、この物静かな男たちと一緒にいるのが楽しみで、狩猟小屋の大きな暖炉のそばに用意される素朴な食事もともにする。そして報酬はたっぷりとはずむ。

いつの間にか、あやしげな小船のところまで来ていた。男たちがとつぜん声高に叫ぶのを聞いて、思わず腰をあげ小船の中をのぞきこんだパオロ・バルバラの目に黒い髪をした背の高い若い男の全裸死体が飛び込んできた。まぶたはただれ赤く膨れ上がっている。長いこと太陽にさらされていたせいなのか、体一面焼け焦げたようになっており、両手を広げ、仰向けに横たわっている。だが、全裸とはどういうことだ？　無理やり脱がされたのだろうか？

パオロは、猟師をふたり小船に乗り移らせた。重い死体をひっくり返してみても、暴力を受けたような痕跡は見えなかった。船の中には、他に何一つ見当たらない。この孤独な死体は、素性や運命を示すようなものを何一つ身につけていなかった。思いもよらぬものを発見して、すっかり興奮した猟師たちがささやき交わし、この若い男に起きた出来事をあれこれ推測している間、彼は落ち着かない気持ちで死者をじっと見つめていた。

誰もこの若い男を知らなかったし、見たこともなかった。おそらく暴力を受けて死んだのだろうが、それにしては死体の様子がどうも腑におちない。パオロはマントを脱ぐと、体の下に敷くように命じた。

若者が濃いグリーンのビロードのマントに包まれると、自分の気持ちを落ち着かなくしているものが何なのか、パオロはすぐに分かった。類稀《たぐい》なる、その美しさ。それが彼を混乱させた原因だった。黒っぽいマントを背景に横たわる死体は、まるで解剖図のモデルのようだ。腱と筋肉は、過酷な肉体労働に慣れた男のものだが、顔の造りは繊細で、上流階級の子息といっても通りそうだ。だが、舞踏会やローソクの明かりに照らされた祝宴の広間で退屈そうな視線をさまよわせる良家のぼっちゃん連中は、こんな見事なたくましい体をしていない。けれど、庶民の出というには、黒く長い髪の毛の手入れが行き届きすぎている。絹のような光沢を帯びた巻き毛は、おそらく毎日櫛が通っていたにちがいない。

供の男たちが騒ぎだした。パオロは何か言わなければいけないし、この死者をどう扱うか、早急に決めなければならなかった。だが、事態がはっきりするまでは、秘密にしておくほうがよいのではなかろうか。街に運べば大騒ぎになるだろう。このめったに人の来ない、目立たない場所のほうが、野次馬の目から死者を守るには好都合なのだが……そうだ、聖ジョルジョ・マジョーレ修道院はどうだろう。院長とは懇意にしているから、一緒に知恵を出し合うこともできようし、じゅうぶん注意して、信頼できる他の人物に事件を知らせれば、謎を少しずつ解明できるかもしれない。パオロは、ゆっくりと静かに話しだした。

「いいか、みんな。このことを、誰にも話すのではないぞ。もし、ひとことでも漏らしたら重い罰を受けることになる」

この男たちは信頼できる。事件を公にすることは、彼らにとっても都合が悪いはずだ。人々は、事件と彼らを結びつけるだろうし、捜査が開始されるだろう。ヴェネチアの当局は恐れられていた。

男たちは、伯爵の言うとおりとばかりうなずき、黙々と小船を自分たちの船の艫につないだ。伯爵の言った言葉は、まさに彼らが言って欲しいと願っていた言葉そのものだった。

パオロは漕ぎ手の隣りにまた腰をおろした。猟は台無しとなり、二艘の船は一段と静寂さの際立つ干潟のなかをゆっくりと進んでいった。謎に満ちた事件が起きたのも、発見者に、この謎を解き明かす使命を与えたのもこの静寂のせい、そんなふうな静かさだった。

彼はときどき繋がれた小船を振り返った。裏に毛皮を張ったマントの前が開き、裸の死体が見えているのに気がつくと、硬直した体が動物のやわらかい毛皮でおおわれるように、包み直すことを命じた。死者を深い運河の底に沈めることができれば、それが一番好ましいのだが……この死者は、何やら禍々しい得体のしれない恐ろしいものを発散している。

猟師のひとりが小さい声で歌いだし、パオロは鏡のようになめらかな水面をじっと見つめていた。そこここに生い茂った草木が、薄紫色や黄土色の小さな島を作り上げ、堆積した深い泥の上の水面はじっと動かず、空をくっきりと映しだしていた。

第二章

パオロ・バルバロは、聖ジョルジョ・マジョーレ修道院の回廊で、院長が必要な手続きを済ませて戻ってくるのを待っていた。院長は、こんな事態には慣れているといわんばかりに、びっくりするほど冷静に行動しているが、彼の方は相変わらず内心うろたえていた。指は冷たく手が震えているのが自分でもわかり、それが彼をイライラさせた。実のところ、こんな死者など彼にはなんの関係もないのだが、あの姿が目に焼き付いて離れない。そうすれば、何もかも片がつくとでもいうように、うろうろと歩きまわり、時々無意識に首を振っている。

院長が急ぎ足でやってきた。ふたりは抱き合い心をこめて再度のあいさつをする。親しい友人どうしではあっても、ここ数ヶ月会っていなかった。

「院長はどういうふうに考えるかね?」

「あの若者は、絵に描かれた聖人のようだ。祭壇画の像のように見える」

「わたしもそう思ったよ。それで、この死せる美をどうしたらいいだろう?」

「ていねいに埋葬してやろう。そして沈黙だ」

「自然死だと思うかね? わたしにはそうは思えないのだがね。それに、どこの誰だかくらいは調べないといけないのではないかな」

「いや、その問題は追及しないでおこう。埋葬して、そして彼の魂のために祈ってやろう」

「ひょっとしたら、厄介払いされたのかもしれないし。おそらく、一日中、水の上で漂っていたのだろうな」

「そうかもしれないが、だからどうだって言うのかね？　死んでいるのだからな」

「あの男の髪を見たかね？　あんなに手入れの行き届いた髪は初めて見たよ」

「そう、髪の毛ねえ……そういうことにこだわるのはよそうじゃないか。埋葬して、そして忘れる。それ以上のことはしてやれないよ。へたに詮索などしようものなら、役人がすぐ首をつっこんでくる。そして、ここに居座って、何週間も油を売っていくさ。カード遊びをして、くだらぬ御託を並べ立てる。食べさせるのはこっちだしな。あの連中がここに乗り込んできて、われわれのポレンタ（訳注：イタリア風トウモロコシ粥）に襲いかかる様が目に浮かぶよ」

「そんなにしょっちゅうポレンタを振舞ってやっているのかい？」

「あの連中が悪事に走らないようにね。まあ、ポレンタとリゾットでじゅうぶんだが。変化に富んだぜいたくな食事を取ると人間はみだらになるし、それが続けば続くで、また別の不平不満もでてくる。満ち足りた生活というのは簡素でつましい生活のことで、いっさいの変化を厭うものだよ」

「またまた、冗談言って！」パオロは笑った。「だとしたらわたしは幸福な人間ということになるじゃないか。自分の屋敷のなかで、きみのところの修道士と同じようにひっそりと暮らしていて自堕落とは縁がない。毎週一度ミサに出かけて行き、時々国のために働くだけだ。口にするものといったら、ねずみがチーズをひとかけするのと変りないくらいなのだから」

「それは違う。きみは幸福な男とは言えないさ」

「へえ、そうかい？　どうしてそう思うのかね？」

「結婚していないからだよ。君のばかでかい屋敷には細君がいないよ、とりわけ子どもたちが欠けている。君たち、高貴な家柄の殿方たちは、いったい何を考えているのだろうね。家系の絶える家が後をたたない。それというのも、少なくとも息子のひとりを結婚させるのに成功しないからだ。君の母上は、君の良心に訴えてほしいと、わたしにくれぐれも頼んでいったのだがね。その母上が亡くなってから、もう二年だ。父上が亡くなったのは十年も前ではないか！　四六歳にもなる男は、結婚していなくてはいけないのだよ。それとも何かい、弟のほうが先に細君を娶ることになるのかな？」

「アントニオは、まだイギリスだ。今は公使館の書記官をしているが、一年以内に公使の職につくだろう」

「アントニオがいないことが、君にはこたえているね。見ていると分かるよ」院長は右手をパオロの肩に置いた。「もっとわたしを訪ねてくれなくてはいけないよ。蒐集した美術品のことばかり考えていないで。絵は生きていないからね」

「絵画は命を持っているよ」パオロはさえぎった。「絵に暗い人間はそういうことを言わないでほしいね」

「そうだな。だが、悪気があって言ったわけじゃないさ。君が、豪壮な屋敷の一室にじっと座って絵を見ているのを想像するとね。太陽の光もめったに差し込まないし……」

「絵を見るときは、部屋を暗くするのさ」パオロは素っ気無く言い返した。院長は肩から手を放すと、尋ねた。

「夕飯までいるかね？」

「ポレンタかい？　それともリゾット？」

「魚入りリゾット」

「けっこうだね。だが、その前に、われわれの聖人にもう一度お目にかかりたいものだ。どこに、安置したのかね？」

「病室のひとつだ。エンニオ修道士が清拭をしてくれているよ。最後のときには、みんな子どものように清めてもらうのだよ。ついてきたまえ」

ふたりは回廊を横切り、狭い階段をのぼり、長い廊下を歩いてから、小さな扉をくぐって病室に入った。その部屋は、死者の横たわる台のすぐそばに置かれた太いローソクだけが唯一の明かりだった。壁には暗紅色の布が張ってあり、小さな木の丸テーブルに、水の入ったデカンターとグラスがひとつ置いてある。その他には何もなく、待つという行為以外、何もできない部屋という趣であった。——彼らは、本当によく心得ているよ。何が起きようが、ちゃんとそれなりの作法がある……パオロは内心舌を巻いた。

エンニオ修道士は、ふたりに気がつくと一瞬手を止めたが、院長の合図に、またすぐに清拭をつづけた。死体がスポンジでていねいに清められる様を、パオロはじっと見つめた。両の目から、塩のなごりは取り除かれたが、皮膚はどこもかしこもひび割れている。修道士は平然とした顔をしているが、貴重な芸術作品から、熟練した技が必要な緑青を取るときのように、慎重に作業している。死体に近づく勇気はないのに、どうしてもう一度見たかったのだろう？　パオロは考えてみた。母の死以来、目をそむけてきた死というものに慣れようと思ったのだろうか。

院長は祈りを始めようと手を広げた。エンニオ修道士が、重いものでも持ち上げるかのように、死者の右手を持ち上げた瞬間、その場にいた三人が三人とも、深いうめき声をはっきりと聞いた。それはまるで、長い眠りからようやく覚めた者が、正しい声域を見つけようとしているかのようなうめき声だった。

エンリオ修道士は、持ち上げていた腕を落とすと後ずさり、壁にもたれかかった。院長は友にすがりつこうとした。パオロはただひとり、かすかに動いている体に近づいていった。

「生きている」彼はそっとささやくような声で言った。口はカラカラ、息がつまりそうだった。心臓がドキドキしているのが分かるほど緊張しているのに、こんなに確かに言葉が出てくることが不思議でならなかった。それと同時に、内心の喜びが、この緊張をゆっくりと脇へ押しやるのを感じた。喜びの波が心のなかにわきあがり、それがあまりにも激しく、我を失わないでいるためには、しばらく体をかがめていなければならなかった。彼自身が思いもよらぬ奇跡の一部になったようなそんな感じであった。

三人は、蘇った男が目を開けようとしている様をじっと見つめていた。だが、そうすることはとても苦痛をともなうようで、ガクッと頭が横に下がった。

「医者を呼んできてくれ」院長がエンニオ修道士にささやいた。

パオロは本能的に水差しが置いてある机に向かうと、コップに水を注ぎ、ふたたび動かなくなった若者の唇にコップを押し当てた。すると、ぼってりと膨れ上がり、ひび割れた二枚の帆立貝のような唇が、ほんのかすかに、ほとんど気がつかないくらいかすかにピクッと動くのが感じられた。それは、ほんの短い時間くり返し起きるけいれんのような動きにすぎなかったが、彼の心に、はるか昔から感じたことのなかった種類の喜びを蘇えらせた。水は、ひもに連なる小さな真珠玉のように、開いているかいないかわからぬくらいかすかな隙間を通り、一滴一滴なかに落ちていく。だが、もう少し多めに垂らしてみると、首の左右に流れおちていった。

蘇った男の胸が一瞬盛り上がり、またうめき声がもれた。それから、規則正しい静かな息づかいが感じられるようになった。それはまるで、待ち望んだ眠りをやっとのこと手に入れたかのようなおだやかな息づかいであった。

エンニオ修道士が連れてきた医者はただちに若者の診察を始めた。院長はパオロの腕をとり、ふたりは部屋を出た。

「どう思うかね?」院長がささやいた。「彼は死から蘇った」

「あの若者が天国に昇ったとしても、わたしは驚かないね」パオロは応じた。「喜びの鐘を撞かせるべきだよ。我らが街に、ついに新しい聖者がやってきた。古き聖マルコ（ヴェネチアの守護聖人）をじきに顔色なからしめるとね」

「さて、事態はわれわれに関わってくるだろうね。抜き差しならないことになるような気がするよ」

「とっとと埋葬してしまったほうがよかったかな?」

「そんなことは言ってないぞ」院長はニコッとした。「こんなふうに生き返った者は往々にして説教をはじめるってことが分かっているのでね」

「それはまずい。あの男はいろいろな災厄をもたらすかもしれないが、なかでもそれが一番悪い」

医者が部屋から出てきた。芝居がかった身振りで、おおげさに首を振っている。

「呼吸は正常だし、心臓も規則正しく動いています」

「それで、いったい、どう説明してもらえますかね?」パオロが尋ねた。

「説明? そんなものできませんよ!」

「奇跡だなんて言わないでくださいよ。そちらの方は、わたしの友人の専門ですからね」

「時にこういうことが起こります」医者の返事はおぼつかないものであった。長いこと忘れていた知識を思い出そうとするのか、ことさらゆっくりと話す。

「非常に稀ではありますが、こういうこともあります。万にひとつとでも言うべきでしょう。一種の仮死状態です。呼吸は感じられないほど弱く、心臓の機能も低下して、生きているのに死んだように見えるのです」

「どうやったら、そういう低レベル状態になれるのです?」

「それは、まずほとんど分かりません。あの男は、何か毒物を飲んだのかもしれないし、頭に傷を受けたのが原因となることもあります。二、三日中に、もっとくわしく調べてみますが、目下のところ、彼には安静が必要です。手当てはわたしがします。何が起きたのか、自分で説明ができるようになるまで、傍を離れないようにしましょう」

「時間はどのくらいかかるかね?」と院長が尋ねた。

「二、三日でしょうね。わたしの指示どおりにしていただければですが」

「エンニオ修道士に入用なものを言ってください」

ふたりはゆっくりと廊下を歩いていった。この謎を解明する手がかりをなんとか見つけたいという思いで、ふたりとも黙りこんでいた。

「あの若者はマントヴァ（イタリア北部の都市）の王子だよ」パオロはささやいた。「母親を妊娠させて、干潟に捨てられたのさ」

「よしてくれよ、パオロ。彼は海の使い、魚も耳を傾ける聖人だよ」

「うん、そういう説も悪くない。けれど、だとしたら、魚が彼を陸に運んでこなかったのはなんでだろう？」

「聖ペテロが反対したのさ。聖ペテロは、こういうことではやきもち焼きだからね」（訳注：聖ペテロは漁師だった）

ふたりは、また回廊のところに戻ってきた。パオロは、ちらっと星を見上げて言った。

「今は何も食べられないな。ポレンタもリゾットもだめだ。まして、魚入りリゾットなんかまっぴらごめんだ。わかるだろう？」

「わかるさ」と院長が応じた。「だが、近いうちにまた来てくれるね？　約束してほしい」

「我らが復活者と話せるようになったころに来てみるよ」パオロはにっこりとした。「そうしたら、何かふさわしいものを食べようじゃないか、たとえば、マトウダイ（語源：ペテロの魚から。十二使徒のひとり聖ペテロは漁師であった）などどうだい」

「待っているよ」院長は、修道院づきのゴンドラの船頭が待っている場所まで友人を送っていった。ふたりは、また抱き合って別れのあいさつを交わし、パオロは黒塗りのゴンドラに乗り込み、屋敷へと帰っていった。

第三章

次の朝、パオロの目覚めは早かった。この数ヶ月、日の出とともに目が覚めてしまい、長くは寝ていられない。寝室の窓には厚いカーテンがかかっており、そのうえ木製のよろい戸が閉まっているのに、朝一番の太陽の光線は、彼の脳に到る秘密の道を知っているようだ。部屋は真っ暗でも、彼は早朝の光明をとつぜん、非常に強く感じる。まるで、彼を元気づけるために、明かりが頭のなかに入り込んでくるようである。

彼は目に見えない光線に起こされるとすぐに窓辺に行き、よろい戸をすこし開けて、朝の空気を部屋のなかに入れた。風が入ってくると、けだるそうにもう一度ベッドに横になった。こうしていると、この家の冷え冷えとした感じが伝わってくる。

毎朝彼は、この冷たさにのろのろと抵抗しながら起床した。この豪壮な建物に生気を吹き込み、その一日を肩に担うのは自分の義務だ。

早朝の物音が聞こえてきた。朝のあいだは、運河の水音もまだかすかでさわやかだ。近くの市場から売り子の声がする。甲高いかもめの鳴き声が運河に響きわたる。

階下では、玄関ホールに続く大きな扉がちょうど今開けられたところだ。貨物用の船を繰って屋敷の中に入ってきた男たちの声がかすかに聞こえてくる。そこで品物を卸し、貯蔵室に置いていく。

わずかな光線が部屋に入り込んできて、青いカーペットの上に、ねっとりとへばりついている。ベッド脇のテーブルでは手燭がまだ燃えている。

パオロは身じろぎもしなかった。この朝早い時間の数分間だけ、彼は何事にもまどわされずに、全てのことに関わりあうことができるのだった。だから、この時間が好きなのだが、召使いはだれひとりとして、自分たちの主人がそんな時間を持っていることに気がついていなかった。だが、命令をくだしたり指示を出す必要のないこの僅かな時間が過ぎると、やがて徐々に日常が動きはじめる。

数分後、彼は起き上がると、軽い絹のコートをはおり机に向かった。この幅の狭い文机は以前は母親の部屋においてあったもので、引出しは動きがわるく開け閉めに苦労する。この引出しの中には本が一冊だけしまってあった。彼は、自分の考えをこの本からの言葉で裏付けしたいという気持ちもあって、毎朝いっとき、ほんの数行だけだが読むことにしている。パラパラとページをめくり、二、三の語句が目にとまるのを待つ。

ひとり、物思いに沈みながら、ゆっくりと正確な足どりで、私は歩む
荒涼とした大地を
両の目を、いつでも逃げ出せるように準備しておく。
人間の足跡が見える、砂に刻まれ……

なんとなく愛着があり、ペトラルカの詩を好んで読んだ。四百年以上も前にこのヴェネチアに生きた詩人ペトラルカ。四百年といえば大昔だが、パオロには自分が若者だった頃の過去のように思える。この街には何ひとつ滅び去ったものはなく、現在だけが存在している。聖マルコの遺体をオリエントから取り戻したときに始まった老人の現在が。あの時からこの街は、年寄りのにおいを、しぶく柔和な老人のアロマを吸い込むだけ吸い込み、すべての若者、あらゆる新しいものを駆逐している。

パオロは本をわきへどけた。「ひとり、物思いに沈みながら」とは、なんと美しく冷静な響きを持つ表現だろう。

昨日の夜、彼は「ひとり、物思いに沈みながら」家へ戻り、召使いの短いあいさつを受けてから、部屋へ引っ込んだ。あまりよく眠れなかったし、朝になっても、前の日のできごとが頭から離れなかった。誰かとあのことを語り合いたかったし、誰かにあのことを伝えたかったが、そんな相手はいなかった。

彼は本を引き出しにしまい、紙を数枚とりだした。ペンとインクつぼを持ってくると、絹のコートのひもを締めなおし、書き始めた。

「親愛なるアントニオへ

おまえに昨日のできごとを知らせなければなるまい。わたしは、おまえも知っているペレストリーナ（ヴェネチア近郊の村）の猟師たちと猟をしていた。

干潟での猟は、年々ますます大きな喜びとなっているが、なぜそうなのかは、今度会ったときに話してきかせよう。昨日、太陽が沈む直前、われわれをびっくりさせることがあった。一艘の船が……」

弟は、それとなくほのめかしただけでも充分理解する。ふたりは一緒に成長した。歳は二歳しか離れていないが、アントニオは多くの点で、ずっと若々しかった。動作は機敏、何事にも積極的で、社会のなかで華々しく生きており、早くからいろいろな国へ出かけている。ふたりは、たいがい年に二、三度会うくらいだが、おかしなことに、おたがいよく理解しあっていることを思い出すには、短い時間会えば充分だという点で意見が一致していた。長い時間いっしょにいると、仲良くしてはいられないのかもしれないが、いずれにせよ、それを試してみようとはしなかった。アントニオは帰宅して、一家の諸問題を、経験豊かなふたりの実業家どうしのように相談し終えると、来たときと同様フイと消えてしまう。ふたりは、一家の富を増やすことに成功したが、将来のことを話しあうことはなかった。ふたりとも、この不確かな時代にうまく対応できていないことを知っていたし、あらゆることが根本から変わることもありえると思い、それをひそかに恐れていた。

パオロは昨日の事件を書いたことで気持ちが楽になった。人は、一行書くごとに、事件の影響から遠ざかり、事件をはるかかなたに追いやることができる。宛名人の住むはるかな地に。

手紙を書き終え、もう一度ざっと読み直して封をすると満足して、引き出しにしまった。窓をひとつ大きく開け、だんだんと活気がでてきた日々の物音にちょっと耳をかたむけてから、召使いにチョコレートを持ってくるように命じた。

服を着替え、新鮮なクリームでとろっとした甘い飲み物が来るのをジリジリしながら待ち、そしてそれを、一さじずつ、スープのように飲んだ。わざとぐずぐず時間をかけたが、大きな屋敷のあらゆる角で、自分が待たれているのは分かっている。姿を見せる時間だ。彼は寝室を出ることにした。

薄暗い着替えの間のドアを開けると、つぎつぎと続く部屋が見えるが、そこはまだ、朝の静寂に包まれている。天井一面に「四季」の絵が描かれている小さなサロン。だが、華やかにそして傲慢にニンマリするファウヌス（上半身は人間、下半身はヤギの姿をしたローマ神話の森の神）や花の衣装をまとって踊る娘たちのあっけらかんとした明るさは、彼の好みではなかった。

それから、大きな食堂がつづいている。ムラノ島特産の豪勢な燭台がおかれ、どこを向いてもやたらと大きな鏡が張ってある。天井は、もっとも神聖な場所だ。バルバロ家を神格化し崇め奉っている。勇敢なる軍司令官、まっすぐ天に昇る天使たち、町一番の旧家のひとつであり、ローマ時代にその起源をさかのぼる一族の名声を称えている。

その先は、全体の雰囲気が緑色のサロンとなっている。ここも壁一面、祖先の勇敢な行為、キプロス沖での勝利の海戦、使節団のコンスタンチノープル入城や一族のひとりがローマのポポロ広場へ威風堂々と到着した様などを描いた絵画で飾られている。

こうして早朝のひととき邸内をめぐると、果てしなく広がる過去に連れ戻される。一部屋一部屋歩いていくごとに、この王朝の玉座を耐えしのばなければならないような気持ちになってくる。

そして最後が大広間だ。運河に面したバルコニーと庭園に面したバルコニーを持つ、建物の表から裏まで突き抜ける大空間であり、どっしりした格天井に描かれた絵は、英知と忠節そして安定を明るく高く歌いあげていて、部屋に足を踏み入れる者に強い印象を与える。そして圧巻は、迷路のように枝葉を伸ばしている一族の家系図だ。無数の幹と枝を有する天を突くような巨木だが、現在の当主パオロ・ディ・バルバロと彼の弟アントニオに到るまでに所々間引かれており、別の樹の枝と結ばれるのを待っているように見える。

広い階段が一階にある玄関ホールまでつづいている。ここの大きな門は鉄製で運河に向いて開き、貨物を乗せた船やゴンドラは屋敷の中まで入れるようになっている。

満々とした水は、太陽の光線を受けて明るいみどり色にかがやいており、ホールから水辺につづく狭い階段は、藻が張りついて滑りやすくなっているが、その気になれば、魚が広い空間を求めるように、ここから水にもぐることもできる。水面から一段高いところ、左右に、貝の形をした台座の上に一族の祖先の男性の大理石像がいくつか立っている。屋敷で祝宴が開かれるとき、ここで船を下り、何百ものたいまつで明々と照らし出されたホールに向かう客人たちは、彼らの出迎えを受けるのだ。ホールの反対側は大きな庭園に面しており、パオロは毎朝この庭を短時間だけ訪れる。

宮殿から伸びるいくつかの小道は敷石道だ。ひとつの小道は木々の間に隠れるようにひっそりと立っているあずま屋へ、ある道はざくろの樹の小さな森へ、また、一本一本まっすぐ立っている糸杉のところへ、あるいは松の立ち並ぶところへ、夾竹桃の林へ、そして、月桂樹の生垣がめぐらしてある別の道へと続いている。その道のところどころに、小さな像がふいに現れる。にっこりと微笑んでいるニンフや子どもの帽子をかぶったキューピット。さらに奥に進むと、睡蓮が浮かぶ大きな池に突き当たる。この池のふちには、ひげもじゃのポセイドン像が長々と寝そべっている。そして、池のうしろ、庭園のなかでもっとも薄暗い神秘に満ちた静かな場所に、二方向から四段の階段で上れるようになっているガラス張りの小屋がある。この中には、丸テーブルがひとつと半円形のベンチがふたつあるだけで、そのガラス窓は、てっぺんまで枝を伸ばしもつれ合い、あてもなく空に突き進む藤づるにすっかり覆われている。

パオロが朝の散歩にこんな所まで来ることはなかった。子どもの頃何度かこのガラス張りの建物まで来てみたことがあるが、ここは、父親が、誰にも聞かれてはならない内輪の話を友人や知人と密かに交わす空間であった。もう長いこと、ここに足を踏み入れた者はなく、祖先が遠方から持ち帰り、長い年月の間に名前すら忘れられたが、庭師が相変わらず手入れだけは続けているたくさんの植物と同じように、古き過去のものとなっている。

この町のご大家がすべてそうであるように、バルバロの一族も商取引で金持ちになった。東地中海に自前の船団を所有して、アレクサンドリア、コンスタンチノープル、クレタそしてキプロス間を絶え間なく動き回った。けれど、商売が盛んであった時代はもうはるか昔のことで、資産はだんだんと土地所有に変わっていた。広大な地所、ぶどう畑、領地。これらの土地を管理する人間がもうすぐ図書室に現れるはずだ。彼は、さわやかな図書室を仕事部屋にしていた。

彼は古い建物よりも広大な庭園のほうに愛着があった。朝早い時刻、大地や植物のにおいを胸いっぱいに吸い込みながら、つゆにぬれた草々の間をゆっくりと歩きまわる。しっかりと安定した花開く大地がまだあることを確かめたい気持ちなのだが、この水の都ヴェネチアではそういう土地は干拓でしか手に入らない。庭を造り直したのは彼の父親であるが、その時には、赤褐色の粘土質の土を大量に運び入れ、対岸のイストラ半島から石を、山岳地帯から大理石を持ってきた。パオロは、ひっそりと隠されていて、よそから来た人間にはなじみがたい、この見事な庭を維持する努力は惜しまなかった。何もかも水の中から取り出してこなければならないか、または、無理やり水のなかに押しこまなければならないこのヴェネチアでは、土いじりと名がつけばどんなものでも贅沢だ。

高い壁と生垣がめぐらされている庭園は、どこからも覗き込まれることはないが、ただ一ヶ所、四本の細い木の柱で支えられた隣家のナルディ家のバルコニーからはわずかに見える。ナルディ家は古い家柄の貴族ではなく、ほんの四百年ほど前、ジェノヴァとの戦争で物入りとなった国が、大枚をはたいた人間に貴族の称号を授与したときに、金で貴族の仲間入りをしたのだった。ナルディ家がバルバロ家に太刀打ちできないことは誰もが知っていたが、ナルディ家当主は、自分の屋敷の部屋も勝利をおさめた海戦の絵や、一家の名声を天にはばたかせ、高らかに歌いあげる寓意画で飾り立てるのに一生懸命だった。

だからパオロ・ディ・バルバロは、自分のところと同様身内の少ないナルディ家の人々を祝いの席に招くにためらいはしないが、いつも距離をおいていた。ナルディ家の当主ジョヴァンニが八十歳に近い老人で、自分の父親より十年も余分に生きているという事実も不愉快だった。こんなに気難しい文句の多い人間が、こんなに歳を取れるというのはまったく理解しがたい。幾度も幾度も重病だ、ほとんど死にかけていると思われたのに、その都度蘇ってくる。

パオロは、自分の姿が見られていないことを確認しようと、ナルディ家のバルコニーをチラッと見上げた。思いがけずそこには召使いの女がひとりいて、バルコニーの手すりを拭いている。パオロは見られないように、糸杉の後ろに引っ込み、女のしていることを目で追った。女はバルコニーの床にじゅうたんを敷き、テーブルといすを運び込み、手すりに掛けてあったカラフルな旗のような毛布を広げている。

バルコニーの仕事が済んでもだれも出てこないのを見ると、パオロは糸杉の陰から出て、玄関ホールへ戻った。もう一度ちらっと庭を振り返り、急いで階段を上った。階段の上で召使いのカルロが待っていた。

「おはようございます、旦那さま」

「ああ、おはよう。何かあったかね？」

「町じゅう、奇跡が起きたと大騒ぎですよ。聖ジョルジョ・マジョーレ修道院で死者が蘇ったんだそうです」

「そんな作り話を信じているのか？」

「水のなかで死んでいるのを見つけて、それで……」

「誰が見つけたのかね？」

「さあ、知りません。たぶん僧侶じゃないですか。祈ってやろうとしたら、死者が起き上がって、部屋を歩き回ったとか。まるでキリスト様じゃないですか！」

「起き上がって、歩きまわったって？」

「そういう話です。その聖人がどこからおいでになったか、誰も知りません。とてもハンサムで、ご婦人がたは彼を見ると、顔を赤らめ目をそらすそうです」

「ご婦人がたが赤くなるって、いったいどこのご婦人がたのことだね？」

「日の出とともに、巡礼がはじまったんです。その謎の人物にふれようと、ゴンドラで島へ渡っています。子どもや病人を連れて、祝福を受けようと」

パオロはカルロをじっと見つめ、微笑もうとした。奇跡は、彼が思っていたよりずっと早く町じゅうに広まっていた。彼は首をかしげ、奇妙な知らせにおどろいたようなふりをした。

「それで、カルロ。おまえはどう思っているのかね？　そのどこから来たか分からない男は、ほんとうに聖人かね、それともいかさま師かな？」

「聖人ですとも、伯爵さま！」

「ほう、どうしてそう信じられるのかね?」

「ヴェネチアに今ほど聖人が必要なことはないからです」

パオロは、くだらぬ知らせはもうたくさんとばかり、きびすを返して図書室へと消えた。することがある。二、三時間は仕事をしなければならない。

第四章

午前の遅い時間、カテリーナ・ナルディはバルコニーから、サン・マルコ寺院を通り過ぎ、聖ジョルジョ・マジョーレ修道院へ向かうゴンドラが数珠繋ぎにつながっているのを見ていた。修道院はまるで磁石のようにゴンドラを引きつけ、船着場でただようゴンドラは、ゆらゆら揺れる黒いぶどうの粒のように見える。

カテリーナはしばらくその光景を見つめていた。年寄りの乳母ジュリアは、彼女のためにバルコニーを飾り立てておいてくれた。親元に戻ってきた娘を迎える場所ははなやかにしておかなければいけない。おおかたの貴族の娘と同じように、カテリーナも生後数ヶ月でジュデッカ島にある修道院に預けられ、二十年以上も尼僧に育てられた。尼僧は、誰もかなりくたびれた年寄りばかりだが、養育費はしっかり取られている。歌や読み書き、算数それに裁縫を習った。修道院の庭の木々が伸びるのが見えるような気がするほど、歳月はとてつもなくゆっくり過ぎていった。

大きな祭日には親を訪ねることが許され、その時には、二、三日、ふだんは誰も住んでいない部屋に帰ってきた。それは妹ふたりも同じだった。

ジョヴァンニ・ナルディは最初の妻を早くに亡くしていた。二番目の妻はずっと年若で三人の娘をつぎつぎと生んでくれたが、跡取りの男の子はできなかった。この妻も、三女を生むとまもなく亡くなった。ジョヴァンニ・ナルディは身の不運を泰然と受け入れたから、ナルディはふたりの妻も娘三人も忘れてしまっていると、かげぐちをたたく者もいたが、それも、彼が、長女のカテリーナを手元に呼び寄せると言いだすまでのことだった。彼がそう望むのは、彼を椅子にしばりつけている不自由な体のせいだと、たいがいの人は考えた。彼は、一日中、あっちへ押してもらい、こっちへ運んでもらわなければならなかった。窓から窓へ、たえず場所を移動する。まるで、そうしなければ、はげしい不安を抑えられないようにみえた。

彼はふと気がついたようにカテリーナのことを思いだすと、明けても暮れても、「一番美しい長女」のことしか話さなくなってしまった。お迎えが近いとこういう気分になることがある、という医者の薦めで、カテリーナに使いが出された。

カテリーナに会いたいという父親の願いは、当の娘には、命令以外の何物でもなかった。彼女は、二度と修道院には戻らないでよろしいという約束を父親から取り付け、父親はそれを文書にして渡さなければならなかった。娘は、自分で作った契約書に父親がサインをすると、最後の日々をそばにいることをやっと承諾した。

彼女は、修道院での日々に終止符をうちたくてならなかったから、内心、歓声をあげていた。同じようにここで養育されている女生徒たちと、ふきげんそうな顔をして要求ばかりするくせに、何も教えてくれない尼さんたち以外の誰とも会えない、たいくつな苦難の日々を終わりにしたかった。

だが、それも昨日までのことだ。カテリーナ・ナルディは、家へ、これからともに作り上げる帝国へと帰ってきた。幸いなことに乳母のジュリアがずっといてくれた。父親とふたりの妹を除けば、自分の誕生以来ずっとこの家にいるのは彼女だけで、早くに亡くなり、今はもう話題にも上らなくなっているふたりの母親の代わりともいうべき存在である。

カテリーナは手すりにもたれかかった。はるかな水平線まで見渡せる眺めのよいこのバルコニーは、帰宅した初日にまさにぴったりの場所だ。

外の雑踏に飛び出して群衆のなかに混じりたい、それが彼女の一番の望みだった。その次が、最新のニュースを聞きまわること。サン・マルコ広場へ飛んでいって、外国人がおおぜい立ち寄る茶房や商店へ行ってみたかった。広く世界を旅して、素敵な服を身につけている外国人と知り合いになりたくてたまらなかった。

だが、屋敷からひとりで抜け出すことなどできない相談だった。若い未婚の貴婦人は、街中で姿を見られてはならなかった。結婚していれば話は別だ。従者チチスベオがいつもそばにいるのが当たりまえで、夫の顔はめったに見ないが、チチスベオが一日中どこへでもついてきてくれるし、女主人の楽しみの役に立ってくれる。結婚している男性は自分勝手、自由気ままに暮らしており、自分の妻は従者任せにして、それでいて自分は別の美しいご婦人のところでナイトの役割を勤めている。だから、夫と妻が一緒に姿を見せることはめったにないし、それどころか、お互いに避けあって暮らしている。けれど、こういうふうな別々の生活もカテリーナには魅力的に思えた。それどころか、誰からの制限も受けない、自由な人生のはじまりである。既婚婦人はたいがい、こういう気ままな生き方を楽しんでいる。

結婚していないカテリーナに許されるのは、せいぜい、供をふたり連れて、朝早い時間に教会へ急ぐことくらいである。視線は伏せて、周りとはいっさい関わりがないという振りをするが、心のなかはまるっきり違っている。彼女は庶民の素朴で単純な生き方にあこがれていた。魚市場を歩いてみたいし、花売り女と言葉を交わしたいし、雑踏のなかに身を投じて、新たな印象をうけとめたかった。

こういったすべてのことが禁止されているから、カテリーナはこれまで本当に生きているような気がしていなかった。街のことはうわさで、修道院の友人たちが夜こっそりささやき交わす話から知っているだけだし、店のひとつも行ったことがない。仕立て屋や靴屋でさえ、修道院か屋敷に呼んで注文している。古き良き風習は堅く守られていた。

女がこういう人生を送っているのはヴェネチアだけ、カテリーナは修道院で一緒になった友人からそう聞いていた。未婚の貴婦人は囚われの身で世間から締め出されているのに、いったん結婚すればまるっきり違って、好きなことができるのもここだけのこと、友人はそう話していた。だから、結婚は貴族の娘たちの最高のあこがれであり、修道院では、結婚が一番の話題であった。自由になるために誰かと結婚するわ、誰だっていいのよ、たとえ変な男だってかまやしないわ、どっちみち人生を共にする必要なんてないんですもの。

けれど、このバルコニーからでは、周りと関わりたくともたいしたことはできない。目を閉じて、隣近所のにおいを吸い込むことはできる。隣家の庭園からは、生き生きとした緑の香りがするし、潮の香り、海藻のにおいもする。時には裏小路にただようゴミの悪臭だってしてくることがある。こういったすべてのにおいがカテリーナの五感には楽園の芳香のように作用する。どんなにおいでも、その発生元は、彼女が恋焦がれている「命ある存在」であり、これは父親が娘の夫となるべき男を捜す決心をしてくれないかぎりは、決して手にすることのできないものだ。だが、重病人にそんな話をするわけにはいかないし、病人が娘の結婚のことを考えているのかどうか、誰にもわからなかった。いずれにせよ、彼はそんなことをひとことも口にしない。最後の情熱をクッキーを食べることに費やしていて、召使いを街じゅう駆けずり回らせている。あるいは、古い本のなかの数行を咀嚼するように思い浮かべているが、それを読んでやるのは娘の役目だった。

やっとジュリアが現れた。老女は、病人の体に、頭の先からつま先まで痛み止めのハッカ油を塗ってきたから、病人もしばらくはひとところで落ち着いていてくれることだろう。今朝方早く二時間ほど、彼女は街へ出ていた。ジュリアと代わりたかったわ。荷物持ちの下僕を連れて街へ行きたかった、カテリーナは思っても仕方のないことを思っていた。

「ごらんなさい、ジュリア」カテリーナは遠くを指さした。ゴンドラは今や二列になって聖ジョルジョ・マジョーレ修道院を目指している。「なんてすごい行列でしょう！　みんな、彼に会いたいのね」

ジュリアは右手をかざして遠くを見ると、刺繍を手にしてカテリーナの隣りに腰をおろした。

「あの方のうわさでもちきりでございますよ。とても見目麗しいお方だそうで、お目にかかると、体が熱くなるとかいう話でございます」

「いったい誰なんでしょうね。おまえ、どう思う？」

「あの方を知っているものはひとりもおりません。名前を尋ねると、アンドレアとお答えになったとか」

「アンドレアだけなの？」

「はい、そうでございます。ほとんど口をきかれないとか。ほんの数分目覚めていて、すぐまた眠ってしまったそうです。何も食べませんが、たくさん飲まれるようです。水差し何倍も飲んだとかいう話でございますよ」

「どこから来たのかしら？」

「そういう質問には答えないようです。ただ首を振るだけで、すぐ寝床に倒れこんでしまうとか」

「まあ、かわいそう！　きっと、襲われて、衣服を奪われたのよ」

「うわさによりますと、キリストのお子さまのようだとか」

「くだらない！　そういうことを言うのは、信心深いふりをしている年寄りの女のひとだけよ。その人の美しさを認めたくないのよ」

「年寄りの女で信心深いふりをしている、でございますか？　あらまあ、それじゃ、どなたかの乳母みたいではございませんか」

「およしよ、ジュリア。おまえは、そんな女のひとりではないわ。あの人たちが二十年もわたしを虐待したのよ。昼も夜も。あんなひとたち、だいきらい！　でも、こんな話はどうでもいいわ。ねえ、ジュリア、その他に今朝、街でどんなことを聞いてきたの？」

「聖ジァコモ寺院のかつら職人のひそひそ話ですけど、目の前で、オス犬とメス猫が番ったそうでございますよ。それで、メス猫が六匹産んだんですけど、そのうちの三匹は、頭が犬で、しっぽが猫だったそうで」

「そういう話はいいの！　そういう汚い話はいやよ」

「市場でロベルトに会ったんでございますよ。ロベルトは本屋の息子ですが、蛙を二十匹飼っているんだそうで、それで、その蛙にコーラスを仕込んで、いっせいにケロケロ鳴かせるとか。おかしな話でございましょう？」

「もう、ジュリアったら。修道院にいる友だちが言うようなバカな話はしないでちょうだい。あの人たちは、きっと今頃、庭の噴水のところに座って、カード遊びの真っ最中よ」

「では、どういう話がよろしうございますか？　何を話してもお気に召さないようで」

「内緒のお話。どこかでひっそりと起きたような」

「内緒のですか？　はいはい、顔が分からなくなってしまったフランセスコ坊やの話でございましょう？」

「顔が分からなくなった？　それはまた何の話なの？」

「フランセスコ坊やはボンボーニ弁護士の五人の娘のひとりに惚れたんでございますよ。その娘は、若者が訪ねてきますと、いつもかならず四人の姉妹と一緒におりますんです。それで、五人でじっと彼を見つめる。みんな、とてもよく似ておりましてね、おまけに、彼をからかってやろうと、同じようなお召し物でおりますので、彼のほうは来るたびに違う娘に恋をしてしまうんです。チアラにほほえみかけたかと思うと、次にはビアンカに、また次にはシャロッタって具合なんでございますよ。もう、何がなんだか分からなくなってしまったそうです」

「まあ、おもしろい。そういう話は好きよ。お芝居みたいだわ。彼はひざまずき、ビアンカに花束をささげる。振り向くや、目の前にチアラ。それで、それをビアンカと思って遊ぶわけね。そうやって、みんながおたがいに変身しあって、われらがフランセスコは、結局花束を五つ持っていくのね。無理してるわね。多すぎるわ。つまり、全員を愛しているってことでしょう。それで、彼女たちが裸になると、やっと、区別ができるようになる。それぞれ、違ったところがたくさんあるでしょうから」

「まあ、お嬢さま！　身分の高いご令嬢がそんなことを考えてはいけません！」

「わたしは、そんなことばかり考えているわ。崇拝者を持つって、素敵でしょうね！　お芝居に行けたら、どんなにいいか！　夜遅い時間に、桟敷席でお食事をして、ずっと、ずっと、おしゃべりするって、どんなかしらね！」

「結婚なされば、お好きなようにできますよ。でも、今のところは、ここが、お父さまのそばが、あなたさまの居場所でございます」

「ねえ、ジュリア。お父さまは、お前の言うことなら聞くでしょう。そっと耳打ちしてくれないかしら？　このままだと、未婚のまま、送り返すことになるって」

乳母は物音を聞きつけ、刺繍の手を止めた。「お呼びですよ。行ってさしあげないと。でも、ご自分から決してそんなことおっしゃいますな。わたしにお任せください。ご機嫌のよろしいときを見計らいますから」

大きく開けた窓から、病人のぜいぜいと苦しそうな呼び声がする。カテリーナは、日よけのために被っていた白いヴェールを脱いでジュリアのひざに置くと、小さな階段をゆっくりと下りていった。

老人は大きく豪華ないすに、半分ずり落ちそうになって座っていた。娘を目で合図してそばに呼ぶと、大儀そうに体を起こし、本を一冊渡す。「読んでおくれ」

カテリーナは本を覗き込んだ。ペトラルカの詩集。古臭い、よれよれの詩。若い者には退屈なだけなのに、病人は聞きたがる。とうにそらで覚えているのに、一行ごとに、まったく同感というようにうなずきながら聞いている。しばらくすると彼は居眠りの体勢に入るが、カテリーナはもう五、六分、先を読みつづけなければならない。おなじみの言葉が父親をやすらかな眠りに導いてくれるまで。

「まあ、お父さま、またペトラルカですか。たまには、違う本を読ませてくださいな。新しい、現代のものでも。戯曲なんかどうでしょう。聖アンジェロ劇場で上演中の喜劇を読んでもいいんですよ」

老人は返事ひとつしなかった。右手をゆっくりと持ち上げ、本を指した。カテリーナはそれでもぐずぐずしていたが、父親がまた人差し指を、今度は脅かすように突き出すのを見ると、いすを持ってきてそばに座った。繰り返し読んで、よれよれになっている本のページをめくる。ペトラルカなんて！　ひとりぼっちの寂しい年寄りに、愛のことなんて分かるわけないじゃない！　愛の歌いかたが理性的すぎるわ。知識でしか愛を知らない人間みたい。

ひとり物思いに沈みながら、ゆっくりと正確な足どりで、私は歩む
荒涼とした大地を

カテリーナはゆっくり、朗々と読み上げた。だが目は文字を追っているが、心は、水の中から蘇った若い男のことでいっぱいだった。つややかな黒髪をもつ男、目覚めてただひたすら水を飲むだけの男、たぶん、自分だけしか知らない場所を夢見ている男のことを。

第五章

アンドレアはうす暗い病室で静かに横になっていた。低いベッドはやわらかく、カヴァーは高級なリネンで、それが肌にひんやりと心地よい。両目がひどく痛む。ほんの少しでも開けると、ローソクの弱い光がまるでぎらぎらする太陽の光の束のように脳に突き刺さる。

目を閉じて、耳をじっと澄ましている。ドア代わりの赤いカーテンの陰から、低いざわめきが聞こえてくる。何時間も前に始まったこの音は、最初のうちは、押し殺したようなひそやかなささやきだったが、時間とともに次第に大きな音となって、今では大きな話し声が混じるようになっている。どうも、大勢の人間がカーテンの向こう側を通っているようだ。カーテンの隙間から、キラキラする目に見つめられているような感じがする。それと、この臭い！　汗のにおい、物が焼けたようなにおい、ゴミと汚物が入り混じったようなにおいがどんどん強くなっていく。

唇をしっかりと結び、息を止めてみる。運河の水の音をいっそう強く感じる。波が絶え間なく寄せては返す音が耳にこびりついて、気分が悪くなる。目覚めてから、ずっとこの音を聞かされてきた。この音はときどき、人々のヒソヒソ声に対抗しようとでもいうように強く激しくなることがあった。

彼は体を起こしたくてならなかった。だが頭を少しでも動かそうものなら、ベッドのわきに座って、カヴァーのついた本の中の祈りの言葉をずっとささやきつづけている僧侶が立ち上がる。そして、この小柄できゃしゃな感じの僧侶は、彼の唇に水の入ったコップを押し付ける。なまぬるい水は、暗い運河を通るようにするするとのどを通っていき、飲み下す必要もなかった。けれど、重く痛む頭はけっきょくまた枕に沈みこんでいった。

目の前をまぶしい光が照らしだし、揺れ動くヨシの原と、水面に映る雲をゆっくりと追いかける小さな葉っぱが見えてくる。雪のように白い鳥の群れが、銀色にかがやきながら頭のうえを飛んでいき、そして水の中に、石となって落ちていく。じっと動かない魚の群れ。ちいさないわしの大群が押し合いへしあい重なりあっている。しっぽをほとんど動かさないコイやスズキの群れが砂地を軽やかに泳ぎまわっている。

この深い水の中から彼を取り巻いている魚たちの大きな目が、ときどき、中年男のキョロキョロとよく動く落ち着きのない目に変わることがある。男は、アンドレアが目覚めていると、尋ねてくる。深く漂うような男の声は、話すというよりまるで歌っているように聞こえるが、一本調子で区切りがない。男は、彼にはまるで理解できない質問の矢をつぎつぎと放ってくるが、それはただうつろなこだまとなるだけで、男が自ら発する短い答えとともに、しだいに弱まり消えていく。「彼はわれわれを理解しない」「彼は答えない」「彼は眉毛をピクッとさせた」「彼は眠っている」等々。何度も繰り返し聞いているうちに、言葉は明るく広々とした干潟の空間の中に飛んでいき、そこでゆっくりと消えていった。

ゆらゆらと絶え間なく揺れる船から、船べりをすべって降りることができたらどんなによいか！ 魚は素手で採れた。彼は動きが素早かったし、おまけに目がよく効いて、どろどろの水底を見通すことができるからだ。どろの中にうまく隠れているウツボや、ヨシの中で、植物のようにじっとしている、ぬらぬらとしなやかなウナギを簡単に見つけることができた。

アンドレアは、ときどき体をさわられて目を覚ました。かすかに震える二本の指がまぶたを押し開く。胸をそっとたたいたり、腹部を軽くさすったり、髪の毛をなでたりされた。それから、氷のように冷たい、ヒリヒリする液体を体中に塗られる。口がカラカラに渇き、口腔がゆっくりとキノコのように縮まっていく。舌がボッテリと麻痺してきて、唇がピクピクと震えだす。すると、小柄できゃしゃな男が立ち上がり、彼のカッカと燃えるようなのどに水を注ぎ込んだ。

このざわめきは、いいかげんに終わりにしてほしい！　今では、まるで大声で嘆願しているような声に聞こえてくる。ひとりが唱えると、それに続いておおぜいが唱和する。祈りの言葉、そして最後に彼の名前を呼んでいる！

アンドレアはできることなら、彼らに背を向けたかった。そして、自分が知り尽くしている静かな水の中に消えてしまいたかった。

けれど、船をこぐのにオールがなかった。太陽が輝いており、暗い夜がもうなかった。すこし涼しくなっても、明るい色がなくなることがない。それどころか、より一層の明るさが保たれている。ぬるぬると滑りやすい黄土の色、滝のようにふりそそぐ金色、そしてギラギラと油っこいオレンジ色がつぎつぎと溶けて流れ出てくる。

この長い終わりのない航海を、その源までさかのぼるのは不可能だろうか？　そんなことはあるまい。彼はどうにかして思いだそうとしてみたが、どう努力しても、そもそもの始まりが見つからなかった。釣り糸にひっかかった魚が力ずくでひっぱれば、えらが裂けてしまう、そんな具合であった。

何が起きたのか、いつか思いだせるときが来るかもしれない。ひょっとして、太陽が水のなかに沈み、船がようやっと岸についたら、記憶に浮かんでくるものがあるかもしれない。もしかしたら、カーテンの後ろのあのざわめきが、静かな水の中に消えてなくなったら、そうしたら思いだせる……？

第六章

　それから数日後の昼頃、パオロは庭師と話すために庭に姿を現した。庭師は、頼まれていた仕事を、それをどう片づけたかを説明すると、あいさつをして立ち去った。彼はしばらくその辺りを散策した。涼しく気分がよかった。きっと、もっと頻繁に庭に来たほうがよいのだろう。父親の代には、友人たちを招いて木陰で雑談をしたり、時には、大きな園遊会が開かれることもあったが、彼はそういう浪費は不要なことと心得ている。

　彼は隣家のバルコニーをチラッと見上げた。木製のバルコニーは数日前から毎朝のように磨きあげられていた。今日はそこに、明るい服を着た若い女性がいる。白いヴェールが髪を覆っているが、健康そうな肌色が、パオロのいるところからもよく見えた。長いまつげと赤いくちびる。

　彼はバルコニーを見上げたまま凍りついた。何か言わなければいけない、彼女に呼びかけなければ、この姿を目にしたら賛辞の言葉を述べる必要がある。だが、娘はじっと遠くを見つめるばかりで、彼に気がつきもしなかった。

　パオロは、つまずかないようにゆっくり注意しながら後ろ向きに数歩さがった。見られたくなかった。それには、樹木に埋もれた場所に逃げるのが一番いい。そこで彼は、小さなガラス小屋のところまでもどり、急いでドアを開けると中に入った。

　ここからも、その女性の姿ははっきりと認めることができる。あの女《ひと》はたぶん老ナルディの娘のひとりだろう。彼には、娘が何人いただろうか、三人？　いや、四人だったか？　だが娘が親元に戻ってきているというのもおかしな話だ。何かあったのだろうか？　老人の具合が悪いとか？

年寄りの召使いジュリアがバルコニーに現れた。パオロもジュリアのことは前から知っている。彼女はクッキーののった銀のトレーを手にやってくると、その若い女性と親しげに話している。まちがいない、あの女《ひと》は、隣家の娘だ。

何の話をしているのだろう？　身体がカッカとしてきた。悪いことをしている現場を見つかったように胸がドキドキして顔をあげていることができず、床ばかり見ていた。漆喰の床のあちこちで、小さな石が飛び出している。塗りなおす必要がありそうだから、このことも庭師と話し合わないといけないだろう、パオロはふとそんなことを考えた。

のろのろと、また目を上げてバルコニーの方を見ると、ふたりは隣り合って座り、ジュリアはテーブルクロスを縫っている。自分のコレクションにこういう題材の絵が欲しい、そんな光景である。いや、どこかギリシャ的なところのあるあの娘の肖像画ならもっと良いのに、そう思った。そしてそれを近くから見ていたい。自分の屋敷の中で、ひとりでその絵と向かいあってみたい。今のように、注意深く静かにしていなくてもいい状態で、娘の姿を見つめていたかった。

と突然彼は、自分で自分を閉じ込めているような感じがしてきた。そこで、もう一度、ちらっと上を見てから、激しい雨を避けようとしている人間のように頭をひっこめて家の中に駆け込んだ。玄関ホールに召使いのカルロがいて、たった今到着したばかりらしい野菜と果物のかごを運びこんでいる。

「隣りのバルコニーの若いご婦人は誰かね？」

「ナルディ家の長女カテリーナさまです」

「なんでここにいるのかね？」

「老伯爵はご病気でございますから。身体が麻痺しているそうです」

「もう長くないのか?」

「そんなこともありますまい。私どもの存じ上げている伯爵は死んだりいたしません。病気をたくさん抱えておいでですが、誰よりも長生きいたしましょう」

パオロはニコッとした。やはりそうか、想像したとおりだ。カテリーナは重病の父親の世話をしている。そしてそれはまだしばらくは続きそうだ。

「食事の支度をするように台所に伝えましょうか?」

「いや、いらない。昼はでかけると、言っておいてくれ」

彼は赤い絹のマントを持ってこさせると外出した。この数ヶ月、この時間帯に家を離れることはなかったし、外出をこんなに唐突に決めることもめったにないことだった。なぜ家を離れたのだろう? 街でいったい何をするつもりなのだろう? 真昼間のきな臭いような街はきらいなはずだった。それなのに、散歩にでかける? 散歩に? だがいったいどこへ?

彼は聖ステファノ寺院の前を通りかかった。中はきっと涼しいだろう、そう考えて寺院の中へ入ったが、すぐためらいを感じた。告解室のそばに婦人が数人立っておしゃべりをしていたが、彼を目にするといっせいに黙りこんだ。注目されるのは気分のよいものではない。それなのに今朝は、彼自身がカテリーナを同じように注目してしまった。しかもかなり長い間、恥ずかしげもなく。

しばらく辺りをウロウロと歩きまわった。婦人たちはそんな彼を、何をする気なのかしらといった目つきでながめている。ほんとうに、いったい何をするつもりなんだ? ミサは行われていないし、告解はもう何年もしたことがない。あんなものバカらしいだけだ。

求めるものも知らずに教会に入ってきてしまったというわけで、きびすを返して出ていくのが一番なのかもしれないが、住所をまちがえましたとばかり回れ右をするわけにもいかないではないか。

彼は十字を切ると、ローソクの燃えている祭壇に向かった。そうだ、ローソクを一本、それで解決だ。思いついたことを済ませると、せかせかと教会を後にした。

急ぎの用があるような顔をして出てきたのだから、屋敷に今帰るわけにはいかないが、だからといって、これ以上、あてもなく、動揺した気持ちを抱えて、自分自身をごまかすようにうろうろしていたくもなかった。そうだ、あそこの茶房にはいろう。あそこでしばらく座っていよう。

小さなテーブルに座ると、コーヒーとアニスの実を注文した。脚を組むと、右足がブルブル震えた。足の震えはどんどん激しくなっていき、それが彼をイライラさせた。いったい、どうしてしまったのだろう？　おまけに、あろうことか知り合いのアルベルト、マルコそれとフェデリーコがやってきてしまった。こんな時間に彼らと出会うことなど、これまで一度だってなかったことだった。この三人は、よく日中茶房をウロウロしているが、パオロ自身は夕方より前にこういう店に来ることはなかった。

三人は早くも気がついた。「パオロ、君かい？」アルベルトが大声で叫んだので、あたりの客がいっせいに振り向いた。「なんと、驚くじゃないか！」

「まったく！」フェデリーコも負けずと大騒ぎだ。「まったく驚かしてくれるじゃないか！」

三人は当然のように同じテーブルに座ると、パオロの肩をたたき、コーヒーを注文した。

「話せよ」マルコがせかした。「何が君をここに導いたのかね？」

パオロは三人を見つめた。足はまだ震えている。このいまいましい足の震えは止めようにも止まらなかった。

「特に、何もないよ。ちょっと出かける途中だよ。なんて言えばいいのかなあ、つまり、ようするに、途中にあったから、他に見つからなくて……」

三人は彼をじっと見つめた。アルベルトがプーッと噴きだし、それがあまりにも大きな音だったので、パオロは深い眠りから無理やり起こされたような不快な気持ちになった。

「聞いたかい？」アルベルトは叫んだ。「どこかへ行く途中だって？　途中にあったたって？　それでもって、見つからないって？　我らが賢い友パオロが、こんな妙ちくりんなこと言うのを聞いたことあったかい？」

「ない、ない」マルコも大笑いしている。「今だかってないさ。どうしたんだい、パオロ、きのうの晩、コメディーでも見たのかい？」

「足が震えてるじゃないか！」フェデリーコがパオロのひざを抑えながら言った。「足がかってにあっちこっちへ行ってしまうんだな。それでもって、今はその途中でここにいるってわけだ」

三人は周りの人間を意識して、わざとらしく大げさな身振りで高笑いをした。パオロはコーヒーを飲み干した。席をたって、出て行きたかったが、そんなことをすれば、いっそう人目をひくことになる。

また注目されているような気がしてきた。ほんの短い時間に二度目だ！　これは、若い娘を隠れて見ていた罰なのだろうか？

「コメディーは、明日の晩、見にいこうと思っていたよ」彼は、友人の気をそらそうと静かに言った。「何をやっているのかなあ？　何を見たらいいか教えてくれよ」

うまく話題を変えられそうだ。いくらも経たないうちに、みなわれ先に負けじとばかり喧々諤々、芝居の五つやそこらを語り尽くしてくれていることだろう。ただ漫然と毎日を送っている男どもだけが持っている例のあつかましさを撒き散らしながら。

パオロは、友人たちの論争についていこうとしていたが、足がまた震えだして、気持ちが混乱した。頭のなかにひっそりと隠れているリズムに拍子を合わせるように足の震えは始まった。秘めやかな音楽、手回しオルガンの奏でる音色、静かな舞踏曲のように、おぼつかなく、頼りなげに彼の頭蓋のなかでかすかに耳鳴りのように響いているリズム。

気分がすこしおさまってきた。今なら、飛び上がって、この場でダンスでもできそうだ。友人たちはきっと、彼の気が狂ったと言うだろうし、自分自身も、自分の中から這い出てきたおろかな姿をやはり狂っていると考えるだろう。

友人三人が、ふいに黙り込んだ。パオロはひとり、ひとりの顔をじっと見つめた。何か聞かれたのだろうか？　彼らがしゃべったことについて行ってなかった。同じひとつのテーブルに座っていながら、ひとことも理解していなかった？　そんなことが、いったいありえるのだろうか？

「おい、パオロ」とアルベルト。「言えよ！」

「言えって、何をだい？」

「何を見るかだよ。どの芝居に行くか、さ」

「うーん、あの若者がなんとかって、何という芝居だっけ？」

「若きオデュッセイアかい？」アルベルトが助け舟をだしてくれた。

「そうそう、それ」

「あれは悲劇で、コメディーじゃないよ」マルコは静かにそう言うと、パオロをじっと見つめた。

「おまけに、そんな話はひとことも出なかった」フェデリーコもしげしげと見つめた。

「さて、退散するとしよう」アルベルトが言った。「まるで、うわのそらだ。これ以上、苦しめちゃかわいそうだ。ひとりにしといてやろう。パオロ、おれたちは帰るけど、勘定は君だよ。せっかく教えてやったのにまるで聞いていなかったんだ、当たりまえだろう。それとも何かい、ひょっとして邪魔しちゃったかい？　誰かを待ってるのかな？」

「ああ、そうだ」パオロは応じた。「待っているのだよ」

「誰を？」

パオロは軽く肩をすくめただけだった。三人はやっと立ち上がると、やれやれという顔で挨拶をして出ていった。遠くからこちらを振り向くと、手を振った。まるで、早く良くなれよ、と言わんばかりであった。

ひとり残された彼は、もう一杯コーヒーを注文した。それから、三杯目を。あの姿がまた現れた。白いヴェールをかぶった血色のよい美しい顔。あの娘のそばにいられたら、熱い思いが胸をしめつけた。

第七章

年寄りの召使いジュリアは、老ナルディの隣りに腰をおろして、クッキーを食べさせていた。病人は、もうかなり以前から重いものは受けつけなくなっており、甘いものやデザート、それもすっと飲めるものや裏ごしにかけたものを好むようになっていた。どす黒く隈の出ている小さな目を閉じると、震える舌を老女のほうに突き出した。ジュリアはかがみ込むと、小さく割ったクッキーをその舌に乗せてやった。舌先がゆっくりと口の中にひっこんでいく。

「さあ、召し上がったのは何でしたか?」ジュリアが尋ねた。

「待て、待ってくれ」老人は小さな破片を唾液とよく混ぜ合わせた。「アニスの実と、それとアーモンドも少し」

「はい、その通りでございます。それでは、今度はこれはいかがでしょう」

老人はまた子どものように素直に目をつぶった。こうしていれば、病人の気がまぎれることをジュリアは知っていた。もっと続けて欲しい、病人がそう彼女に頼むこともまれではなかった。

「うん、これはいい」老ナルディは言った。「シナモンが少しと、チョコレート、それとおそらく……、うん、実にいい! リキュールが少しはいっている! 急いで台所へ行って、卵の黄身をグラスに一杯、いや、二杯、待て、待て、三杯のほうがいいな、持ってきてくれ。この素晴らしいやつを黄身のなかに入れてみたい」

ジュリアは立ち上がると、言われたようにした。彼女がいなくなると、老人はじっと身動きひとつせず座ったまま、再び目をつぶった。今、この瞬間に誰かに触られたり、声を掛けられたり、ひとことでも何か言われたりしたら、老人は激怒しただろう。この素晴らしさを味わいつくすには、どんな邪魔も入ってはならなかった。

ここちよい、魅惑のいざないを感じた。やわらかいクッキーの甘味が口の中に広がっていき、舌を喜ばせてくれるようだった。老人は、ジュリアが戻ってくる音を聞きつけると、ゆっくりと唇をなめた。

「早く、早くその中に入れてみてくれ！」

ジュリアは、クッキーのかけらをねっとりとした黄身にからめ、老人の口の中に入れた。さて、これからゆっくりと気づかれないように、老人の胸のうちを聞き出さなくてはならない。はなから、単刀直入に切りだすわけにはいかない。さりげなく、それとなく、老人を良い気分にさせて探りださなければならなかった。

老人は何かぶつぶつ口のなかでつぶやいている。さあ今だ、チロチロと舌を出したりひっこめたりしている口のなかに、メラメラと燃え立つまきを一本いれてみよう、かじらないとならない何かを。老人はブルッと身震いをすると目を開き、老女を見つめた。

「うん、これはまたなんともすごい。カボチャとレモンの砂糖漬け、それにアニスが少し入ってるようだ」

「ご明察どおりです」ジュリアはそう言うと、それも黄身のなかに浸した。「正しいお答えでしたよ。とても珍しいものですのに」

「お前ほど、この手のものに詳しいものはおらんだろうな」

「誰にも教えませんもの」ジュリアは注意深い受け答えをした。

「時々、あなたさましかお喜ばせできないのが残念に思いますけど。でも、誤解なさらないでくださいまし。あなたさま以外のどなたにもご用意いたしませんが、もう、おひとりか、おふたり味わってくださいます方がおいでになれば、嬉しいとは思っております」

「それは誰を考えておるのかな？」

「カテリーナさまをお呼びもどしになりましたことが、そう思うようになったきっかけでございます。でも、今後どうなりますんでございましょうね？　若く美しいご婦人が御独り身でいられることをお望みでしょうか？」

「マルメロの実で一度やってみてくれんかね？　以前は、マルメロもそう嫌われものではなかったんだがな。ドロドロに煮込んで、シャンパンを入れ、それに大粒の種なし干しブドウを加えて、トッピングは……お前には信じられんだろうが、……」

「サルビアでございます」老女はそっけない返事をした。

ジョヴァンニ・ナルディは再び目を開けると相手を見つめ、話を続けるようにと首で合図を送った。

「その通り、サルビアだよ」いくぶん声が小さくなった。いすの中で体をのばし、両手を急にだらりと落とした。

「何が言いたいのだね？」

「あなた様が孫をお持ちになれたら、わたくしもたいへん嬉しいと申し上げたいのでございますよ」

老人は、とたんに静かに座りなおした。何をどう言おうか探るように、唇を用心深く動かした。

「ジュリア、お前も知っての通り……」声があまりにも小さくて、老女はかがみ込んで耳をすませなければならなかった。

「わしが一番に望んだのは息子だった。後継ぎの息子がいてくれたら、我が一族の名声を高めてくれただろうに、神さまはわしにこの幸運を授けてくださらなかった」

「神さまは、女のお子さまを三人も授けてくださったではありませんか。そのことをお忘れになりませんように」

「三人だろうが、四人、五人だろうがそんなもの何にもならん。遺産相続ということになれば、娘はくその役にも立たん」

「遺産でございますか？　遺産とはなんでございましょう？」

「遺産はすべてだよ、知っておるだろうが。娘のひとりやふたりは、神の思し召しがあれば結婚するだろうが、そうなれば、目の前から消えうせて、わしが死ねば、財産は全部国へ行ってしまう」

「そういうことにはなりませんでしょう」

「そうだ」老人はふいに、ジュリアがひざの上に持っている銀のボウルに手をつっこんだ。「そういうことにはならない」

彼は丸いクッキーをこすり、砂糖をまぶした小さなクッキーを指先でさすると、親指と人差し指で粉々にした。

「もう充分のようですね、失礼いたしましょうか？」ジュリアが尋ねると、老人は「いや、いてくれ」と首を振った。

「お前とこのことを話したい。他の誰に話せるものではないからな。だが、誰にも言っちゃならんぞ、カテリーナにも言うな」

「承知いたしました」ジュリアはうなずいた。

「その粉々のはおやめください。こちらの松の実の入ったコーンクッキーをお召し上がりください。リキュールに漬け込んだ乾燥イチジクも入っているんでございますよ」

ジュリアは老人の指の間から粉になったクッキーを取り上げると、指先を濡れふきんで拭き、新しいのを口の前にもっていった。老人はまた目を閉じて、新たな味を楽しんだ。

バルコニーにいるカテリーナには、ふたりが何を話しているのか知る由もなかった。彼女は、長いこと袖を通すことのなかった服を三着、試着することで午前中を過ごしていた。

「わしは、カテリーナが全部を手に入れればよいと思っている」ナルディは言った。

「二百年前から我が一族のものであるこの屋敷に住むことを願っている。わしはあいつを、同じくらいの貴族の家柄の次男か三男と結婚させようと考えている。どうだね？」

「さあ、どうでしょうか」ジュリアはもう少しコーンクッキーを主人の口にもっていった。

「あの娘《こ》と結婚する男は長男は困る。長男は家を継ぐものだからな。次男、三男は財産を分散させないために結婚しないことが多いが、カテリーナの持参金が貰えるとなれば、一緒にこの屋敷に住まなければならないとしても、結婚しようと考える男がどこかにいるはずだ」

「難しゅうございましょうね」ジュリアは応じた。

「カテリーナは莫大な遺産を受け取ることになろう」ナルディは話しつづけた。自分の考えていることは夢物語りなどではないと固く信じているようである。

「あれが相続する財産が減らないよう、いや、今よりもっと素晴らしいものになるように心掛けるとするか」

「ですが、伯爵さま」ジュリアは反論した。「どうしたら今よりもっと素晴らしくなるのでございましょう？」

ナルディはうっすらと笑った。

「娘が、この町でもっとも古く、もっとも高貴な家柄のひとつの息子と結婚すれば、ナルディ家の財産がこの若夫婦を豊かにするし、わしの孫たちには、数少ないローマの血が流れることになる」

「何をお考えのことやら！」ジュリアは腹が立ってきた。「遺産だとか、屋敷だとか、ローマの血だとか！たわごとはお止めください。何が大事か、言わせていただきます。お嬢さまの夫となる人は、あまり歳が離れていないこと、元気なこと、元気で才気に富んでいることが条件でございます。お嬢さまがしばらくの間でも我慢できるようにでございます。それと、お金持ちでなければなりませんが、ローマの血なんか、どうでもいいことです！」

「お前は、現実にはいない人間の話をしているよ」

「そして、あなた様は家柄のことばかり！」

ふたりは、しばらくの間黙り込んでお互いを見つめ合っていた。こういう話はとても疲れる。ふたりとも、相手の言ったことをじっくりと考えていた。やがてジュリアはクッキーを黄身のなかに浸し、老主人に食べさせてやりながら、長女の結婚については、またの機会を待つことに決めた。

ナルディのほうはこう考えていた。――わしらはまるで老夫婦みたいに語り合っている。ひそひそと話し、いさかいをし、何度も同じ話をくりかえす。どこの老夫婦でもやるように。だが、これをジュリアに言うのはよそう。それはまずい。わしは人生の終わりに、年老いた召使いと、まるでカテリーナがふたりの間の娘であるかのように、語り合っているわけだ。

彼は、自分がこんなふうに考えたことに一瞬ハッとして姿勢を正した。ジュリアのほうは銀の盆の上に背中を丸めてかがみこんでいる。高価な品をしっかりと支えているわけだが、必要なら何時間でもそうしているだろう。

「ワインと水差しを持ってきてくれ。それとグラスをふたつ」

「ふたつですか？」ジュリアは立ち上がると、盆をわきに置き、ひたいをつるっとなでた。

「いつから耳が悪くなったのだ？」老人は手を振って相手をせきたてた。――娘はもうじき結婚するだろう。そして、死んだふたりの妻が残してくれなかった息子の地位を占めることになろう。我が家の名誉のために、今決めておかなければ……

第八章

庭園のガラス小屋に行って、そこから隣家のバルコニーをこっそり見上げていたい。日が経つに連れ、パオロの願いは病的なまでに強くなっていった。何がこれほど自分を惹きつけるのか、それが知りたくて、カテリーナの容貌をひとつひとつ細部まで思い浮かべてみた。

朝早いうち、彼女の顔はやわらかく、ほとんど蝋のような白さを持っている。唇は、うっすらとピンク色をしたまぶたよりほんの少しだけ赤みが強い。だが時間が経つにつれ、青白さが消えていき、昼頃になると、ほほがばら色に輝いてくる。

彼女を絵に描くにはいつがよいだろう？　そして、どういう風に？　真正面から？

正面から見る彼女の顔はきっぱりとした印象を与える。横向きではどうだろう？　横顔は忍耐強さと穏やかさを示している。身にまとうものは何がいいだろうか？　透けて見える白いヴェールを被っていれば頭が軽やかな感じになって、おまけに華やかになるから、それが一番いいのだが。

ヴェールのひだに押し付けられた耳、白いヴェールと黒い髪のコントラスト。いくら見ても見飽きるということがなかった。

絵のなかの彼女は、絵を見ている人物のほうに視線を向けていてはならない。定まらない視線、うっとりと宙を見ている彼女にはおぼつかない美しさがあるではないか。アクセサリーはいっさい無いほうがいい。その他の小道具もいらない。ありのままの彼女を強調するには、ヴェールひとつで充分だし、その方がずっとよい。

彼の頭のなかには、まるで自分がその絵を描いたように彼女の姿がはっきりと浮かび上がってくるが、自分に画才が欠けているのは分かっていた。それがなんとも残念だが、指がまるでいうことをきかないのだから、試みてみるまでもない。自分に才能がないから、だからずっと以前に蒐集することを始めたのだった。集めるにあたって、その時々の流行に惑わされることはなく、ひたすら自分自身の好みに従っている。華やかなものや小難しい抽象的なもの、アレキサンダー大王の物語りやら聖書に出てくる宗教的な場面、ヴェネチアの歴史上の伝説を描いたものなどは除外した。

彼は、人が自分の目で見ることができる身近な事柄にこだわった。一番の好みは町の風景で、巨匠カナレットがずっと以前に描いた大運河、サンタ・マリア・デラサルーテ寺院、リアルト橋とゴンドラ数艘などの絵が好みだった。

実物よりこの画家の描いた風景のほうが気にいっている。リアルト橋をしげしげ見ようと思って、そこで何時間も過ごしたら、誰かに声をかけられるのがおちだが、自分のコレクションの中でなら、何度だって繰り返し見ていられる。そしていつの間にか、描かれたものが現実のものより、なんと言うか、より完全で、より健全で、より垢抜けたものに感じられるようになっていた。どの一枚を見ても、感動のようなものが襲ってくる。カナレットが描いた人間の動作はどれもある種の厳粛さときちょうめんさを持っていて、仕事中の屋根葺き職人はながめている価値があるみたいだし、止むに止まれず片隅で放尿しているのらくら者より美しいものは見たことがないような気になってくる。

こういう街なかの風景や光景のほかに、彼は日々の生活や、珍しい事件を描いたものも集めていた。白い陶製のパイプをふかす男たち、歯を抜かれているご婦人、藁束にかみつき、さらしものにされている大うつけ。こうした絵はたいがい小品であるが、彼は異常なほど長い時間ながめている。安らかな気持ちになれるわけでもなく、感動するわけでもないが、こういう絵は、現実をあまり生真面目にとらないようにと語りかけてくる。つまり、ここに描かれている現実はいわば舞台のようなものであり、人間であれ動物であれ、そこで演技をするのは当たり前というわけだ。

けれど、彼のコレクションの半数以上は肖像画である。何年も前、女流画家ロザルバ描くところのヴェネチア婦人の像を見てからというもの、彼女の描いた肖像画に夢中になっていた。描かれて初めて、神が考えたもうたように成熟し満ち足りた姿となるのはいったいいかなる技なのか？　この画家は、人間のこの世の仮の姿を凌駕するすべ術を知っていて、生を閉じた後のあの世の人間の姿を描いている。

ロザルバ自身はすでに亡くなっているが、弟子のひとりに自分の姿を描かせようかと考えることもあった。カンバスの上の自分、永遠のものとなった自分が見たくてならないが、早すぎるという思いでためらっている。誰にも打ち明けたことはないが、彼は自分の肖像画に恐れを抱いていた。たとえどんなものであれ肖像画というものは、描かれている人物を死と結びつける。あの世の領域にチラッと触れて、人間を遊びか俗受け狙いで境界線を越えさせてしまう、それが肖像画というものだと彼はひそかに思っていた。

いつかは衝動に駆られて境界を越えることになるだろうが、今はまだ早すぎる、これまではそう考えていたが、最近、ガラス小屋で秘密の時間を過ごした後で自分のコレクションに囲まれていると、以前にもまして自分の肖像画のことに思いが及んだ。

彼はコレクションを屋敷の三階の薄暗い部屋に置いている。いくつもの部屋に絵や素描がびっしりと懸かっているが、先祖が残した絵や胸像とははっきり分けてある。昔のもの、やたらと華美なものはすべて、階下の部屋に押し込めてある。以前は友人や客をもてなすのに使われた部屋が、今では、古いものや評価の定まったものの置き場になっている。だが、そういうものがたくさんある家ほど世間からは尊敬される。

三階にある部屋はたいがい薄暗く、古い木材とかすかな香のにおいがする。彼は好きな絵をここに置いておくが、そのうちの何枚かは、時とともに彼の目には死んだものとなっていったり、ゆっくりと、耐えられないまでに枯れてしまう。そういう絵は壁からはずし、倉庫にしまう。いつか弟アントニオが、別にしたこれらの絵に興味を持つだろう。お蔵入りした絵のリストを定期的にロンドンへ送ると、アントニオはあちらでよい買い手をみつけてくれる。

ふたりが数年前からひそかに続けている商いを知るものはいなかった。それは、女流画家ロザルバの描いた肖像画が始まりで、アントニオは英国の商人やコレクターに売って大もうけをしたが、中でも英国の地方貴族はロザルバの絵に夢中となり、わざわざヴェネチアまでやってきて、画家本人と知り合いになろうとまでする始末だった。パオロは、彼女の絵をいろいろな人物にばらまいて売るように指示しておいた。ここヴェネチアでよりロンドンでのほうが高く売れる絵を彼が集めたことは誰も知らなかった。

ロザルバで大成功をおさめたふたりは、次にカナレットの描く都市の風景画にうつり、やがてヴェネチアを描いた小品を扱ったが、その多くを、当地では想像もできないほどの値段で売るのに成功した。やがて、有名な工房で創られたものでなくても、傑作は傑作と判るように目が肥えてきた。画家のアトリエを何度も訪ね、下地をどの程度丹念に整えているか、上塗りはどうかと、目をこらして見ているうちに、絵についての知識はどんどん増えていった。

どんな工房にも、それなりの秘伝があり、だいたいが絵具と結着剤に関するものだが、用心深く守られているその種の技術やレセプトを彼はたくさん知ることができた。アトリエをうろつき回ることによって身につけた知識は、正確でまぎれのない鑑定眼となったと自負しているが、それを他人に語ることは決してしなかった。数枚の金貨で数枚の絵を手に入れる芸術好きで善良なコレクター、人にはそう思わせておきたかった。

ここ数日、彼は大事な絵をしまってあるうす暗い部屋に座りこんでいる。だがこれまでのように絵の老化具合を調べるためではなく、ロザルバに描いてもらえばこうなったはずの自分自身の肖像画の隣りに、自分の頭のなかに浮かんでくるカテリーナの像を思い描くためであった。日のささないひんやりとした部屋の中で、彼は二枚の絵を思い浮かべ、金の額縁におさめてみた。心の中での描写に夢中になって、他のことにはまるで気がまわらなかった。口をぽっかりと開き、目を閉じて、かすかな息をもらす。思い描くことが体力を消耗している、そんな具合であった。時々、緊張から指がしびれているのを感じることもある。外界のすべての営みから遠く離れて、カテリーナと自分のふたりが……

そうやって座っていたある午後、扉が何度も叩かれたのにも気がつかないでいたが、カルロがおそるおそる細めに開けた扉から、とつぜん太陽の光が差し込んできてはじめて彼は我に返った。

「邪魔しないでくれ」彼は大声をだした。

「申し訳ございません」カルロが小さな声で言った。

「ですが、聖ジョルジョ修道院のお坊さまがお迎えに来ております。助けられた若者があなたさまにお礼を申し上げたいと述べたそうで、院長さまからお知らせするようにとことづかってきております」

「お礼？　彼がわたしに感謝するっていうのかね？」

「はい、さようでございます。それも今すぐに」

パオロはしばし思いをめぐらした。——あのよそ者はどうやら快復したらしい、つまりめでたしめでたしと言う結末を迎えたわけだが、わたしも無関係というわけにはいくまい。それに、わたしがあの男を救ったという評判が広がるのは悪いことではないしな。

「そうか。わたしに感謝したいというなら、待たせるわけにもいくまい」

彼は立ち上がると、顔を二度つるりとなでまわした。右手で髪をなでつけ、やれやれという顔でわざとらしい咳ばらいをした。

第九章

修道院では院長が、この前別れた回廊で待っていた。ふたりは抱擁しあったが、今回はいっさいの挨拶は抜きで、院長はなにか早急に話したいことがあるようだ。ふたりは、小さな泉から水が静かに流れている大きな中庭を巡っていった。先にたって歩いていく院長は、何事かを打ち明けようとしてはためらっている。

「アンドレアは快方に向かっている」そう彼は切り出した。「まあ、それが一番大事なわけだが、まだまだ一件落着とはいかないだろうな。彼がどこからやってきたのか相変わらず判っていないし、いったい誰なのかすら判っていない」

「順を追って話してほしいね」パオロはさえぎった。「つまり彼はアンドレアという名前なのだね。健康な人間と同じように食べて飲んで歩き回っている、そういうことだね？」

「一日数時間は戸外で動きまわれるようにはなっている。だが、たくさんは食べない。ほとんどは戻してしまうが、ポレンタだけは受けつけるようだ」

「一度そいつを賞味する必要があるな。何か入れるのかい？」

「われわれのポレンタは一般のものほどパサパサしていない。ジアコモ修道士は魚の煮汁を入れている」

「魚の煮汁？　それはうちの賄い婦に教えてやろう。すまん、話を先に進めてくれ」

「彼はやたらと水を飲む。毎日、水差しに何倍も飲むから、バケツごとだしてやっている。医者はかまわないと言うが、あんなに水を飲む人間を見たことはないね。ただの水を、あんなに夢中になって飲む人間は初めてだ」

「他のものは飲まない？　ワインとか？」

「ワインは吐き出してしまう。最高級のサント酒だけは数滴のどを通ったが、その後酔っ払ってフラフラしていた」

「だいぶ繊細な胃を持っているようだな」

「そうも考えた。しかし魚は食べる。しかも、君には想像もできないほどガツガツと一生懸命食べる。ジアコモ修道士が彼を台所に連れて行って、食べられるものを選べるようにしたのだが、焼き魚を見ると、夢中になって食べだした」

「へえ、それで？　好みがいいだけじゃないか。君のところの肉は、わたしだって手を出さないよ」

「アンドレアは誰にも真似のできない見事さで魚の骨を完ぺきに抜く」院長はゆっくりと謎ときでもするかのように言った。

「そうか、それはたいしたものだし凡人にはできないことだが、それで何かを言いたいわけだね？」

「彼はわれわれの言うことを理解できない」院長は言った。「質問の大半は分からないようだ。無から生まれたみたいで、一言もしゃべらないし、手仕事も習ったことはなさそうだが、魚の骨抜きだけは完ぺきだ」

「それはどういうことだね？」

「ナイフやフォークは使わない」院長はひと呼吸をおいてからつづけた。「彼は魚の骨をとるのに指の爪を使う」

院長は立ち止まると、友人の目をじっとのぞきこんだ。パオロはいささか気持ちが動揺していた。次から次とおかしな話を聞かされたうえに、しかも、考えてみろといわんばかりの相手の態度である。どこの誰ともしれないよそ者が奇矯なふるまいをするからといって、その理由をあれこれ考える気はまるで起こらないし、一刻も早く事が済んでくれたらそれが一番ありがたかった。いったい、あの男は自分に感謝したいというだけの話だったはずだ。

「すこし大げさに考えすぎじゃないかな？　我らが聖者はナイフとフォークに慣れてないか、あるいは、魚の骨抜きに特別の技巧をお持ちなんだよ。いったいぜんたい、何がそんなに問題かね？　あの男が魚の骨をどうやって抜こうが、わたしにはどうでもいいことのように思えるがね。一般庶民のなかには、わたしらが夢にも思いつかないようなことができる連中がいるのさ」

院長はなだめるようにパオロの肩に手を置いた。

「彼と修道院の中を歩いたんだがね」院長はまた話しだした。「何もかも初めてというふうに物を見るんだな、これが。サン・マルコ寺院や総督の宮殿といったヴェネチアの美しさを見せてやろうと外へつれだすと、ここがどこの町かわからないと言うんだよ」

「本当か？」

「うん、どうも本当に知らないらしい」

「どこから来たのか、自分が誰だかも知らないって、言ったね？」

「アンドレアという名前だと繰り返すばかりだ。両親は、兄弟はどこにいると聞いても、知らない、兄弟がいるかどうかもわからないという返事だ。それも長いことためらったあげくだ。やっと思いついたというふうだし、答えを見つけるのにえらく苦労しているようでもある。それでもなかなか答えが思い浮かばない」

「だが、水だけ飲んで、魚の骨を抜いて、健忘症の振りをしているばかりではいられまい」

「彼はしょっちゅう水辺に座っている。どこへ行っても水を探している。修道院のなかを散歩させれば噴水のそばに腰をおろすし、外へ連れていけば岸壁に座って水の流れをじっと見つめている」

「何を見るものがあるって言うのだろう？」

「魚を待っているそうだ」

「くだらん！　魚をどうしようと言うのだ？　骨を抜く？　爪で？　それでポレンタに入れる？　失礼、院長！　だがこれまで色々聞かされてきたが、ぜんぶ冗談みたいな話だ。それとも、わたしならこの謎が解けるとでも期待したわけかね？」

院長はまた立ち止まった。友人がふざけ半分でいるのがおもしろくないようだ。

「アンドレアはまるで子どもみたいだ。無垢でナイーブで単純な子どもそのものだが、それをバカにしてはいけない」

「ナイーブな子どもというのは好みではないよ」パオロは応じた。「多少の賢さとウイットがあったからといって、子どもらしさが損なわれるものでもあるまい。まあ、そんなことはどうでもいい。役人はどう言っているのかね？」

「役人は三人連れでやってきた。もう四回も来て、その都度尋問していく。彼らは、アンドレアが何かを隠していると主張している。わたしもそうじゃないかと考えている」

「彼が何かを隠していると？」

「そう。だが、いいかい、彼がうそをついているとは思っていない。そうではない。彼は、君はそう思いたいだろうが、粗野な人間ではない。そういうことにしておけば、その方が楽だろうがな。彼には特別の才能が備わっているように見えるんだよ」

パオロはみじかくうめいた。どうも、少しおざなりな返事をし過ぎたようだ。院長は関心を持ってもらいたいと思っているのに、自分にはまるで関係がないような顔をしてしまった。何がなんだかわからないうちに、大急ぎで連れてこられてしまったから、そんな態度にでてしまったのだろう。こんな論争に対する心構えができていなかった。よかろう、ゆっくりと忍耐強くとりかかろうではないか。友人をがっかりさせるわけにはいかない。

「わたしはあまり院長の役に立っていないようだね？」

「そうだな。君は早く片づけてしまいたいとしか考えていない」

「彼を呼んでくれ」パオロは言った。「面と向き合って、二、三、質問をしてみよう。そうすれば何かわかるかもしれない」

院長はうなずくと、修道士のひとりに彼を回廊まで連れてくるように合図をした。

「医者は？　医者は何かわかったのかい？」

「アンドレアには後頭部になぐられたか何かにぶつかったような大きな腫れがあったが、もう大分小さくなって見た目にはほとんど目立たなくなった」

「他には？」

「それ以外は別にないが、何も思い出せないのはこの腫れが原因かもしれない」

パオロがもっと尋ねようとしていると、アンドレアが回廊にやってくるのが見えた。院長に気がついた彼はゆっくりと近づいてくる。司祭が着る黒い服をまとった彼は凛として、高潔な雰囲気を醸し出している。ほんとうは高い位の僧侶であっても不思議はないな、パオロは思わずそう考えていた。

「アンドレア」院長が声をかけた。「こちらがわたしの友人のパオロ・ディ・バルバロ伯爵だ。この方と猟師が君を見つけてくれたのだよ」

アンドレアがひざまずき、まるで、主人の前で平身低頭する下僕のような激しさで脚にしがみついてきたのにパオロはびっくりした。

「立ちなさい」パオロはあわてて言った。「キリスト教徒なら誰でもすることをしたまでだ」

「ありがとうございます」アンドレアは床を見つめたまま、小さな声で言った。

「見つけたとき、おまえは何も着ていなかったことは覚えているね？」

「はい、伯爵さま」

「服はどこへおいてきてしまったんだね？　身ぐるみはがされたのかね？」

「わかりません」

「そして、あの舟だ。あれはおまえの舟かね？」

「はい、わたしのものです」

「どこから漕ぎ出したのだね？」

「家からではないかと……」

「家はどこだね？」

「わかりません」

「まだどこか痛いところがあるのかい？」

「段々痛みはとれてきました」

パオロはこの男の丁重さ慇懃さにうんざりしてきたが、嘘をついているとは考えられなかった。おそらく、ヴェネチア郊外にたくさんいる浮浪者に身ぐるみはがされた、というあたりが真実なのだろう。いつか、自分の家を、過去を、自分が好きだったものを思い出せるときが来るかもしれない。

「ここはどうかね？　うまくやっているかね？」

アンドレアははじめて顔をあげ、パオロをじっと見つめた。しまった、こんなことを尋ねるべきではなかった。自分が発見した男だからある程度気にかけてやるのは当たりまえだが、こんな質問は行き過ぎだ。

「お尋ねいただいて、ありがたく存じます」アンドレアは言った。「院長さまも修道士の方々も、わたしのことをたいへん気にかけてくださいます。わたしを助けるためになんでもしてくださいます」

パオロは黙りこんだ。この男は、ひじょうに礼儀正しく、それでいて正直に自分を出している。それに、何かを伝えたいと思っているようだ。さっきからずっと、この男、何事かを伝えたいのではないかという気がしてならなかったが、やはりそうだ。

「他に言うことはないかね?」パオロは尋ねた。「何かしてほしいことがあれば言うがよい」

アンドレアは、よくぞ聞いてくれましたといわんばかりの表情を見せた。顔を輝かせ、唇をヒクヒクさせると、急に、祈るように両手を組んだ。

「ありがとうございます、伯爵さま」彼は言った。「わたしは漁師だと言うつもりでした」

「漁師? そうか、とりあえずひとつは判ったわけだ」

「言わせてくださ い伯爵さま、わたしほど素晴らしい漁師はおりません」

「なぜそう思うのかね? このあたりの島には経験豊かな漁師がおおぜいいるが」

「わたしを召抱えてください。そうすればお見せできます」

パオロは肩をすくめた。つまりこういうことか。おそらく院長が入れ知恵をしたのだろう。厄介払いがしたいだろうし、この奇妙な男の面倒は伯爵がみればいい、と考えたのだろうが、そうはいかない。用心、用心、うまくあしらわないといけない。

「わたしに漁師が必要なわけないだろう?」パオロは落ち着いて答えた。

「他にもいろいろお役にたてると思います。使用人がおおぜいおいででしょうが、わたしのせいで出費が増えるということは決してございませんから」

「身のふりかたをいろいろ考えているようだが、つまり何かね、この修道院にはもういたくないということかね?」

「すっかり快復するまでは、ここにいさせてもらいますが、それからは出ていくつもりです」

パオロが修道院長のほうを見ると、彼は肩をすくめるばかりだった。アンドレアはまた両手を体のわきに、静かに立っている。

「体がすっかり元にもどるのを待とうではないか」パオロは話をおしまいにしようとそう言った。「健康になれば、親や故郷のことなども思いだせるだろう。それから、考えようじゃないか」

「ありがとうございます。ご親切に考えていただきまして」アンドレアはほとんど厳かともいえる足どりで下がっていった。やたらと長い指が目についた。手先の仕事に熟練した職人のような指だった。力強く、それでいて繊細、パオロが画家のアトリエで目にすることが多い指である。ていねいな言葉遣い、上品なふるまい、それにこの指である。どれをとっても漁師という職業にはふさわしくない。この男はあいかわらず謎であった。無から生じ、秘密のオーラに包まれ、人々を魅了する。

「君は彼の命の恩人なのだよ」院長が言った。「彼は君のことを愛している。気がついたかい？」

「わたしの屋敷には、毎日イワシ百匹をとってくる無口な男の居場所があると、誰かが彼にふきこんだことには気がついたがね」

「君の屋敷のことなど一言も話していないぞ。教えたのは君の名前だけだ」

「わたしのところでは使い道がないよ。だが、あまりあからさまに言いたくなかった。ドギマギさせるだけだからね」

「気配りしてもらってありがたいよ」院長は友人を出口へと導いた。「ああいう風に話したのは初めてだ。何を尋ねてもたいがい、イエスかノーの答えしか返ってこないからね。君のおかげで彼に話をさせることができた。これで、彼が漁師ということは判ったわけだ」

「何を言うやら」パオロは応じた。「まじめで気のよさそうな若者だが、漁師でなんかあるものか」

「だが嘘をついてどうなる？」

「そのうち判るだろうよ」

「と言うことは、また近いうちに彼と話してくれると期待していいわけだね？」

「彼の記憶が戻ったら……」パオロは答えた。「そうしたら三人で君のところのポレンタを食べようじゃないか、それでいいね？」

「久しぶりに、しっかり考えたせりふを聞かせてもらったよ」院長は相手を抱擁し別れを告げた。

パオロは修道院を出て、聖ジョルジョ教会の前でしばらく佇んでいた。ここからサン・マルコ広場の屋台店が見渡せる。——この地方の方言をしゃべる人間がヴェネチアを見たことがない？ そんなことあるわけないではないか。院長は、あの男がいったい誰なのか見当もついていないようだが、絶対に漁師なんかであるものか。何かはまだわからないが特別な才能を持っているような気がする。彼のことがよくわかったらきっとその才能のこともわかってくるだろう。

このパオロ・バルバロ伯爵なら初めからこういったことを見抜くだけの厳しい眼識を備えていたのだが、院長はアンドレアの中に祭壇画に描かれている聖者の姿を認めただけであった。そして、医者や役人や僧侶たちは、この奇妙な若者を自分達が想像できる世界に組みこもうとやっきになっているだけだ。彼らは、この男から、絵画や肖像画が放つ謎めいた雰囲気や得体の知れなさと同じようなものを感じることが我慢ならないのだ。死すべき運命の者たちの像は、どことなく神秘で謎めいており、彼らにとってアンドレアは肖像画なのだ。

パオロは納得がいった。ここへ急ぐあまり筋道立てた考え方を一瞬忘れていたが、またそうすることができるようになった。さて、これで自分の屋敷の薄暗い空間へ帰っていける。絵が、眠りから解き放ってくれる人間を待つように自分を待っていてくれる空間へ戻っていける。

第十章

「お父さまと話をしたのでしょ、白状なさい」

カテリーナは、隣りで、銀のスプーンとフォークを一本一本リネンにくるんでいる乳母のジュリアにせっついた。ふたりはバルコニーに座っている。

「上等なものはくるんでおかないといけないなんて、何て所でございましょうね、この街は。空気が汚れきっているのですから。クッキーの箱をきちんと閉めておかなかったことがございましてね。二、三週間経って開けてみたら、しっけておまけにびっしりカビがはえていたんでございますよ。湿気にしっかり対処しないと、みんなやられてしまいます」

「かしてごらん、手伝ってあげるわ。でも文句を言うのはよして。他のことで頭がいっぱいなんだから。お父さまは何ておっしゃったの？　話をしたんでしょ？　お前の顔でわかるわよ」

「まあ、まあ、落ち着いて、落ち着いて。ええ、ええ、お話しましたよ、それは確かですけど、話の内容をお嬢さまにはお知らせしないと、お約束もしたんでございます」

「お父さまがそう要求なさったの？」

「はい、さようで」

「まあ！　それじゃ真剣な話し合いだったのね。大事なことを話したんだわ！」

「言いませんよ。言いませんとも、ご命令ですから」

「でも、わたしの将来のこと、何かおっしゃったかくらいは言えるでしょう？　結婚のこととか」

「結婚ねえ、それがお知りになりたいのですね。ええ、確かにお嬢さまの結婚について話し合いました」

「まあ、本人に内緒で結婚の話をしたのね。それをわたしは知ることもできない！　そんなこと不当だわ。ほのめかすくらいのことしてくれたっていいはずよ」

ジュリアはリネンにくるんだものを赤い大きな箱の中にしまうと、錠を確かめ、指で何度もふたをそっとなで、満足げに全体をながめた。それから、隣家の庭をチラッと見下ろした。

「時々」乳母のささやき声にカテリーナもそっと身をかがめた。「時々、見られているような気がします」

カテリーナも下を見下ろした。だが、日の光がチラチラと踊っている数本の小道が走る濃く茂った緑の他に何も見えるものはなかった。

「あそこの下から？　誰かしら？」

「存じませんよ。ですけれど、感じるんでございます。視線が矢のように飛んでくるのを、時々背中に感じます」

「あら、わかった」カテリーナは微笑んだ。「お父さまの考えを知らせたくないから、だから話題をそらそうと、作り話をしているんだわ」

「何をおっしゃいますやら。わたくしはただ、お嬢さまも同じような気がしないか知りたいだけですよ。秘密の話をするときには、誰にも聞かれていないことが確かでなければなりませんからね」

「秘密の話ですって！　それなら、わたしもそんな気がしているわ。打ち明けてくれるんでしょう？」

「落ち着いてくださいな、お嬢さま。つまり、何も気がつかなかったのでございますね？」

「二回か三回、朝方、お隣りの伯爵をお見かけしたけど、他には別に」

「はい、伯爵さまは朝ほんの数分お庭においでになります。ですが、あの方はとてもすばらしい誰からも尊敬されておいでの方で、他人をスパイするなんてとんでもございません。ましてや女性ふたりを監視するなんてことするわけもございません。あの方をどう思われますか？」

「誰？」

「まあ、お嬢さま！　伯爵さまでございますよ、お隣りの。どう思われます？」

「お父さまはあの方をわたしの夫にと考えておいでだと言うの？」

「いえ、めっそうもございません。お父さまは伯爵さまのことなどこれっぽっちもお話になりませんでした」

「じゃ、なんであの方の話をするの？　わたしは冗談を言うような気分じゃないのよ」

「あの方がお気に召したかと伺っているだけですよ。結婚の話が先に進めば、高貴な家柄のどなたかということになるんですから」

「でも伯爵はいやよ！　小さいころひざに乗ったことがあるのよ」

「そんなことどうってことじゃありませんよ。行儀作法も知らない、バカなことばかり考えている洟垂れ小僧じゃしかたありません。伯爵さまはあちこちの国をごらんになった、賢く楽しいお方です。お嬢さまを自由にさせてくださいますよ」

「伯爵のことはもう言わないで！　わたしは、自分があまりよく知らない方で、あちらもわたしのことを知らない人がいいわ。偶然のようにして出会って、一緒にしてもらう。そして、お互いが苦しくならない程度に離れている。さあ、お父さまは何ておっしゃったの？」

「約束をたがえる気はありませんよ。ですが、ちょっとしたヒントくらいはさしあげましょう。さあ、このグラスを布でそっとふいてください、ふちだけですよ。壊れやすいですから、気をつけて。ムラノ産で、わたしたちふたりの歳を足したよりもっと古いものです」

ジュリアは薄い布にくるまれたグラスをかごから取り出した。刻み模様のついたグラスが日の光にキラキラ輝いて、空中に小さな装飾を描きだそうとするかのようだ。

「どうしてこれを磨くのかしら?」カテリーナはグラスをひとつ手に取った。

「下働きの女たちに任せるわけにはいきませんよ」

「そういうことではないのよ。どうして今やらなければいけないのって聞いてるの」

「お父さまが結婚式をお待ちかねだと思いますから」

カテリーナはハッと息をのんだ。乳母を見つめると、次の瞬間には、飛び上がるように立ち上がった。

「まあ、ひどいわ。いろいろ知っているくせに、少しも教えてくれないのね。それでもって、グラスやらスプーンやら押しつけて、わたしが何も知らずに手入れをしているのは、結婚式のためで、それも遠い先のことではないっていうのね。わたしをじらすつもりなの?」

「まあ、お座りくださいな。父親というものは娘と結婚のことなど話し合わないものですよ。娘を結婚させると決めたら、手を尽くして相手をさがし、意見が一致したら契約を交わし、それから初めて娘と話すのですよ。ヴェネチアでは、何百年も昔からそうなのですから、変えるわけにはいきません。父親を説得するなど、とんでもないことです」

「何も関係ない娘と話すかわりに、娘に関係ないことにやたらと鼻をつっこむ乳母と相談するというわけね」カテリーナは答えた。

「まあ、なんてこと! 失礼させていただきます」ジュリアが銀食器の箱を持とうとすると、カテリーナが両手でそれを抱えこんだ。

「お願いよ、ジュリア。分かるでしょう、いらいらして落ち着かないのよ。責めてるわけじゃないの。でもね、自分の運命がよそで決められるのを知っているのに、ただぼんやりここに座って、何もしないでいるのが耐えられないのよ」

ジュリアはそういう彼女の髪をそっとなでた。

「お父さまにとってはたやすいことではないのですよ。あの方の思いは古い大きな屋敷の中をあっちへ行ったりこっちへ行ったりしていらっしゃいます。玄関ホールにはおいしいヴェネチアのクッキーが山積みになっていますが、まずドアを開けなければ、これをワインや卵の黄身でやわらかくすることはできません。どこかに、狭いひそやかな階段が上の方の部屋へとつづいていて、その部屋の多くにはあちこちにぼんやりした痛みが住みついております。ご自分の亡くなった奥方さまたちや、その方たちが授けてくださらなかったご子息さまがたにたいする痛みでございます。それから、祖先が残した財産でいっぱいの豪華な広間がございます。たくさんの土地、たくさんのお金、たくさんの品物。そして、小さいけれど気持ちの良いお部屋が現れ、そのひとつにご自分のいちばん上のお嬢さまがいらっしゃるんでございますよ。それを失うことになったら、ぼんやりとした痛みに満ちた部屋が押し寄せてくる、そういうふうに思いがちぢに乱れていきます」

「お父さまはわたしに結婚してほしくないのかしら?」

「そんなことはございません。ご自分のいちばん上の娘が結婚することだけが、豪華な広間が空っぽになってしまうことを防ぐ途なのですから。あの方は、すべてが今のままであることをお望みで、このままこの大きな古いどくろ屋敷でお暮らしになりたいのですよ」

「ということは……」カテリーナはつぶやいた。「つまり、わたしは結婚するけど、このままこの家に住みつづけるということなのね」

「わたくしはなにも申しませんでしたよ」乳母は小さな声で言った。「お嬢さまがわたくしの頭の中を推察なさっただけで、これは防ぎようもございませんものね」

「そうよ、お前は何も言わなかったわ。ああ、でもどうか先を続けて……ここにいなくてはならないとなると、結婚の相手は……お父さまは平民と結婚させようと考えておいでなのかしら？」

「わたくしは何も申しませんよ。でも、そんなこと旦那さまがお考えになるわけないことはご存知のはずです」

「それだと……つまり……」カテリーナは頭をめぐらした。「ということは、自分では相続しない人、長男ではない、次男か三男ということね。そうだわ、そうに違いないわ」

「大きな声を出さないでくださいな、お嬢さま」乳母がそっとささやいた。「誰にも聞かれてはなりませんし、この考えが人に知られることがあってはなりませんから」

「秘密ですって！　わたしにだって想像できたのに！　簡単なことじゃない！」

「わたくしは何も言いませんでしたよ。わたくしはただ骨組みだけを描いてさしあげただけでございます」

カテリーナは興奮して立ち上がると、乳母のひたいにキスをした。大きな重荷から解放されたような気がしていた。婚礼の日が来る！　それももうあまり先のことではない。自由な生活がもうすぐ近くまで来ている！

彼女は腕を大きく広げ、テラスの手すりに寄りかかった。そよ風が、まるで自分の体を宙に舞い上げるような気がした。空から街をみおろすような、思いがけない喜びが広がるのを感じた。

「ジュリア」カテリーナは乳母に呼びかけた。「お父さまに魔法のクッキーをどんどんさしあげてよ。シナモンをふりかけ、アーモンドの実を取り出し、最高のオレンジの皮をけずって、松の実をつぶして入れて、それにバニラを加えて、上等のチョコレートをこまかい粉にしてまぶしてね。上等なワイン、最高級のシャンペンも忘れないでね。そうしたら、そうしたら、華麗な大階段が開き、上のお部屋へ、大広間へ寝室へ、今はまだ閉まったままになっている、入ってはいけない部屋へ行かれるのよ」

ジュリアはカテリーナをぎゅっと抱きしめ、ふたりで声をあげて笑った。それから、残りのグラスを取り上げると、明かりにかざして、くもりを調べた。祝いの日に、少しのくもりもあってはならない。

第十一章

夜遅く、アンドレアは修道院を抜け出すと、岸壁に座り屈みこんで水面を見下ろした。暗すぎて自分の顔はみえるわけもなかった。右手で水をすくい、顔をツルッとひとなでした。いい気持ちだった。この潮と海藻のにおい！　忘れようにも忘れられないなじみ深いにおい。

——向こうに見える少し高くなったところが、いつもいつも聞かされているヴェネチアという街にちがいない。いったいもう何度尋ねられたことだろう。だが、その度に首を横に振らなければならなかった。いや、ヴェネチアなどという街は知らない、今までに聞いたこともない、それは絶対うそではない。

彼らはその類の質問を携えていつもいつも自分の後をつけまわす。毎日のように、両親は？　ふるさとは？　としつこく尋ねてくる。あるいは、総督の名前を知っているか？　街の守護聖人の名前を知っているか？　と繰りかえし質問してくる。

どれもこれも何ひとつ知らない。知っていたらよいのにとは思っても、相手に尋ね返す気にはなれない。へたに質問などしようものなら、その何倍もの質問が返ってくる。

あの人たちは、いつもいつもわたしをじっと注目している。朝早く日が昇るとき、その日一番の光とともに起きるとき以外気分の休まることがない。起きればすぐに、誰かがわたしにはりついている。少なくともひとりは、後をついてきたり遠くから見張っていたりする。まるで、そののろのろしたひきずるような足どりと、見せかけの微笑みと、一日中止むことのない陰険なささやきで絶えずわたしを包み込んでいようと考えているみたいだ。

彼らは舟をどこに隠したのだろう？　ああ、舟に帰りたい！　あの舟が自分の全財産だったのに、どこにあるのかといくら尋ねても、言を左右にするばかりで決して答えてくれない。どこかの鍵のかかった大きな舟置き場にあるのかもしれないが、沈められてしまったかもしれない。あの人たちは何にでも首をつっこんで、あれこれ指図したり教えてくれようとしたりする。つまるところ、一時もじっと静かにしていられないのだ。こういうふうに岸壁に座りこんで、ただじっと眺めているなど、できない相談なのだ。

アンドレアは水に足をつっこんだ。なんといい気持ちだ。水に触れるのは何にもましてすばらしい！　水はこの上なくやさしく肌にのってきて、包みこみ、そして体を抱きこんでいく。そして緩慢にやわらかに四方八方に分かれ流れる水に、体は溶けて消えていく。

あそこに見えるのがヴェネチアだ。水のなかで息づき、水のなかに家が建っている街、そう彼らは言っている。おそらくあそこでは、人々は水の上を散歩したり、家から家へ舟やゴンドラで渡ったりするのだろう。そういう街こそ自分が望んでいた街だ。水の中に家が建っている水の街、それをずっと夢見ていた。

彼は目を細めると、薄くあけたまぶたの間から遠くを見やった。あそこに見える色とりどりの燃え立つようなところが、いつも聞かされているサン・マルコ広場だろう。なんと素晴らしい光景だ！　飛び跳ね、回転し、天まで舞い上がる極彩色のキラメキが運河の作り出す黒い線の上で踊っている。いや、線よりは太い。むしろ綱というべきだろう。この綱の上で、家々が、ドームが、鐘楼がゆらめいている。

この光景をながめているうち、突然、胸がドキドキしてきた。この光景が、大きく口をあけた奈落の底に落ち込まないように、綱をとび越えて歩きだしたりしないように、しっかりとつかみ支えていなければならないようなそんな気がしてきた。

アンドレアは右手の指をぬらすと、石の上に線を一本ひいた。見るんじゃない！　目は閉じておけ！　そうすれば、あの炎のような光景が脳裏に浮かび、指が自然と描いてくれる。まっすぐな運河、そしてその上で揺らめく尖ったもの、弧を描くもの、そして丸いもの。

いつのまにか漆黒の闇が訪れていた。彼らはまだ自分をみつけだしていないが、やがて僧侶を数人捜索に送りだしてくるだろう。だが、水を怖がっていて、飛まつひとつでもかかれば何か悪いことが起きるとでも思うのか、手を洗うときも指先しかぬらそうとしない僧侶たちには、自分が静かに水辺に座っているなどとは思いもよらないだろう。

それに、いつだってこの黒い服だ！　暑苦しいうえに、歩くたびに体にまとわりつく！

アンドレアは自分の体を見回した。突然、心が決まった。こんな服は脱いでしまおう！　何日も前からそうしたくてたまらなかった。もう一度両手で水をすくうと、急に寒さを感じたが、水は、背中にそっと触れながらサン・マルコ広場に向けて吹いている夜風よりずっと暖かかった。

両手で頭に水をかけ、それから飛び込んだ。ひとかき、ふたかき、そしてもぐった。今こそ我が家にいる！今なら自分がどこにいるか分かる、我が家だ！　今なら、いくらでも質問に答えることができるが、彼らは何一つ理解できないだろう。水に飛び込む人間も理解できないだろうし、水とその広がりを我が家と思う人間など、決して理解するはずもない。こんなに泳げるやつなどひとりもいないから、帆船やゴンドラに逃げ込んで、ヨチヨチ歩きの赤ん坊みたいにおぼつかなげにウロウロするばかりだろう。だが、そんなことは今はどうでもいいことだ。なにもかも忘れてしまったが、同じように、彼らのことも忘れよう。

アンドレアは水の流れを感じた。毎日ただボンヤリ水を見ていたわけではない。水がどちらの方向に流れていくのかをじっとみつめ、流れがサン・マルコ広場のほうへ、そしてそれから力強く、はるかかなたの暗い広がりへと進むのを見ていた。水の都ヴェネチア、家々が、光が、水の上で踊っている街へ行くには、流れにのって泳がなければたどりつけない。

日がな一日流れの向きを観察していたのに、誰もそのことに気付いていなかった。この夜は、かすかな風が吹いているだけで、静かな流れは彼を軽々と運んでくれた。

サン・マルコ広場へ行きたいわけではなかった。あそこは明るすぎる。それよりずっと左の方、家々の連なりが浮かび上がり、一本の広い道が伸びているところ、僧侶たちが「大運河」と呼んでいるあたり、そこへ行きたかった。この運河にもぐり、ゆっくりと街の中心部へ……

息ひとつはずませずグイグイと進んでいった。こんなにうまく泳げることを誰も知らないし、これほど泳げる人間などひとりもいないだろう。今ごろ彼らは右往左往して、修道院の隅から隅まで探し回っていることだろう。消えてしまった！　さぞ大騒ぎしているはずだ。だが彼は、二度と帰るつもりはなかった。彼らがうっとうしくてならなかった。これほどうっとうしいと感じたことは初めてだった。

流れにのって泳いでいると次第に何もかも忘れられた。物憂い気配のただよう修道院、重苦しく沈んだ単調な色合い、どこもかしこも白、白、白、ほかの色彩のない修道院、わずかに薄汚い黒があるだけ。それもしっかりした深みのあるものではなく、もったりとネバつくような黒。アンドレアは色についてはよく知っている。水のなかで、彼はいつも色を観察し、海の底深くまで追いかけていたから、黒の色調もたくさん知っていた。イカの黒光り、濃い緑がかった貝の黒。

あそこが大運河にちがいない。運河の両側に並ぶたいまつに明々と照らし出された家々は、文字通り水の中に立っている。たいまつの明かりが水の中にもぐりこんでいて、家々はファサードの姿をその中に映し出している。そして上と下が、下と上が渾然と一体をなして、明るく照らされた空が水のなかで揺れ動いている。その底深くには、無数の空の幻影が見られるはずだ、もぐって、もっとよく見てみよう。

家々につながれたたくさんのゴンドラにぶつからないためには、深く深く潜らなければならなかった。

彼はもう一度体を伸ばすと、大運河の光景をしっかりと見つめた。水の都の住民たちが、新しい息子、魚のように泳ぐ漁師の彼、第二の故郷を捜している男を歓迎するために喜びの火を灯しているような気がしていた。

第二部

第十二章

目覚めとともにペトラルカの詩がふと脳裏に浮かんでくることがよくある。

ひとり、物思いに沈みながら、ゆっくりと正確な足どりで、私は歩む
荒涼とした大地を……

この詩は、もう永いこと取り出すこともない古い本が入っている動きの悪い引出しの中から響いてくるかのようだった。当然のような顔で頭の中に住みついているこの詩は、見捨てられた本の復讐だ、最近、そんな風に思えてならなかった。

心に重くのしかかるこの内心のざわめきを頭から追い払おう、それが毎朝の日課になっている。おそらく以前はこの詩が気に入っていたのだろうが、今ではカビ臭く因循なにおいがする。ペトラルカを別の詩人と代える時機なのだろう。今の自分の気分にしっくりする新しい詩人を選びだそう。

この孤独と荒廃の古臭い字句は誰に向けられたものだ？　自分であるわけはないぞ！　四十六というのはかなりの歳だが、娘に世話されている隣家のジョヴァンニ・ナルディほどの年寄りでもない。古い家柄の嫡男である伯爵には、新しいものを征服する意欲がまだ残っていた。

この屋敷はあまりにも静かすぎる。両親が死んでからというもの、まるで誰もいないみたいだ。自分がもし結婚していたら、広間といわずどの部屋も今とはまるで違う趣だろう。この朝早い時間、変わりやすい空のように青いどんすの天蓋つきベッド、どっしりした広いベッドにひとりで身を横たえていることもないだろう。おそらく傍らには、この瞬間を幸せの時間に高めてくれる若い女性が横たわっているはずだ。健康そうな肌をした、すぐポッと顔を赤らめる女《ひと》が……

パオロは無意識に首を振っていた。しばらく前から、この姿がしばしば脳裏に浮かんでくる。身を横たえても、座っても、その情熱的な姿がゆっくりと押し寄せてくる。はじめのうちは、ボンヤリとした影のようなものだったのが、今や、頭の隅々に住みついて、彼の体を熱くする。それに抗うなどできない話で、その姿はどんどん膨れあがり、無理やり追い出さないと、とても他のことなど考えられなくなってしまう。

彼は起きあがると、軽い絹のガウンを大急ぎでさがしだし、部屋の中をうろうろと歩きまわった。結婚したとしても、妻となる女性は別棟に自分の寝室、着替えの間を持つことになるが、だとしても、彼がもう十年もひとりで眠っているこの部屋で、気が向けば、夜時々は会うことになる。

彼は窓を開けたが、明かりが入らないように、よろい戸は閉めたままにしておいた。若いご婦人は、朝早く日の光になど押し入ってもらいたくないだろう。もう一、二時間、ベッドに横になって、自分のかたわらで過ごしていたいはずだ。誰にも邪魔されないように、召使いも来させないようにしよう。音もダメだ。聞こえてきてよいのは、外の通りから入ってくる物売りたちの呼び交わすかすかなざわめきと、運河の水がぶつかり合う音だけ。

それは今よりもっと気ままだったり、いいかげんな生活かもしれないが、たとえ昼日中はほとんど顔を合わせることがないにしても、自分以外の人間と分かち合う、これまでとはひとあじ違う生活となるはずで、それが朝の目覚めとともに始まることになる。

一緒に街中に出ていくわけにはいかないだろうが、昼を楽しんでいる若妻にまとわりついてブラブラ歩くこともあるまい、それでは粗末な芸を見せようとしている大道芸人と変わらないではないか。だが、劇場なら、ときどき出会うこともできようというものだ。偶然のようなふりをして、前もってこっそり、同じ桟敷席を指定しておけばいい。そして一緒にシャーベットを食べる……

やりようはいくらだってある。こっそり出会う方法はどうとでも考えだせる。人生がずっと豊かに、変化に富んだものになるのは考えるまでもない！　ひとりでくよくよ思いわずらうこともなくなるだろう。そんなことをしていれば、どんどん暗い気持ちになるだけだ。義務をひとりでしょいこむなんてこととともサヨナラだ。召使いに指示をだすのは伯爵夫人で、毎度毎度の食事や庭の手入れ、見ることもない家具の手配に心を煩わせることもなくなる。

パオロはひとりうなずくと、絹のガウンのベルトを締めなおした。理性というメガネを通して見ても、結婚は好都合だ。ナルディ家は旧家のひとつというわけではないから、そういう家との縁組は身分違いというべきものかもしれないが、長男が結婚する決心がつかないために旧家と言われる家柄がつぎつぎと絶えていった時代の古くさい法律にしばられる必要などまるでない。

彼自身ももうじゅうぶん長いことぐずぐずしてきたが、隣家の娘カテリーナを見てからというもの、このためらいは、日一日弱まっていった。

カテリーナ？　ナルディ？　ついに白状してしまった。大声で何か言ってしまっただろうか？　そして、それを誰かに聞かれた？

彼は一度開けた窓をまた閉めに行った。彼の頭のなかを巡っているのは、考えぬいた挙句のことではなく、単なる思いつき、青年の頃しょっちゅう感じたのと同じ肉体のうずきにあおられためくるめくような思いだった。うずくような渇きとはとうに縁が切れたと思っていた。月に二度、三度、その手の場所をこっそりと訪ねれば、それで用は足りていたのに、しばらく前から、毎朝のように激しい欲望がわきあがり、おさえこむのに苦労がいる。否、隣家のバルコニーのあの若い女性と結婚すると決めたわけではない。断じてそんなことはない。今日やっと、自分の気持ちが彼女に向いただけのことで、それはとりたててどういうことではない。この町には、結婚する価値のある娘はごまんといるのだから、手っ取り早く隣家の娘に手などださず、まずもっと広く捜してみる必要がある。

少し気分が落ち着いてきた。朝早くに、この薄暗い部屋のなかでウロウロする習慣がついてしまったのは残念だ。彼はまた窓に近づくと、ひとつひとつガラスをあけ、よろい戸も開けた。ガラガラという音が家の壁にひびき、すぐまた消えたが、その音は屋敷の半分ほどにも伝わったのではないかと思われるほどで、思わずハッとなった。

いすに座ろうとすると、かすかな咳払いの音が聞こえてきた。主人がその日最初の物音を立てるのを、カルロが待っていたようだ。ドアの向こうから、いつもの静かな声が聞こえてきた。

「お目覚めですか？　下におかしな男が来ておりまして、わたしどもにはどうもよく判りません。ご自分で直接ご覧になるほうがよいかと考えますが……」

「男？　どんな男だね？」声に不機嫌がにじみ出た。

「身に何もつけておりません。泳いで屋敷内に入って来ました」

「何だと？　待て、すぐ行く」

パオロは大急ぎで服を着ると、寝室を出た。カルロは途方にくれたように両手を大きく広げている。

「人目がありますので、庭のほうに連れてまいりました。おそらく気が触れているのでしょう、病人かと思います」

パオロはいやな予感がした。カルロの話は、例の男、もう係わりたくないと思っている男アンドレアのことを思いださせる。だが、そんなことはありえない。彼はまだ修道院に収容されていて、ひとりでここまで来られるわけもない。

階下の玄関ホールには野次馬が数人、口をポカンと開けていた。彼は、その連中をすぐに追い出すと、門を閉めるように命じた。それから先に立って案内するカルロと一緒に庭に急いだ。

「おかしな男」はガラス小屋にいた。そこでうずくまっている男は、まぎれもなく彼、アンドレアだった。裸で地面にすわりこみ、ふくらはぎをこすっていたが、伯爵を見るとノロノロと立ちあがった。

「おはようございます、伯爵さま。昨晩はお屋敷内で過ごさせていただきました。あちらの玄関ホールで。ありがとうございました」

「急いで、何か着るものをもってきなさい。なんでもいいが、黒いのはダメだ。弟のものなら大きさが合うだろう」カルロに命じた。

カルロがいなくなると、パオロはガラス小屋のドアを閉め、相手をベンチに座らせた。急いで上を見上げたが、彼女はまだバルコニーには出ていない。よかった、気づかれなかった。

「どうやってここまで来たのかね？」と静かに尋ねた。

「泳いで」

「それは無理だろう。サン・ジョルジョからここまで泳いでくるなんて、誰にもできることではない。不可能だ」

「わたしにはできます。流れに乗って泳いできました。むずかしくないです。わたしは腕のよい漁師で、水のことなら何から何まで知っていると申しあげたはずです」

「本当か？　おまえは、魚みたいに泳いできたと言うのか？」

「そうです、魚みたいに。わたしは魚のようにおよげる漁師です。でなければ、魚を捕まえることなんかできません」

「くだらん！　魚は手で捕るわけではないだろう。おまえがほんとうに漁師だとしよう。だが、手ではなく、網を使うだろう」

「はい、網で捕ります。ですが、手でも捕まえます。大きな魚は、手でしか捕まえられませんから」

「そうやって捕った大きな魚をどこで売ったのかな？」

「売りませんでした。自分たちで食べました。わたしは自分で捕った魚を食べました」

「自分たちというのは誰のことかね？」

「わかりません、忘れました。ひとりで食べたのではなく、誰かと分け合ったことしか覚えていません」

「つまり、ふたりで食べたと言いたいんだね？」

「はい、そうだと思います」

　カルロが服をもって戻ってきた。パオロはざっと調べると、そのうちの何枚かをアンドレアに渡し、アンドレアはのろのろとそれを身につけた。ひざまでの紺色のズボン、白いシャツに植物模様のヴェスト。どれもぴったりで、これで髪をとかせば、高貴な家柄の若者と言ってもとおるほどであった。

　カルロもまたその変わりように気がついたらしく、一歩さがると、感心したようにながめている。

「この家への道を誰に教えてもらった？　どうやって、この屋敷をみつけた？」

「わたしは長いこと泳いで疲れて、休みたいと思いました。その時目についた屋敷の門柱の下にもぐれることがわかりました」

「つまり、この家を見つけたのは偶然、そう言いたいわけか？」

「はい」

「うそだ！」パオロはいきり立った。「いいかげんなことを言うな！　院長に教えてもらったな？　でなければ、僧侶が門のところまで連れてきて、置き去りにしていったか。そうに決まっている」

「いいえ、伯爵さま、そうではありません。わたしはひとりで見つけました。ここへ来られて幸運です。命の恩人にまた出会うことができて」

「恩人だと！　前にも聞いたし、おまえはもう感謝もした。言ったはずだ、わたしはキリスト者としての義務を果たしただけだ。それだけだ。おまえを引き取るとは言ってない！」

「もう一度お願いします、ぜひそうしてください。修道院へ二度と戻る気はありません。一日中、見張られていて、気が休まることがありません。見張られていたくないのです。何でもいたします、ここで使ってください」

パオロは大きなため息をついた。決意を固めた男に逆らうのは容易なことではない。しかも、この屋敷にいるのが当然という顔で目の前に立っている。そこには断固たる意志が感じられた。

彼はほんとうに泳いできたのだろうか？　そんなことができた人間のことなど、聞いたこともなかった。この男は毅然としていて正直そうだ。目をじっと見て答える様を見れば、とても、嘘をついているとは考えられない。

「ここで待っていろ」

パオロはカルロについてくるように合図した。ガラス小屋のドアを閉め、並んで庭の小道を辿った。隣家のバルコニーでは女中がひとり毛布と華やかな色の敷物を広げている。

「ほんとうだと思うか？」

「はい」とカルロ。「わたしは彼を信じます」

「さしあたりはここに置いておこう」とパオロは言った。「修道院の院長と相談してみるが、役所に届けることになるだろう。街中が大騒ぎしているのだ。この屋敷が巡礼地になんかなってもらいたくないからな。誰にも言うなよ。門は閉めたままにして、できるかぎり秘密にしておくのだ。わかったな？」

「もちろんです。あの男をどこに置きましょうか？　何をさせたらよいでしょうね？」

「台所の下働きか、庭仕事でもさせておけ。なんでもかまわんが、あいつの言うことには注意するように。何も思い出せないそうだが、おそらく何か判ってくるだろう」

「承知しました」

「カルロ、この件はおまえが扱うように。どうなるかはっきりするまで、親切にしてやれ。だが、目を離すでないぞ。おまえを信用しているからな」

「恐縮です。すべきことはわきまえておりますから、ご満足いただけると思います」

ふたりはガラス小屋に戻った。隣家の女中は今度はじゅうたんを広げている。

アンドレアは、パオロを見ると立ちあがった。

「二、三日はここにいるといい。カルロが面倒をみてくれる。それから、どうするか決めよう」

「ありがとうございます！」

「わたしもおろかだな、おまえを信用するとは」

「もうひとつお願いがあります」アンドレアは身を正した。「寝るのは外でかまいませんか？　天気がよいときは、いつもそうしていましたから。雨のときは、このガラスの部屋で眠ります」

「この小屋で？　ダメだ！　ここはそのためにはできていない」パオロはきっぱりと言った。

「どうしてでしょう？　大きさは充分ですし、誰の邪魔にもなりません」

パオロはカルロを見た。ヤレヤレ、それではわたしの隠れ場所がなくなってしまう。許可しなくてはいけないかな？　それともこれは、今や頭から去らないバルコニーを見ないようにという、天の配剤だろうか？

「どう思う？」カルロに尋ねた。

「反対する理由もありませんが」

「好きにしたらいい」パオロは言った。「だが、今日のところはこれまでだ。これ以上邪魔されたくない。忙しいからな」

アンドレアは腰をかがめて挨拶をし、カルロはそこにとどまり、パオロは急ぎ足で立ち去った。近いうちにこの件を解決しよう。おそらく、議会のどこかの委員会が手がけてくれるだろう。きっと何か決めてくれるはずだ。パンの値段から、通りに干してよい洗濯物の大きさまで、どんな些細なことでも決めるのだから。

彼は玄関ホールで一瞬立ち止まった。ダメだ、ここからではバルコニーは見えない。カルロの落ち着いた声が聞こえてくる。

「伯爵さまに、ああいうお願いをしてはいけない」

「ていねいにお尋ねしただけです」

「何をなさるかは伯爵さまがお決めになることで、押しつけるなんてとんでもない」

「押しつけてなんかいません。提案させていただいただけです」

「ヤレヤレ！　おまえはここで働くが、これ以上の要求はなしだぞ。わたしの名はカルロ。仕事の説明をしてやる」

「ありがとうございます」

「おっと、その前にひとつ。どこから来たのかほんとうに覚えていないのかい？」

「ええ、覚えていません」

「いつも外で寝ていたと言ってたじゃないか」

「はい、たいがい外で寝ていました。すくなくとも、それに慣れています」

「それは覚えているわけだ？」

「外で寝ていたのは思いだしましたが、どこでだったかは思いだせません」

「いいさ、そのうち思いだすよ」

パオロはカルロがそう言うのを聞いていた。それから階段を急ぎ足でのぼっていった。図書室で議会あてに手紙を書こう。

第十三章

アンドレアが屋敷のなかで一番好きな場所は玄関ホールだ。ここの小さな階段はいつも波で洗われている。藻で覆われたぬるぬるした石の上にしゃがみこみ、押し寄せる波をじっと見ている。午前中、太陽は広い門のあたりにあり、光線は水底まで届く。ここでは建物全体が水と結びついている。ここは彼がいつも夢見ていた水中建築だ。

だが、ここ以外、際限なく枝分かれした屋敷のことは何もわからなかった。部屋数は六十四あるはずだ、とカルロは言うが、正確なところを知らないのも無理はない。二階の部屋は主人用で、召使いは締め出されているし、三階の部屋もほとんど入れないからだ。使用人の部屋は屋根裏の小さな部屋で、日中はひどく暑い。ここでは何もかもが干上がるらしく、床にはからからになった花びらや、虫の死骸がちらばっている。ここの住人たちは、それをほうきで掃き集め窓から外へ捨てる。

アンドレアが料理女の手伝いをすることになっている台所は、玄関ホールのすぐ上の中二階にある。彼は野菜やくだものでいっぱいのかごを運びあげ、たきぎを集め、火の始末をし、そしてゴミを運びおろす。

しばらくすると、カルロの買い物について行くのを許された。カルロは狭い道を、目的地目指して一心不乱に歩いていく。前を行くカルロを見失わないようにしっかり視線をあてておかなければならないから、キョロキョロあたりを見まわすひまはまるでなく、せいぜい地面を見るのが関の山だ。狭い小路は薄暗く湿っていて、建物の土台の部分は青かびがびっしり生えている。明るく大きな広場を目にしたときにはびっくりした。太陽は、空を捕えようと大きく口を開けた貝のうえに鎮座しているようだった。

橋があると、どんな小さなものでもその上で立ち止まり、水の中を覗き込んだ。橋と見れば、急いでのぼり、そしてそこからしぶしぶ降りてくるのは、小さな波の上下動のようなもの。ただその波は石でできている。

魚市場に到着すると、彼はやっと我にかえる。こんなにたくさんの魚が一ヶ所に集まっているのをこれまでに見たことがない。屋台に駈けより、魚をつかんだ。彼はどの魚も知りつくしていた。魚の名前を知っているだけでなく、死んでからどのくらい経っているかもわかる。居合わせた買い物客が数人、彼のおだやかだがきっぱりした話し振りに気づき、彼が何を買うように薦めるかを知ろうと、まわりに集まってくる。だが、人だかりが大きくならないうちにいつもカルロが彼をひっぱりだす。買い物客はしばらく後をついてくるが、屋敷に近づくまでにはなんとか振り切ることができる。

伯爵家の台所で、アンドレアは魚を調理すると言い張った。木で焼き網を作り、その上で魚をひっくり返す。熱く焼けた魚を石のプレートに置き、手早く皮をむいていると、みなが周りを取り囲んだ。左右どちらの手にも一本、つめを長くした指があり、それで骨から熱い身をはがす。

「うまいもんだ。どこで習ったんだい?」カルロの問いに「子どものころから知ってます」そう答えた。

彼は、特に用を言いつかってないときには庭にいる。塀にそって地面を掘り、小さな苗床を作りはじめていて、花に水をやるのに飽きるということがなかった。

「この庭は乾き過ぎてます。小さな水路をひいて、庭が緑いっぱい花いっぱいになるようにします」

彼は台所のゴミを作ったばかりの苗床に撒いては土と混ぜ合わせた。大量の魚の骨は土の上にばら撒いた。二日、三日経つと、骨は太陽に照らされてカラカラとなる。それを彼は土に埋めた。

「彼とうまくやっているかな?」アンドレアから目を放さないカルロにパオロは尋ねた。

「まるで、あれがもうずっと前からお屋敷にいるみたいな気になります」カルロは答えた。

「二、三日で、ああしろこうしろ、言わないで済むようになりましたから」

「役に立ちそうかね?」

「いろいろ手伝ってますよ。台所仕事もやれば、ゴンドラの修理もしますし、女どもが荷物を運ぶ手伝いもします。わたしは買い物に一緒に来てもらってます」

「よきサマリア人というわけかね? ほんとうに文句はないのかね?」

「はい、非の打ちどころがありません。すぐ裸になることを除けば。よく庭で裸になっています。まあ、生垣の陰ですから、興味津々の娘っ子に見られることはありませんが。疲れると、寝に行く時のように脱ぐのです。日中、しゃべっている最中でも眠り込んでしまうことがあるのです。起こすと、庭に出て服を脱ぎ、そしてまた眠りこみます。どうやら、芯から疲れているようです」

「おまえに何か語ってきかせたかな? 少しは、打ち解けてきた?」

「いいえ。何も思い出せないようです。嘘をついてるとは思えません。何も思い出せないことがつらいようです。玄関ホールに座り込んで、水をじっと見つめていることがよくあるのですが、何とか、記憶を取り戻そうとでもしているようです」

「それらしきことを言ったのかい?」

「はい。ホールに座り込んでいるわけを聞いてみたことがあるのですが、どうも自分の家の一部がここに隠れているような気がするらしいです。ただ、自分でも正確なところはわからないようです」

「修道院の院長は、しばらくここで預かったらどうだと、言ってるんだがな」

「そうおっしゃると思っていました」

「カルロ、一番彼と関わっているおまえの意見を聞きたいのだが」

「ありがとうございます。わたしに異存はありません。今後も彼の面倒を見させていただきます」

こうしてカルロは、アンドレアにきちんとした服を着せるために仕立て屋を頼んだ。シャツ、ズボン、マント、それぞれ夏と冬用のものを作らせた。アンドレアは靴下をはくことを拒み、靴は自分で作ると言い張った。小屋に長い時間こもって、布切れを縫い合わせたり、ほどいて縫い直したりしているうちに、針を持ったまま寝込んでしまうこともあった。

彼は時々、勇気をふるって屋敷の外へ出ていくことがあった。小道を数歩、いったり戻ったりするが、門をいつも視界におさめている。角を曲がったり、屋敷にまるで背を向ける勇気はないようで、見ていないと、すぐ消えてなくなってしまうような気がするらしい。

カルロに聞かれて彼は答えた。

「本当に恐ろしいのです。何もかもが消えてなくなってしまうような気がして。お屋敷の姿を頭に刻みこんでおくことができないのです。ここで出会った人々は、頭を素通りするだけですし。賄いのおばさんとは台所で、ゴンドラ漕ぎとはホールでというふうに、いつも同じ場所で同じ人に出会うから、なんとか分かるだけです。時々、目が覚めたときですが、自分がひとりでボートの中にいて、この水の都のこともそこに住む人々のことも、全部夢だったような気がして、怖くなります」

カルロは前にもましてアンドレアを注意して見るようにした。指先で石の上に線のようなものを引いていることがよくある。そうしている時には、目を閉じているようだ。その姿はまるで、盲人が、闇の中から、無から世界を創造しようとしているようであった。

第十四章

「ジュリア、早く、早く、早く！　あの人また眠りこんじゃったわ」カテリーナはバルコニーの柵ごしに身をのりだした。ジュリアは右腕に服を一着かけて階段をのぼってくると、隣りに腰をおろした。

「わたくしは見なくてけっこうですよ」小声で言うと、糸と針をとりだし服を繕いはじめた。

「見ないの？　相変わらずねえ！」

「お嬢さまがご覧になったのを、お聞きするだけで充分です」

「思ってたより、ずっとハンサムよ。細面《ほそおもて》で、背が高くて、肌はちょっと浅黒い……」

「肌の色？　どうしてそんなものが見えるんでございますか？」

「まあ！　また同じことを聞くのね。何度も言ったでしょ、裸で寝ているって。見てみなさいよ」

「いいえ、見ません。裸の男性を見るなんて、無礼でございますよ。しかも、寝ているのを見るなんて失礼きわまります」

「無礼だとか、失礼だとか、そんなことどうでもいいでしょ。あの人が目の前で気を失ったら何ができるかしら？　ねえ、ジュリア、なんとか言ってよ！　おまえ、男性の裸体を見たことないの？」

「そういう質問はなさるもんじゃありませんよ」

「あら、いいじゃない。返事をしてちょうだい」

老乳母のジュリアは一瞬ためらい、縫い物をひざに落とすと遠くを見つめた。

「聖セバスチャンを描いた絵をみたことがあります。ほとんど裸で、胸に、腕に、脚に、矢がささっていて、ひどいものでございました。わたくしはまだほんの子どもでしたが、その絵をみてとてもショックを受けました。矢のせいではございません。そうではなく、聖セバスチャンがほとんど裸だったせいでございます。わたくしは何度も何度も彼のことを考えずにはいられませんでした。そして、事実何度も彼を見たのでございます。矢は見ずにです。そして、ざんげをしなければなりませんでした」

「わかったわ！」カテリーナは隣りに腰をおろした。「またざんげをしなければならなくなるのが怖くて、見られないのね」

「そういうざんげをするには、わたくしは歳をとりすぎました。ですから、見ないのですよ」

「あのね、ジュリア。実を言うとね、アンドレアの夢を見たのよ。浅黒い肌やその他ぜんぶの」

「聞きたくございませんよ」

「彼の肌は黒っぽくてね、ほとんど服とまちがえるほどなの。だから、裸が隠されていて、まるで裸でなくて、ただ浅黒いだけみたいに見えるのよ」

「それが夢とどういう関係があるのです？」

「彼が倒れるのを支える夢だったのよ。足場のずっと上のほうにいるんだけど、手すりが壊れて、落ちてしまうの。わたしは飛んでいって、彼の背中を支えるのよ。それで彼は、死の恐怖でぎょっとした目をして、仰向けにひっくり返るの。彼はその目でわたしをじっと見つめ、私たちはゆっくりと回りだし、そしてどんどん速く回り、錐もみ状態で地上に落ちてくるのだけど、衝突寸前に停止するの。そういう夢だったわ」

「まあ、なんという夢をご覧になるやら！　ご自分の結婚のことを考えずに、彼のことばかり考えているからでございますよ。ここに座ってばかりいて、あの若者から目を離せないではないですか！　どうなさろうというのですか？　もっと広く目を向けて、お父さまがこれぞと思える男の方をお捜しになられたらいかがですか！」

「おまえの言うとおりだわ、そうじゃなくてはいけないのよね。でも不思議だわ、あの人がわたしの傍らにいるのが見えるときがあるの。それに、並んで歩いていたり、手を差し伸べたりするのよ。そういう時の彼は、伯爵お仕着せの野暮ったい服ではなく、素敵な帽子、襟のとがった真っ白なシャツ、金襴のチョッキ、長い上着……」

「もうおよしください！　結婚相手は彼ではなく、家柄の良い若者でなければならないのですよ」

「わかったわ。ほら、もう見てないでしょ。手伝ってあげるわ。そうすれば変な考えしないですむでしょうから。それに、あの人のことを夢見ても、何にもならないわ、まるで気がついてないんですもの。一度だってこっちを見たことないのよ。顔も上げたことないなんて信じられる？」

「彼は変わっていると、どなたも言っております。顔を上げたら恥ずかしいのか、なくしものでもしたのか、たいがい地面を見ています。誰にも理解できない性格でしょう」

「他に何か知っている？　教えて！」

「あちらを見なければね」

「見ないわ、ちゃんと聞いているから」

「リアルト橋の市場で売られている魚の名前を全部知っているそうですよ。魚の口を開けて、えらの手前まで指を一本入れて調べるのだそうです。指を引き抜いて、長いこと鼻をクンクンいわせてにおいを嗅ぐと、その魚が何時間前に死んだものか分かるのだそうです。女たちは、新鮮な物を選んでもらおうと、彼を店から店へとひっぱりまわしています」

「それで？　それから？」

「魚は全部知っていると言いましたが、果物はまるで知りません。リアルト橋には青物市場もありますが、山積みの果物の前で、これは梨、これはりんごと、いちいち教えてやらなければなりません。梨を一口かじると、ペッと吐き出して、それから今度は野菜の前に立ち止まりました。野菜はほとんど全部知っていますが、生でしか食べません。生ですよ！　野菜をポリポリかじるのですが、その姿はまるで動物みたいだとか」

「もっと話して！」

「ワインは毛嫌いしています。それとタバコも。おかしな話ですね。パイプを吸っている男に会った時など、火を消そうと、真っ赤な顔して覆い被さったとか。いつも一緒にいるバルバロ家の召使いカルロは彼を引き離さなければなりませんでした。火を消せ、すぐに！って大声で叫んだそうでございますよ。カルロに無理やり連れていかれると、まるで痛いところでもあるみたいに、大声で泣き叫んだとか。まるで子どものようだったと、聞きました」

「まあ、かわいそうに！　ちゃんと説明してやるべきだわ。笑い者になんかしてはいけないのよ！」

「カルロはとても忍耐強くつきあっているって、みなさんおっしゃってます。この事件のあと、彼が落ち着くまで、屋敷から外へ出しませんでした。伯爵さまはパイプにたばこを詰めて、彼の前で吸ってみせたそうですが、静めることはできなかったとか。マッチの火を見たとたん叫びだしたそうです。

　議会は委員会から三人の男を送り彼に質問させましたが、それでも何も説明できませんでした。どこから来たのか、自分が誰だか、何も思いだせません」

「きっと見ず知らずの人間の中で暮らしているような気がしているに違いないわ」

「でもわたしどもの言葉を話すんでございますよ、この地方の方言を！　あの世で成長したわけございません」

「怖いのよ、私たちを恐れているんだわ。友達ひとりいなくて、誰ともしゃべれず苦しんでいるのよ」

「お嬢さま！　あの男に話しかけたりなさいませんよう！　お父さまがお知りになったらたいへんでございま

すよ。ご自分の結婚のことをお考えください。お嬢さまのような立場の方は、待つしか他にしかたないのでございますよ」

「まあ、ジュリアったら、何を言うやら。わたしは夢みて待つわよ。それで、委員会はどういう結論になったの？」

「バルバロ家のお屋敷にこのままいるようにということでございます。伯爵さまのことを、命の恩人どころか、父親のように思っているとか」

「伯爵はそんなに親切なのかしら？」

「とても厳しいかたでございますよ。もし本当に父親のように思っているなら、彼にはきっとひどい父親がいたか、あるいはまったく父親がいなかったんでしょうよ。それ以外考えようがございません」

「みんな、あの人のうわさで持ちきりね。そしてみんなで頭を痛めている。こんなに近くにいるのは私たちだけなのよ。彼はあそこにいるわ。裸で寝ている。誰もそれを知らないし、こんな彼を見た人は誰もいないのよ。ごらんなさいよ、ジュリア。ねえ、ちょっと見てちょうだい」

「いやでございます。今晩はきっと聖セバスチャンの夢を見ることでございましょう。あの絵の夢を見るほうがずっといいですよ」

カテリーナは椅子をずらして乳母が広げた服を動かないようにおさえた。赤いビロードにきらめく太陽の光が布のひだに沿って陰をつくり、波がうねっているように見えた。

眠りつづける男を起こしてしまうのを恐れるかのように、どこかの教会の鐘が静かに鳴っている。遠く水平線のかなた、雪をかぶった山々の頂が、キラキラときらめく干潟の上にしっかりとした姿を見せて輝いていた。

ジョヴァンニ・ナルディ伯爵もまた階下の部屋の窓ぎわに腰掛けて眠りこんでいた。娘カテリーナにどんな男がいいか、考えるだけで疲れてしまった。

第十五章

　日の出前のまだ薄暗いうちに、アンドレアは勇気を奮ってひとりで外へ出てみた。ためらう気持ちはあったが、後ろは振り返らずまっすぐ歩きつづけた。今日こそ、この水の都をひとりで探検してみたかった。

　もう充分永いこと外へ出してもらえなかった。みんなに見張られ、誰からも注目されてきた。相変わらずの質問責めはいっこうに止む気配がない。どこから来たのか、親は誰だ、以前は何をしていたか、等々。質問はもううんざりだった。答えを捜す気にもなれなかった。

　何かを聞かれる度にいつも見捨てられたような気がする。当たり前のようにお互いに係わりあっている人々に囲まれて、自分だけはひとりで生きているような気がしてならなかった。相変わらず意味がわからない言葉が山ほどあるが、それは自分が全然知らない事についての言葉だからだが、誰も教えてくれようとはしない。自分のほうから知ろうとしなくてはいけないのだが、カルロにわずらわしい思いをさせるのが辛くて、質問するのはもうとうに止めていた。

　カルロは本当によく面倒をみてくれるし、バルバロ伯爵も太っ腹な人物だが、ふたりともアンドレアの心のなかに起きていることを理解することはできなかった。生まれも育ちも知らないことが、子どものように新しい言葉を覚えなければならないことがどんなに辛いことか、ふたりには想像もつかないのだろう。相変わらず病人扱いされているが、物を知らないという点では、ある意味アンドレアはまだ病気だった。体はもうすっかり快復しているが、時々深い倦怠感に襲われることがあり、それが、「仮死」状態で発見されたことの名残りといえば言える。

だが、もういいだろう。そろそろひとりでやってみる時だ。ふたりに心配されるのはもういやだし、自分ひとりで街を探検するのもしてみなくてはならないことなのだから。カルロの後ばかりついて歩いていたら、敷石道の色しか学べない。

最初の橋はもう渡った。二つ目の橋も。角を三つ過ぎると、長い曲がりくねった小路がつづき、それからまた橋が来て、狭い道で運河にいたる。

だが、道のほとんどは運河沿いに伸びているわけではない。道は道、運河は運河で、互いにあまり関係がない。長くまっすぐにつづく運河の道を行くのなら容易なのだが、陸上の道は曲がりくねり、いくつにも枝分かれしたり、いつのまにか消えてしまったりする。彼が来た道も運河にぶつかって途切れ、戻らなければならなかった。

遠くまで行けない道、無に終わる道を、ひとはなぜ造るのだろう。彼はゆっくりと道を探しながら歩いたが、帰り道はみつからなかった。この橋は、今渡ってきた橋とそっくりだが、でも別の橋だ。どの橋も同じように見えるのに、それでいてまるで違っている。来た道をちゃんと戻るには、どの橋ももっとしっかり頭に刻みつけておかなければいけなかったのだ。橋のいくつかは小さな絵のようにまだ頭のなかに残っているが、きちんと記憶はしていない。

しっかり思いだすには、きちんと記憶しておかなければいけないが、頭のなかに残っている像を絵に描くことはできるだろう。ヴェネチアの街を、家々のファサード、橋、小路を描きはじめてみよう。二度と道に迷わないためには、自分自身の地図を作る必要がある。

こんな簡単なことをこれまで思いつかなかったのは不思議だ。時々、石のうえに指で描いてみたことはあった。頭のなかにある像を、ほんの数秒でもしっかり掴まえておこうとしたのだが、指でなぞっただけの絵はすぐに消えてなくなり、頭のなかの像もいっしょに消えてしまった。よし、もう一度やってみよう。今度は紙の上に！　目を閉じると、像がはっきり見える。それを筆でなぞりさえすればよいのだから、そんなに難しいわけはないだろう。

ところで、道に迷ったなんてどうということないではないか。街なかに繰り出したかったのだから、帰り道がすぐみつからなくったって、いっこうにかまわないではないか。

アンドレアは道から鳩を追い散らしながら歩きつづけた。格子をくぐりぬける猫を一匹見かけ、茶房の前を通り過ぎた。一日中開いていると聞いている茶房の中では、男がひとり寂しげに、カップをスプーンでかき混ぜていた。

近くの教会から、かすかな歌声が聞こえてくる。中へ入ってみると、少女たちの明るく澄んだ歌声が高い空間をただよい響きわたり、教会を立ち去った後も耳に残った。みすぼらしい服をまとった一団がファサードの前を掃除している。朝の光がやっと街のうえに当たってきて、屋根を輝かせ、ゆっくりとファサードまでおりてきたが、通りはまだしっとりと濡れた暗がりにあり、夢のなかにいるようにまどろんでいる。

それでも一日の始まりの物音が聞こえている。水売り、ミルク売りの呼び声。泉のきわには水を汲む女たちが集まり、市場の物売りのかまびすしい声がひびいてくる。どうやら市場は近くらしい。アンドレアもそこならいくぶんかは知っていた。

市場は目と鼻の先だった。リアルト橋とひとびとが呼んでいる橋のそばに、果物や野菜を山積みにした大きな船が横付けになっている。積荷は日よけテントを張った屋台に台車で運ばれ、威勢のよい若者たちが所狭しと積み上げる。キャベツは円錐形に、カボチャとキュウリはピラミッドに、そして間にはニンニクやタマネギ。

中年の女たちは、傷んだものをより分けている。キャベツやその他の葉物の悪い葉っぱを取っては、泉のそばの、早くも悪臭を放っているゴミの山をますます高くしている。そこでは男たちがすでに、ひざをかかえこんで眠りこけている。

食べ物を売る屋台も開いて、喧騒は一段と大きくなった。ウナギを焼いている若い女が焼きすぎているのを見たアンドレアは急いでかけつけようとしたが、すんでのところで思いとどまった。今、話しかけでもしたら、すぐに人々に気づかれてしまう。それは彼の望むところではなかった。彼は誰にも見られず誰にも追われず、ひとりでいたかった。

ふつうの商店もガラガラと格子をあけた。ムラノ島のガラス商品や布地を扱う店には早くも客がおおぜい詰めかけている。かつら作りや床屋も店の前に立っており、運河を走る小船には、黄色と白の縞の帆がはためき、岸辺近くの家々のファサード、ワイン商や酒場の前には青いマストがゆれている。そして、ミントのにおい、馬糞のにおい、太陽にあぶられたメロンのにおいが充満している。

クルミやアーモンド、砂糖漬けのレモン、タバコなどがつぎつぎと差し出される。アンドレアは袖をひかれてアーケードの下にひっぱっていかれた。そこはガラクタの山だった。擦り切れたクッションとペラペラの布、フェルトの帽子が木の帽子掛けに掛かっている。女がひとり、子どものシラミをとっており、めくらが三人、フルートを鳴らし、タツノオトシゴのエッセンスからとった薬がふるまわれていた。星占いがひとり机に座りカードをきっている。

アンドレアはひとびとが叫んでいるのは分かるが、どの言葉も金属のように耳にひびき、理解できないことが多かった。立ち止まり耳を澄ませ、理解しようとしたが、まるで外国語を聞いているようだ。やがて人波に押され、じきに魚市場へ来てしまった。そこでは地面に水がまかれ、荷物はすでにだいぶ前から緑の葉の上に広げられている。

だが、ここは誘惑が強すぎる。油くさい塩っぽいにおいを深く吸い込むだけでつばが出てくる。舌がピクピク震えだし、胃が空腹を訴えだした。カニやエビ、イカが食べたくてならなかったが、目をつぶって無理やり魚市場を後にした。

教会の鐘が運河に沈み込んでいた家々を呼び起こし、朝の光のなかで街が水の上でゆれ始めると、彼の中で周りですべてが回りだし、やがて彼はめまいがしてきた。

帰りたい！　今日の所はもう充分だ。アンドレアは運河をさがして水辺に腰をおろすと、目を閉じ、脳裏に像が浮かんでくるまでじっと待った。陸の道を行かなければ、帰り道を見つけるのは簡単なはずだ。水路、運河を通っていけばよい。小さい運河はより大きい運河に続いているから、最後には「大運河」と言われているところに出るだろう。

彼は裸になり、着ていたものを一束に縛って水にほうりこむと、自分もつづいて飛び込んだ。荷物を右手で押しながら、泳ぎそしてもぐって進んでいった。荷物は、まるで汚物のようにゆらゆら揺れていた。

半時間後、屋敷の玄関ホールにたどりついた。カルロは乾いた布を持ってこさせると、泳いできた男を包み込んだ。

第十六章

夕暮れの早い時間、パオロは図書室の窓辺にたたずみ庭を眺めていた。そわそわと気分が落ち着かない。この数日、この落ち着かない気持ちはどんどん膨れ上がってきている。こういう気分になる原因ははなから分かっているから、何故だろうと考えるのは自己欺瞞というものだ。

アンドレアが庭のガラス小屋で寝泊りするようになってから、カテリーナの姿を目にすることができなくなり、その面影が日一日と薄れておぼつかなくなりはじめていた。彼が庭で寝るのを許したのは失敗だった。今では、主人である自分が庭から追い出されてしまっている。

隣りのバルコニーを盗み見ようと、そっと庭に出てみたことも何度かあったが、その都度、満面に笑みを浮かべたアンドレアと出くわした。

パオロは、週に一度出す弟への手紙の封をした。ロンドンにいる弟アントニオにも、この奇妙な若者のおかしな振舞いや言葉を伝えているが、最近になって起きている今まで以上になぞに満ちたことについてはまだ黙っていた。

彼はまず、自分が一番信頼をおいている友人、聖ジョルジョ・マジョーレ修道院長に来てもらうことにした。まもなく院長は、いつもとおなじように人のよい、半分からかい気味の笑みを浮かべて現れるだろうが、何に出くわすかはまだ知らない。だが、ひとたびそれを目にすれば、からかい半分の気持ちなど、どこかへ行ってしまうはずだ。

ドアを叩く音がする。カルロが院長の到着を知らせ、パオロはすぐにドアを開けると友に近寄った。

「第三の奇跡かね？」案の定、院長はにっこりとした。「死からよみがえり、それから水の上を行き……、まるでイエスの真似をしているようだ」

「まあ、入ってくれ。三番目の奇跡は、前のふたつとはまるで違っている。イエスの真似なんかではなく、彼のオリジナルだよ」

「ほう！　あの若者にそんなことができるとは思いもしなかったね。新約聖書の、しかも奇跡の話ばかり読みすぎた男だとばかり思っていたが」

「職業を変えたのさ、それも百八十度。彼の得意がなんだか当ててみるがいい」

「さて、神学かな……」修道院長は首をひねった。「ううーん、いや、錬金術！　十匹の魚から金を作ったとか……」

「それなら魚を増やす奇跡とたいして変わらず、新約聖書の範囲内だ。だが、いい線行ってるぞ、魚と関係がある」

「もったいぶるな。彼は卓越した技能の持ち主の常で、やれることがひじょうに限られているはずだ。いったい、何なんだ？」

「文字通り、びっくりするようなことさ。まず庭へ行こうではないか。ここ数日庭を離れようとしないのだ。なんでもよく手伝ってくれていたのだが、そっちの方へ使うエネルギーは休ませてしまって、新しいことにとりつかれたら夜も寝ないありさまだ」

パオロは院長の腕をとると、一緒に庭への階段を下りた。

アンドレアはガラス小屋の半円形のベンチに座っていた。テーブルの上には、紙がたくさん積み上げてあり、ちょうどそれを整理しようとしていたが、ふたりを見ると飛び上がった。

「アンドレア、お前の芸術作品をお披露目したくて、院長においで願ったのだ。そこにあるのをお見せするのだ。心配するな、ここへ逃げてきたことなどなんとも思っていないから。ポレンタとリゾットで有名な修道院よりここの方がずっといいことをちゃんとわかってくださっている」

アンドレアははじめのうちパオロの軽口が判らないようで、固い表情をくずさなかった。

「院長さま、気を悪くしないでいただきたいのですが……」

「院長はお前がやったことをご覧になりたいのだ。天国に行きそびれないようにいつも善行を積んでいないといけない神の僕《しもべ》の常として、あまりお暇はないのだよ」パオロはそう言うと、テーブルに一歩近寄り、黙って紙を一枚友人に渡した。

院長は右手で受け取ると、ちらっとおざなりな視線を向けた。魚が一匹、とっさに名前は浮かんでこないが、大きく口を開けた魚が頭の先から尾の先端までびっくりするほど精密に、力強く描かれている。

「鯉だよ」パオロはそう言いながら、つい笑ってしまった。「何百回も皿の上のは見たことがあるが、前にこんなのを見せられていたら、何も考えずに食べるなんてできなかったろう」

「まさか、アンドレアがこれを描いたなんて言うつもりでは……？」

「ちがうよ」パオロは応じた。「そう簡単なことではない。アンドレアはこれを描いたのではなく、うーん、なんと言うか、この像を受け止めるとでも言うか……」彼は誰にも悟られずにバルコニーを見られるように空中に絵を描くような仕草をした。そこに彼女はいない。この時間帯に彼女がバルコニーにいるのを見たことはなかった。

「アンドレア、お前の頭に像が降りてくる様子を院長に説明しなさい」声をひそめて促した。

「降りてくるのではありません。そうではなく、それがとてもよく見えるのです。でも、それをおふたりにお見せることはできません。誰かがそばにいると、描くことができませんから。人の目を感じると、仕事にならないのです」

「よろしい。では、見せられないなら、説明するのだ」

「なにも秘密にしておこうと言うわけではないのですが……」

パオロはそれ以上言わせなかった。

「アンドレアは目を閉じる。そうだな？　紙を前にして目をつぶる。そして、右手で闇の中に浮かんできたものを描く。そうだな？」

「はい。頭の中に見えるものを描いているだけです。右手で線をなぞるだけの、簡単なことです」

「そう、あまり簡単過ぎて誰にもできない。それか、闇の中から白い紙の上に魚を持ってきたかだな」

「他にどんなものを描いたのかね？」院長が尋ねた。

「魚ばっかり」パオロが答えた。「ここで獲れる魚を描いたものばかり五十枚以上もある」

「魚だけかい？　他のものはどうして描かないのかね、アンドレア？」

「それしか見えないからです。この水の都の家々のことはまだよく知りませんし。でも、そのうちよく知るようになれば、それを描くことになるでしょう」

「と言うことは、魚のことならあんなに詳しく知ってるということになるな。信じられん！」

「はい。目を閉じると、細かいところまで頭の中に浮かんできます。建物が頭のなかの暗闇に浮かんでくるには、まだもう少し時間がかかります。魚が済んだら、建物に取りかかってみます」

「どの建物だね？　街全体、家を一軒一軒描くつもりなのか？」院長はいらだったような声をあげた。

「説明しなさい」パオロはそう言いながら、またバルコニーをそっと見上げたが、今度も空振りだった。ちょうどジュリアが柵にかけてあった毛布をとりこんでいるところで、それはつまりカテリーナはもう現れないということだ。

「この屋敷から始めます。そうすれば、屋敷の中で迷うこともなくなります。一度描いたものは頭に残り、決して忘れません」

「お前はいったいどこから来たのかね？」院長はゆっくりと、だがはっきりと、そしてほとんど脅かすように尋ねた。

「そういう質問には答えないよ。いつの日か、自分の生まれが像になって浮かんでくることがあったら、答えるだろう。おそらく、そういう像に出会う日がいつか来るよ。そうだな、アンドレア？」

「はい、伯爵」アンドレアはまた地面を見つめながら答えた。「わたしは、頭の中の暗がりから浮かんでくるものを描きます。いつか、この広い暗がりの中で、自分の過去に出会うでしょう」

「よろしい、アンドレア」パオロはそう言うと、上へ行こうという身振りをした。

「今のは芸術編第一部、実践編だ。アンドレアにもわたしの絵画室に一緒に来てもらう。そこでも彼は君をびっくりさせるよ。第二部というわけだが、準備はいいかな？」

「まだあるのかい？」ヤレヤレというように院長は首を振った。「君の美術知識をたっぷり教えこんだのだね」

「一言も。カルロから聞いていたらしく、わたしの絵を何枚か見せてもらいたいと、いつものようにごく遠慮がちに言ってきたから許したまでだ。三枚の絵の前で、ひとりで二日以上もじっとしていたよ。わたしはその場にいなかった」

「二日もひとりで、あの部屋に？　日が落ちて、窓の外が暗くなっても？」

「あそこはいつだって暗いよ」

三人は押し黙ったまま二階へあがった。パオロはカテリーナの姿を見られなくて不機嫌な気持ちでいたが、それを気づかせはしなかった。院長はアンドレアがこれまでに言ったことを思い出そうとしたが、ごちゃごちゃになっていて思いだせなかった。口を固く結んだままふたりの後について行くアンドレアの頭の中に、あの三枚の絵が浮かんできていた。目を閉じれば、今でも細かいところまで思い出せる。

三人は、絵画室の続き部屋であるローソクの灯った、ひんやりした小部屋に足を踏み入れた。パオロは数歩先を行き、三枚の絵のところへ案内した。それはヴェネチアの街を描いたもので、三枚並んで掛けてある。

「言うまでもないと思うが、我らが巨匠カナレットの絵だ。テーマは愛するヴェネチアだとすぐわかる。アンドレアが言っていたように、家を一軒一軒丹念に描いている。それ以上は言わないよ。この絵をしばらく見てから、アンドレアが発見したものを聞こうじゃないか」

院長はまぶしくもないのに目を細め、絵の前をゆっくりと歩いた。それから、後ろに立っているアンドレアに尋ねた。「この絵がどうしたのかね?」

「たいへん欠点の多い、悪い絵です。伯爵がコレクションに置いておかれる理由がわかりません。そんな値打ちはまるでありません」

院長は黙って相手を見つめていたが、それから、とんでもないことを聞いたとでも言いたげに友人のほうを見た。そして、心を落ち着かせようと思ったのか、それとも難問を解こうと思ったのか、何も言わずにウロウロと歩きまわった。

「アンドレアは我らが大画家カナレットの絵をへたくそだと言うのだ。一リラだって払わないってね。最近のロンドンではそうでもないようで、たった一枚の絵に、この屋敷の一階の半分も整えられるほどの金を払うそうだが」パオロが、ろくに口もきけないでいる院長にこう言うと、アンドレアはこれ以上は待てないとばかり決然たる態度で前へ進みでたが、院長はあいかわらず理解できないようだった。

「説明します。この絵を描いたマエストロは、運河のことも建物のこともきちんと学習していません。つまりまるで見ていないのです。せいぜいそれらしく描いているだけです。欠点だらけで、数え上げていたら限《きり》がありません。水のことも、空のことも、雲のこともわかっていません。まして建物のことなど全然知りません。どうぞご自身でご覧になってください。こんな水見たことありますか？　こんなの、運河の水なんかではありません。ただチャラチャラした線で、さざ波みたいに見せているだけです。大波も小波も同じ描きかたで、後ろにいくにつれ波が減るのは、どういうことです？

もっとよく見てください。小船やゴンドラが水面に映っている様子だって単調そのものです。全部同じではありませんか！　ただ黒く塗っているだけで、影と間違えているみたいです。色が違えば、映りかたも違うということをまるで見ていません。そして、水面に落ちる影のことなど少しもわかっていない」

院長は、アンドレアのひとことひとことに反応して一歩ずつ絵に近づき、細部がよく見えるように、絵の間近に立っていたが、背筋をしゃんと伸ばすと、パオロに向かって言った。

「彼の言うとおりだ。まったくもってそのとおり」

「それから雲です！」アンドレアは叫ぶように言った。今では正しい言葉をきちんと使うことがむずかしくないようだ。

「雲はまるで丸くて白いしみみたいです。白いものを青い空のあちこちに置いておけばよい、そんな感じです。雲の大きさ、高さによって変わる微妙な色合い、何ひとつわかっていません。それに空はこんな単純な青ではありません。光の層、かすかな影から成り立っているものです。遠くの雲は中間の雲とは違って描かなければいけないことを知らないのでしょうか？　そして、中間の雲は、近くの雲や雨雲とも違っていることを？」

「そうだ、まさにそのとおり」院長は言った。「なんとひどい絵だ、これは」

「そしてそのことに我々は気がつかなかった。二十年以上も何ひとつ目につかなかったのはいったい何故だろう？」参った、と言わんばかりにパオロは両手を大きく広げた。

「おそらく、街をよく知っているから、そういう細かいことには目がいかなかったのだろう。この絵を見ればすぐヴェネチアだとわかる。それで充分だったのだろうね」

「ブラブラ歩きをしている気分になれれば、それで満足だったわけだ」パオロは大笑いした。「白状すれば、何ひとつ見ていなかったということだ。ひょっとしたら、絵のことなどまるでわかっていないのかもしれない。おそらくこれまで何ひとつとしてきちんと見たことなどないのだろうな」

「それは考えすぎというものだ。アンドレアは確かに正しいことを言ったかもしれんが、専門知識という点ではまだまだだろう。それは長いこと勉強してやっと手に入るものだからね」

「そう言うと思ったよ。専門知識などくそくらえだ！　カナレットの名前すら知らない若者が、我々よりずっとよく彼の絵のことを理解している。勉強したからではないぞ、ただずっとしっかり観察したからだ。それが真実だよ」

「申し訳ありません」アンドレアが口を挟むと、パオロがさえぎった。

「よせ！　やたらと謝るものでない、我慢ならん！　もう充分すぎるほどがっかりしているのだ、我々がバカだったことを崇める必要などない」

三人はしばらくの間絵の前に立っていた。院長とパオロはまだ絵を見ていたが、不快感を隠せないでいる。院長は、よく見れば見るほどアンドレアの言うとおりだとばかりに、何度も何度も頷いている。誰も何も言えないでいたが、やがてパオロは絵に背を向けると、ふたりを外へ連れ出した。アンドレアを下がらせ、院長にワインを一杯ふるまうと、やっと安心したとばかり、首をふりふりニッコリした。

「我らが聖者には、自分なりの基準があるようだ。私らは一日に何十枚もの絵をながめるが、彼は三枚の絵に二日も費やした。この過去のマエストロは一枚の絵の中にいろいろ描き過ぎる、多過ぎるとも言っていたよ。もっと少ない対象を、より正確に描くべきだったのだと。水と空は特に描くのが難しく、おまけに一番不得意なものなのに、それに場所を与え過ぎていると。君はどう思うかね？　この鋭い批評を誰かに記録させておかなければいけないな。彼の無遠慮な意見がどこかに消えてしまったら残念だからな。自分たちで思いついたようにして、これを宴会の席ででも披露したらどうだろう。『カナレットの絵はいろいろ描き過ぎだ』と英国からの使者に伝えて、びっくりさせてやろうじゃないか」

「水ひとつ満足に描けていない！」院長は笑った。

「ましてや雲は……」パオロが付け加えた。

「この絵にはいったい何が描いてあるのだ？」院長は叫び、「なんにも」とパオロが応じた。「全然何も。英国の田舎者向きのガラクタ絵だ」

ふたりは、ますます悪乗りして、乱暴にグラスを合わせると、一気に流し込んだ。

「実は、ロンドンの弟に魚の絵を二枚送ったのだ。弟はそれを目利きに見せるだろうから、じきに評判が聞こえてくるだろう」

「それはいい。実にいい。宗旨変えするには、用心が大事だ。もしアンドレアの言うとおりで、あれの描いたスケッチに価値があるなら、この街の芸術界に久々の新星登場だ。おおいに祝いたいところだが、そうか君は、宴会嫌いだったな。忘れていたよ」

「その点でも宗旨変えしたのさ」パオロはまぜっかえした。「ごく近いうちに我が家で大宴会をするつもりでいる。嬉しいだろう？」

「本当かい？　これはびっくりだ。亡くなった母上や、友人のわたしの言うことを、もっと早くに聞いておけばよかったのにな」

「山のように魚をだすよ。干潟を総ざらいだ。結婚式にこんなにたくさんの魚、見たこともないくらいにね」

第十七章

昼ごろ。老ナルディは椅子に座り、ジュリアに食べさせてもらっていた。ジュリアは、オイルとにんにくで味付けをしたつぶ貝を楊枝にさして、用心深く相手の大きく開けた口の中に入れている。手が震えないように注意をしても、小さな貝を細い楊枝に刺して、それを高い位置で支えて、主人に怪我をさせないように食べさせるのはなかなか難しい。

「おいしゅうございますか?」

「おいしいかだと? つまらんこと聞くな。わしはうまいものを食べるだけが生きがいなのだから」

「そんなことおっしゃいますな。お嬢さまがおいでではないですか。ご結婚のこと考えていただいてますか?」

「いや。あれが結婚したらわしの仕事が終わってしまう。家族に対する義務、国に対する義務を果たしたことになるからな。わしら昔かたぎのヴェネチア人は家族のために生き、家族は共和国のために生きてきたが、それでよかったのだ。このほとんど耐えがたい、噴飯ものの世界で、ヴェネチアのために生きる以上にすばらしい目的があったと思うか? 若いころは、ヴェネチアが天国に取って代わっていた。この国が地上の我々にくれる以上のものを天国がくれるはずがない、と思ったほどだ。議会の会議に出席すると、最後の審判の聖者のように雲の上でただよう天上の裁判官のひとりになったような気がした。ただ、聖母マリアはもうおいでにならなかったから、ブロンドの髪をなびかせ、ひげもじゃの海神とつがう女性《にょしょう》をその代わりとした」

「まあ、まあ。もうおやめください。さあ、お食べになって、つまらぬことをお考えにならず」

「ああ、つぶ貝！　こういうものを食べている国がイタリアのどこにある？　いや、食べるというのは正しい言い方ではないな。舌の上でころがすのだ。ヴェネチアのご馳走はどれもこれも舌の上で溶けてなくなる。わしらは、魚が呼吸をするような具合に食べ、この小さな貝を体に送りこむ」

「まあ、何をおっしゃるやら。おいしくございませんか？」

「もちろん、うまいさ。海の幸でお前の作るものはなんでもうまい。ああ、海！　わしらヴェネチア人は海と結びついていると信じておる。キリスト昇天の祝日ほどそれをはっきり示すものはない。この日、総督は海と番うためにお出ましになるのだから。だがな、ジュリア。わしらは海を崇めると同時に怖れてもいるのだぞ。わしらは正真正銘の船乗りというわけではない。ただ、沿岸をおそるおそる船を走らせ、金をもたらすものをかぎまわって上陸する。総督に海と番うことを頼むべきではなかったのだ。昇天の祝日には、街の美しい女性とカップルになるべきだった。ブロンドの髪のヴェネチアのような女性と……時々思うのだが、ヨタヨタした男の年寄りではなく、この街は女性が治めるほうがずっとふさわしいのではないかと」

「そんなこと今まで聞いたことございませんでしたよ」

「わしの命ももう長くない。そうとなれば人間、自由にものが言えるようになる。少なくともこの国は最大の愚行だけはしないできた。戦争、海戦、占領ももはやなくなった。永いこと戦争を体験しないで済んだおかげで、つぶ貝やイカやエビの調理にいそしんでこられた。だが、その結果はどうだ。今ではヨーロッパ中、誰も我々のことを真剣に考えていない。パリやロンドンでは、『ヴェネチア？　そんな国まだあったのか？　とっくに無くなったかと思った』と言われる始末だ。そして北のドイツから来るおえらいさん方は、祭りを祝うためだけにほんの二、三日立ち寄るだけだ。

　ここには夜中までやっている劇場があり、次から次と出し物が変わる。喜劇作家の数はよその国全部を合わせたより多いだろう。我々は遊びに遊んで、どれだけの夜をカジノで過ごしたことか。だが、わしは一度だってそれを恥じたことはない」

「ずいぶん辛らつなお言葉ですこと」

「辛らつ？　そんなことはない。立派な友人もこの街だからこそ持てたのだ。この街はすべてを与えてくれた。つぶ貝、劇場、音楽そして美しい風景。

わしは働いたことがあったかな？　そうか、コーヒーを飲みシャーベットを食べる間に契約に署名したし、手紙を開封したし、管理人にメモを書いたりはしたな。ヴェネチアでは、わし等の地位にあるものは仕事に生きたりしないものだ。本を集めたり、トランプをしたり、干潟に浮かぶ島でぼんやりしたり、それが人生なのさ。やりたいことだけをやり、快楽だけを追い求める。このままでいいのだよ。

さて、最後で最大の祝いはカテリーナの結婚式だな。それが済んだら、わしは海へ行って飛び込むさ。わしの死体は何日もユラユラと漂い、ブタのように膨れ上がる。若者たちがそれを見つけて、くしに刺してあぶってくれるだろう」

「悪い冗談はおやめください。それより、もうどなたか、見つけられたんでしょうか？　お嬢さまのお相手を？」

老ナルディは肩をすくめた。ゆっくりと舌をなめながら、右手で爪楊枝を小さな束に作った。

「まあ、待とうじゃないか」うるさそうに言い、ワインをもう一杯空けると、椅子にもたれて眠そうにしている。

「ジュリア、何か話してくれ。最新のニュースかうわさ話か」

「ニュースでございますか？　以前お話ししましたアンドレアが絵を描きだしました。まるで、それ以外のことはしたことがないみたいに描いているんでございます。バルコニーにいる時、わたくしが初めに気がつきまして、お嬢さまにお教えしたんです。『まあ、ごらんください。ずっと座りこんで、ひざの上に紙を広げて何かしておりますよ』って。お嬢さまは、手すりから身を乗り出してごらんになっていましたが、目がよろしうございますから、アンドレアが絵を描いていることが分かったのです」

ナルディは段々深く沈みこんでいった。満腹するとよい気持ちが胃から体全体に行き渡る。ジュリアのおしゃべりも心地よく、目がしだいに重くなってくる。眠りこむまで、老女は話をやめるわけにはいかない。

「それでどうした？　アンドレア？　いったい誰だねそれは？」

「あらまあ、ほとんど毎日のようにお話しているじゃありませんか。また、お忘れですか？

お隣りのバルバロ伯爵家の庭におります若い男ですよ。始めのうちは、弟のアントニオさまの衣服を着ておりましたから分からなかったのでございます。アントニオさまが、イギリスからお帰りになったのかと思っておりました。それがアンドレアでございました」

「アントニオだと？　お前、何を言ってるのだ？　アントニオなど知らんぞ」

「まあ、お隣りの伯爵さまの弟御のアントニオさまですよ」

「弟？」

「はい。パオロさまはご長男。アントニオさまはご次男」

老ナルディは目をパッチリ開けると、顔をこすった。ヌクヌクとよい気分だったのが、急に寒気を感じた。

「どうかなさいましたか？　ご気分がすぐれませんか？」

「もう一度言ってくれ、ジュリア」

「はぁ？　なんでございましょう？」

「今言ったことを、もう一度繰り返すんだ」

「特に何も申しませんでしたが」

「繰り返せ」

「アントニオさまのことでしょうか？」

「誰だと？」

「お隣りの伯爵の弟のアントニオさま」

「そうではない、もっと別のことだ」

「何のことでしょうか？」

「アントニオ・ディ・バルバロとは誰だ？」

「誰かと、お聞きになるのですか？　誰でも知っていることですが、バルバロ家のご次男で……」

「それだ！」

「次男で……」

老ナルディは椅子の上で座りなおし、微笑を浮かべた。爪楊枝の小さな束が右手の中で震えている。こんな簡単なことをどうして今まで思いつかなかったのだろう？　街中を捜しまわり，候補者を挙げては捨て、挙げては捨ててきた。そんなに遠くまで捜す必要はまるでなかったのだ。ほんの隣りの垣根をのぞきこめば、幼いころから知っているバルバロ家の息子に行きあたったのだ。

バルバロ家……。ヴェネチアの旧家のひとつで評判もなかなかだ。途方もない金持ちで、カテリーナの子どもが将来その富の一部を相続することになるだろう。次男アントニオ、まさにピッタリだ。ナルディ伯爵はついに娘カテリーナの花婿をみつけた。

第十八章

パオロ・バルバロ伯爵は、アンドレアの絵の才能に気づくと、あらためてこの若者に興味を持った。ほとんど毎朝、ガラス小屋に彼を訪ね、二言三言言葉を交わし、精を出して描くようにと力づけた。

アンドレアは身の回りにあるどうということのない品々をノートの左半分に、小さく正確にスケッチした。右半分は開けておき、カルロがそこに文字を書く。そのノートを彼はいつも持って歩き、自分が忘れた世界を新しく創り出しているのだと言った。絵と字で、身の回りの部分部分をつなぎ合わせ、少しずつまとめているようだった。

彼は言葉数が多くなっていき、態度にも変化があらわれた。動作もすばやくなり、気持ちも明るく打ち解けたようすで、台所でほかの召使いの話に交じるようになった。以前は引っ込んでばかりいたが、もう他人を避けることもなかったし、自意識も目覚めてきたようであった。誇りを持っているようでもあるし、控えめながら我を通すこともあるのに、パオロは気がついていた。ある時遠くから見ていると、自分の描いたスケッチが嬉しくてたまらないらしく、大声で楽しげに何か言っている。

小さな絵やスケッチが、内に向いていた彼の心に一筋の道を示してくれ、努力すれば進歩すると教えてくれたのだ。そして、進歩しどんどん上達していると感じられるのがその褒美だった。

パオロは、アンドレアの変化に一大芸術家の出現を感じ取り、大商いの始まりを嗅ぎつけていたが、イギリスからの弟の返事を待って、最終判断をするつもりでいた。ここの人間は誰ひとり信じられず、意見を聞くわけにはいかなかった。画商はうそつきで、いいかげんなものを売りこもうとする。それでいて、へたくそな画家を契約でしばるのは、外国では何がしかの稼ぎになるからだ。

アンドレアの才能のことを一言でももらしたりしたら、すぐうわさになり、どっと人が押し寄せてきて、競い合って彼を屋敷からうまくひっぱりだそうとするだろう。それがわかっていたからパオロは特にカルロに、アンドレアの画才を決して人に言わないようにと釘をさしておいた。スケッチも絵もガラス小屋で完成され、いくつかまとまると絵画室に運ばれ、パオロ自らが保管した。アンドレア自身は、自分が絵を描いていることを誰にも言わない。パオロは前に一度誰にも言わないようにと念を押した事があったが、相手の驚いたような目に、そんな気はまるでないことを見てとっていた。アンドレアはとりつかれたように描いているが、それを誰かに伝える術も意志も持っていなかった。

パオロは、弟アントニオの手紙が来た時には、アンドレアがたいした掘り出し物であることを確信していた。勝利間違いなしと信じて手紙を読み出し、一行ごとに気分が高まっていくのを感じた。自分が想像していたことが、専門家によって確認されたのだ。

「親愛なるパオロ兄へ

兄さんが送ってきた、無名の若い画家の描いたスケッチ、たいへん気にいりました。その道に詳しく、知識の豊富なひとびと数人に見せました。この芸術家を獲得できれば、おおきな利益をあげられるでしょう。また、ご存知のように、油絵があれば、素描よりも高値で売れます。それはそちらにお任せしますが、我々にはとても大事なことです。この件にはとても興味がわきましたので、この目で確かめたく、近く故郷へ行こうと考えています。お会いできるのを楽しみにしています。わたしは元気です。

アントニオ」

パオロは大声で笑った。さてこれからは、何ひとつ台無しにしないようにうまくやらなければいけない。アンドレアの才能を管理できれば、ひと財産作れるのだ。油絵のことはまだ何も知らないだろうが、教えるのはそんなに難しいことではあるまい。画家をおおぜい知っているし、アトリエを訪れることも多いから、そんな折にアンドレアを自分の供のようにしてそっと連れていくように手配しよう。だが、その前にまず、あいつの身分をきちんとしておこう。彼は契約書を一通作らせ、アンドレアを図書室に呼んだ。

「お前は今からわたしの使用人だ。だから、わたしにたいし義務を負うことになる。衣服、住まい、食事、飲み物それと適当な報酬を与えるが、庭の手入れがお前の仕事だ。それ以外は、好きなときに絵を描いてよいが、できあがった絵を外に持ち出してはならんぞ。完成した絵はこの屋敷の財産目録に入るのだからな。ただし、よいものを描くのに必要な下書きのためのノートやラフスケッチは自分のものとしてかまわない。

わたしには、専用のゴンドラ船頭、コック、部屋付きの下僕、それにたくさんの召使いがいるが、これで専属の画家も持つことになるわけだ」

アンドレアはこの申し出に驚いた様子も見せず、礼を言った。それから、台所の手伝いとゴンドラの修理以外の仕事は勘弁してほしい、それと絵画室へは夜でも絵を見に行けるようにしてもらえないかと言った。

「絵を教えてくれる先生がいませんから、その代わりにあそこにある絵を手本にしたいのです」

「よいだろう。我が家の絵画コレクションの管理もしてもらおう。時間をとり、じっくりと絵を見て、あとで財産目録を作ってくれ」

パオロはアンドレアを長いこと抱きしめた。この若者を我が家にしばりつけておく手続きがこれで終了した。アンドレアが来たことによって、バルバロ家に、また彼自身の人生に、新しい時が始まったような感じがした。このハンサムな若者は、屋敷と彼を長い眠りから覚めさせてくれる開けた未来の訪れだ。

いずれにせよ、このところパオロ自身も大きく変わっていた。考えかたも感じかたもすっかり変わり、物思いに沈むことなどなかった若い時のような気持ちになれた。不思議な力がみなぎり、何を対象にその力を発揮できるのかは分からなかったが、やる気が満ち溢れ、若いころにはあったのに、時とともに失ってしまった生きる喜びが戻ってきたような感じがした。ふたりは、生きていく張り合いを同時に発見したようで、日々のささいなこと、長い間なおざりにしていたものから発する輝きに喜びを見出していた。アンドレアがスケッチしたグラスや花瓶は、パオロ・バルバロが子どもの時から使っていたものであり、ずっと以前からもう目をくれることもなかったこうしたものが、スケッチの中で昔日の輝きを取り戻していた。

パオロは、忘れていたものが戻ってきたことに感動はしたが、それを表に出すことはなかった。この感動は心のずっと深いところにあり、幼い日々への憧れや、アンドレアを見ると感じる、子どもであることそのものを喜ぶ気持ちから生じるものだった。アンドレアが自分の息子のように思え、面倒をみ、その成長に自分も役にたっていると思うと誇らしかった。

だがパオロはそんなことをいつまでもぐずぐずと考えてはいなかった。そうすることは、彼が与えたアンドレアの新しい人生の明確な輪郭をぼやけさせるだけだ。今からは自分の使用人の一人であって、それ以上に考えてはいけない。表向きは、伯爵のコレクションの管理人であり、実はおかかえ絵師だということは内密にしておかなければならない。はるか先祖がしてきたいくたの海戦と同じように、その芸術によってバルバロ家を不滅のものにしてくれるはずの男だということを、人に知られてはならなかった。

パオロは、人々がアンドレアの新しい立場に慣れてくれるのを待った。やがてヴェネチアの人々は、干潟の隅から釣り上げたよそ者が奇跡の男でもなんでもないことを受け入れるようになり、素性がわからないこともどうでもいいことになっていった。そして、その一方で、後の世にまで評判となり、他の巨匠たちにひけをとらない天才画家という名声を残すことになる絵やスケッチがひそやかにできあがっていったが、それを知っているのはパオロ・バルバロ伯爵だけであった。

第十九章

アンドレアの進歩は目覚しかった。ある日パオロは、画家の工房を訪問するからついてくるようにと命じた。

「ヴェネチア一の画家フランセスコ・グアルディと知り合いになるがいい。だが、彼の前では自重しろよ。絵を描いているなどとひとことも言うな。ただひたすら目立たないようにして、工房の秘密を探るような真似もするな」

「承知しました」

ふたりは、伯爵のゴンドラで画家の工房へ向かった。画家は数人の息子と親戚とともに大家族で住んでおり、一階は、絵を商う小さな店になっている。工房はそのすぐ隣り、明るく大きな部屋で、徒弟や助手が仕事中だ。

フランセスコ・グアルディは八十を越した年寄りで、やせて、せんさいな顔立ちをしている。伯爵と供のアンドレアにていねいな挨拶をすると、ワインを持ってこさせた。それから、店を案内した。

「またお目にかかれるとは、何たる喜び！　以前はもっとちょくちょくお出でいただいたものですが。もうきっとわたしの絵はお気に召さなくなったにちがいない、とうにあの世に行ってなければならない年寄りなどよりもっとお気に入りを見つけたのだろう、などと考えておりました」

「いやいやそうではない。用が多くて来られなかっただけだ。家の中をいろいろ新しくしているので、あれこれ指図したり、ほどほどに持ちの良いものを手配したりと。

これがアンドレアだ。彼の数奇な運命は聞いているだろう？　干潟で見つけたのだが、死んでいるとばかり思っていた。幸い生き返り、今ではわたしの屋敷で暮らしている。この男にわたしのコレクションの管理をさせようと考えているのだが、何といってもまだ若い。基本から学ぶ必要があるが、この仕事を、わたし自身が信頼を置いている人間に任せたいのだよ。よろしいかな？」

「もちろんですとも。この若者のことは聞いております。ようこそ、お若いの。あなたさまは賢明な決断をなさいましたよ、伯爵さま。

君は見た目がいい、ほれぼれするようなハンサムだ。絵画の世界では、こういう美しさは非常に役に立つ。知識が足りないところは、君の外見が補ってくれるだろう。芸術家というものは美しいものが好きだから、君のような男はおおいにもてるよ」

「アンドレアは実際芸術のことは何も知らない。そこで、時々親方のところに送りこむから、教えてやってはくれまいか。油絵には知識がたくさん必要だからな。この工房なら作業が見られる。こういう作業を見ると、そのうち絵を違う目で見るようになり、より確かな判断ができるようになる」

「この若者に教えるとは、なんと嬉しいことか！　さっそく始めようじゃないか。周りを見まわしてごらん。わたしの絵だ。ヴェネチアの街を描いている。ここ数十年、この街だけしか描いていない。運河、街角、人々がこもる場所。ゆっくり見ていてくれ、わたしは伯爵とワインを一杯飲むから、その間にぐるっと見て、どの絵が一番気に入ったか教えてくれ」

アンドレアはにっこりしたが、黙って伯爵の顔をうかがうばかりで、言われたことがあまり理解できないようだ。パオロとグアルディが小さなテーブルについて話しだすと、彼は行き当たりばったりに一枚の絵の前にたたずみ、黙って、身動きひとつせずにながめていた。その姿に、ふたりは話をやめ、アンドレアの反応をうかがった。――さあ、あの絵がしだいに彼に近づいていくようだ。さあ、なにか魅力をとらえたようだぞ。小さな細部か、色のハーモニーか、それともたくさんの色がまじって落ち着かないのか……

　グアルディはアンドレアがその場を動かないのを見ると、にっこりとして立ちあがった。

「絵の前を離れないところを見ると、気にいったようだね。感想を聞かせてもらおうか」

　アンドレアは深く息をつくと、もぞもぞと身動きし、意見を言ってもよいかというように伯爵のほうを見た。パオロは勇気づけるようにうなずいた。

「このような絵は今まで見たことがありません。これはありのままの絵ではありません」

「ありのままの絵でない？　どういうことだね？」

「伯爵のコレクションの中で、自然を傷つけたりゆがめたりしている絵を見たことがありますが、これは自然の上にかぶさっている絵です、ヴェールのように」

「なんだって？　どういうことですかな、伯爵？　どうもよくわからない」

　伯爵も立ちあがり、ふたりに近づいた。

「もうすこし詳しく説明してみなさい。親方は、お前が見たものを知りたがっておいでだ。気づいたことを怖れずに言いなさい」

　アンドレアは、長い道のりを歩きだそうとでもするように背筋をしゃんと伸ばし、グアルディをしっかり見つめ話し出した。

「この絵は、自然界にはないような茶色を帯びています。この茶色は、黒とともにほとんどすべてのものにばらまかれています。つまり、影のように見えるふたつの色がありますが、影ではありません。これは、画家が事物をぼかす、あるいはあいまいにするために広げたヴェールです。それによって、描かれた物は落ち着きがなくなり、カンバスの上で踊っています。どんなに努力してもしっかり目にとどめておけません」

「なんとまあ！　そんなことありえないぞ。この男はどういう目をしているのだ！」

「この絵は、多くのところで色が混ざっています。色が何層にも重なっているみたいです」

アンドレアはグアルディの驚きなど耳にもしなかったようにつづけた。「下の色と上の色がわかります。ところどころ、上の色の上にさらに色が重なっています。画家は小さな欠点をなくす努力をまるでしていません。修正はしていますが、土台の間違いを消していませんから……」

「ちょっと待ってくれ！」グアルディは叫んだ。「証拠を見せてくれ！」

「例えばここです」アンドレアは絵のほんの小さな部分を指し示した。「このゴンドラはもともともう少し長かったものを、明るい水の色を上に塗って短くしています」

「つまり、元の茶色が緑色の水の下に見える、そう言いたいのかね？」グアルディはショックのあまり言葉もないほどであった。

「はい、そうです。緑色の水の下に透けて見えるものがあります。おそらく、黄色か赤みがかった黄色だろうと思いますが、そうはっきりとは分かりません」

「なんと！」グアルディは伯爵に向かって叫んだ。「下塗りの色を識別できるとは、とても信じられない。これを描いたわたしにもできないのに」

「アンドレアは下塗りのことなど知らないのではないかな？」パオロはそう答えると、アンドレアに向かって尋ねた。

「そうじゃないかね？」

「はい、伯爵。下塗りとは何でしょうか？」

グアルディは、ふたりの話に不安そうに首をかしげた。

「下塗りというのは……あとで、工房で見せてやるが、一番最初に色を塗ることだ。たいがいは、一色をカンバスに塗るが、この絵では二色だ」

「赤みがかった黄色の上に、黄色ですね」

「赤黄土色の上に黄色だ」抵抗はむだとあきらめたのか、グアルディの声は小さくなった。

小さなテーブルのところに戻ると、グラスからちびちびとワインを飲み、それからまた首をふりふりアンドレアのところに行った。彼はすっかり落ち着きをなくしていた。工房の秘密のひとつをアンドレアに看破されたことがどうしても腑におちなかった。

「アンドレア」パオロが口をはさんだ。「お前が言っている茶色と黒はどこに見えるのだね？　我々にそれを示してくれないか」

「あちこちにです」アンドレアはそう言いながら、指でその場所を示した。「画家はそれを最後に絵のうえにばらまきました、苗床に水をまくように。ですから、目があちこちに飛んで、落ち着かないのです」

「お前が言っているヴェールは、グアルディ親方の手法のひとつだが……」

「手法？　それって、なんでしょうか？」

「手法というのは、芸術家が事物に与える視点のことだ。芸術家は、君が言ったように、自然をヴェールで覆う。それが手法だ。芸術はその手法の中で頂点に達する。つまり芸術家の表現のひとつだ」グアルディが説明した。

「ちがいます。そんな手法は芸術ではありません。いろいろな物からその物自体の色を奪い、一色に支配させてしまっている。事物に暴力をふるっています」

「なんだと！」グアルディはいきりたった。「わたしが自然に暴力をふるったと非難するのか？」

「自然は繊細なものです」アンドレアは静かに言った。「自然が絵になるまでただじっと眺めていればいいのです。それで充分なのです。あなたがおっしゃるような手法というものを、自然は必要としていないのです」

「おもしろい！」グアルディは居丈高になって叫んだ。「それで、自然だけを描かなければならないときには、何を描けばいいのだ？　それも教えてもらえるのかな？」

「岸辺の波をひとつ描こうとするでしょう。波ひとつを正確に描くのは、とても難しいことでしょうが、それでもわたしは、そのような手法は使わずに描こうと思います」

グアルディはアンドレアの手をつかむと言った。「それでは、工房へ来て、君の言う波を描いてもらおう、そんなによく分かっているならぜひそうしてくれ」

「まあまあ、そんなに興奮しないで」パオロは分けて入った。「アンドレアは芸術のことなど何も知らないと言ったはずだよ。しっかり観察するのは確かだし、ごらんのようによい目も持っているが、知識はまるでないし、なにより紙やカンバスの上に置き換える術《すべ》を知らない。彼が画家でないことを忘れないでほしいね。観察者、しかもよりすぐりの観察者であることは確かだがね。彼の言葉を悪くは取らないでくれ。親方を傷つける気はなく、ただ思ったままを言っただけなのだから」

そう言われて、グアルディはアンドレアの腕を放したが、まだ興奮している。右手で顔をこすると、首をふりふり宣誓でもするように両手をあげた。

「こんなことは初めてですよ、伯爵。この若者はまるで専門家のような口をきく。知識はないということですが、知識がある人間のように話す」

「すみません、親方」突然アンドレアが言った。「黙っていればよかったのです。そうするつもりだったのですから。わたしは何年もの間自然を詳しく観察してきました。水を透かして地面まで見とおせますし、色の層は、繊細な上の層から、こってりした下の層まで認識できます」

「彼は水と雲のことを学習してきた」パオロが説明を加えた。「おそらく以前、日がな一日、水と空を見つめていたのだろうな」

「本当ですか？　だとすると、色々分かってきます。彼は、ものすごく目がいい。我々よりずっと正確にたくさんのものを見分ける目をしている」

「本当のことです」アンドレアの声が低くなっていった。「でも昔のことは思い出せないのです。ただ、水や雲を通して見ることができるのは分かっています」

「つまり、ひとつひとつの層をつぎつぎと見渡せると？」

「一番上の層を見ていると、その色はしばらくの間不安定です。ゆらゆら揺れて、水面で踊る太陽の光のように動いて見えます。長いことじっと見ていると、色が次第に動かなくなり、薄まり、弱くなっていきます。そして、その下にある層がゆっくりと出てきます。初めはそれもゆらゆらしていますが、こういう具合につぎつぎと下の色が見えてくるのです」

「だから、一枚の絵の前に長いこと立っているのだね？　つまり、透かして見ているというわけだ」

「すみません、親方。親方の絵を透視する気もなかったし、手法と名づけておいでのものを咎めだてするつもりももちろんありません。わたしは自然だけしか知りませんから、ですから思ったことを言っただけです」

グアルディは急にあいそよくなった。

「わたしの工房では、思ったことを言うのが禁止されているとでも？　客やお得意さんが、自由に批評できないとしたら、悪い芸術家だよ。君はわたしを唖然とさせた。その一言につきるな。自分の絵を、他人さまがこういうふうに研究し、こういうふうに認識して見るとは、いやもうびっくりしたよ。確かに君の言うとおりだ。このゴンドラは手直ししたよ。ゴンドラだけじゃない。この絵には、数カ所、最後の最後に変更したところがある。そして黒と茶、これも君が正しい。動きを与え、輪郭を浮かびあがらせるために、この二色を仕上げにばらまいた。だが、これまで、そのことに触れたものは一人もいない」

「この色はどうやってできあがるのですか？　何から作るのでしょう？」アンドレアは尋ねた。

「秘密だよ。あとで、教えてやれることもあるが、もちろん全部というわけにはいかない。基本的には、すべて天然のものだ。植物、動物、鉱物から色を作っている。たとえば、この緑がかった茶色はある種の粘土からとっている。火を加えると、水分がなくなり、赤みがかった茶色になる」

「絵具には何を混ぜますか？」アンドレアは間髪をいれず尋ねた。

「なんでも知りたがるな」グアルディはアンドレアの腕を取ると言った。「工房へ行こう。いくつか見せてやろう。油だよ。亜麻仁油、ケシ油……」

「魚油を使ったことはありますか？」アンドレアは工房へ足を踏み入れると、すぐそう聞いた。

「魚油？　魚の油と言ったのかね？」

「はい、わたしなら魚の油を使います」

「聞いたか？　この若者はつなぎに魚の油を使うそうだ……」

パオロはひとりで店の方に戻り、テーブルに座ると外をながめた。おそらくアンドレアは、他の誰も描かないような絵を描くだろう。人々はその絵の前で自然に感嘆し、細かいところまで模写するだろう。いや、模写などしないかもしれない。おそらく彼は、目に見えないほどかすかな水滴を、自然が創り出すよりもっと繊細にもっと正確に描くだろう。きっとそういうことができるはずだ。自然の変化を一瞬止めておき、その静止した瞬間の自然を透き通らせることにより、絵画が自然を越える……そういうことも可能なはずだ。

パオロはもう一杯ワインを飲むと、自分が集め、何十年か後に展示することになるアンドレアの絵をゆっくりと思いえがいた。この展覧会は新時代を画し、アンドレアの名声の基礎となり、ヨーロッパ中にその名を広めることになるだろう。

やがて、グアルディとアンドレアが戻ってきた。

「あまり知りたがるので、そろそろ放り出さないといけませんな」グアルディは笑いながら言った。「また来てもかまわないが、工房の秘密を教えてやるわけにはいかんよ。どうしても知らなければならないことだけは教えてやるがね」

「ありがとうございます。また、まいります。あなたの秘密は決して誰にも言いません」

三人は別れのあいさつを交わし、パオロは親方に心づけを置いた。外へ出ると、アンドレアは立ち止まった。

「伯爵、わたしもグアルディ親方みたいに色を創ってみたいと思います。ガラス小屋でやってもいいですか？水が織り成すさまざまな色をぜひとも創りたいのです」

「そうだなあ」パオロはなだめるような口調で言った。「デッサンから油絵に進むのはかまわないが、急いではいけない」

「油ではまだ描きません。色を創りそして混ぜてみたいのです。植物、動物、鉱物から色を取り出したいのです。グアルディ親方が言っていたように。でも、親方のとは違う色を見つけ出したいのです。自然に、不安定さでなく安定を与える色を」

パオロは黙っていた。ふたりは、屋敷に戻るために待っていたゴンドラに乗りこんだが、アンドレアはじっと物思いにふけっている。パオロがそっと覗いて見ると、彼の目は赤くうるんでいた。

第二十章

図書室の小さな机に向かい、パオロは身じろぎひとつせず座っている。息をひとつ大きく吸うと、羽ペンを取り上げ書き出した。

「アントニオへ
今日はお前に重大なことを伝える。わたしは結婚する決心をした。わたしのおこなった選択はお前を満足させると思う。お前も知っている立派な家柄の若い娘だ。充分に考えた挙句のことだから、自分の年齢を考えれば事は急いだ方がよさそうに思う。わが身に何か起きる前に、家の存続を確かなものにしておきたいからな。そこでお願いだが、詳しい事を話したいので、できるだけ早く帰ってきてくれ。この機会に、お前もスケッチをほめていた例の若い芸術家を紹介しよう。彼は油絵に手を染めようとしているが、スケッチと同じ域に達するにはまだしばらくかかるだろう……」

一語一語に神経を集中していたパオロは扉を叩く音にハッとした。カルロの声が聞こえる。
急用以外に彼が邪魔をするはずはない。
「失礼します、伯爵。お隣りのナルディ様がどうしても至急お話があるそうでございます」

「誰だって？　老ナルディ、ジョヴァンニ・ナルディか？　具合が悪いと聞いているが」

「はい。ですが、どうしてもということで、召使いふたりに運ばれておいでです」

「運ばれて？」

「はい、椅子に座ったまま。玄関ホールでお待ちです。何か至急お話になりたいことがおありのようです」

「そうか。緑の間に案内し、クッキーとワインをお出しするように。しばらくはふたりだけにしておいてくれ。老ナルディは話がくどく長いから、午後いっぱいかからないとよいが」

「一時間後に顔を出して、予定があるとでも申しましょうか？」

「いや、けっこうだ。先祖代々の話をさせないようにすれば、適当にお帰り願えるだろう。何しろ、四百年前の対ジェノヴァ戦争から始まってしまうからな」

「ほんとうによく記憶しておいでで……」カルロもニッコリした。

「ナルディ家の誰かが鼻をつっこんだことなら、なんでもかんでも覚えているよ。まあ、あまり待たせてもいけない。この家でひっくり返りでもしたら事だ」

パオロは広い階段を急いで玄関ホールに下り、老ナルディにあいさつした。老人は幅広の背もたれつきの椅子に座り、体を小刻みに震わせている。

案内された部屋でも、老人は真面目くさった顔をくずさず、いつものようにすぐベラベラ話しだしたりしない。――何を望んでいるのだろう？　まるで誰かが死にでもしたような感じだな。パオロは腑におちなかった。

緑の間の丸い食卓には、高級なワインのびんとクッキーの皿が用意されていた。ふたりの召使いは主人をテーブルにつかせると、合図を受けて引き下がった。

「ワインをいっぱいどうです？」パオロの勧めを、ナルディは丁寧に断った。――はてさて、本当に具合が悪いようだな。今までなら、少なくとも三杯は飲んだ。

「ご老人」パオロが口を切った。「お出でいただき光栄です。何か心にかかることでもおありなのでしょうか？」

「その通りだよ。ただくだらん世間話をするために来たわけではない。君の貴重な時間を奪うつもりはないが、心にかかっていることがあって、お邪魔したのだ」

「お加減が悪いと聞いておりましたが、お見受けしたところそれほどでも……」

「お上手は言わんでくれ。わしはもうすぐ終わりだ。残された時間はあまり多くはない。だからこそ、我が家の商売と気がかりを片づける決心をしたのだよ」

——おい、おい。商売のことなどわたしは知らないぞ。何を考えているんだ？　相談する相手ならたくさんいるではないか。バルバロ家の人間に聞くなど、お門違いもはなはだしい。

「ご存知のように、わしは息子を持たないから、男の跡取りがいない。あらゆる手は尽くしたから、わしの責任ではないが、神は願いをかなえてはくださらなかった」

「神は別の願いをかなえてくださったのですよ。美しいお嬢さんを授かったではありませんか」

「またまたからかうな。わしも冗談は好きだが、今回ばかりはまじめだよ。わしは、我が家の存続に心を砕いてきた。将来においてもな。そこで、一番上の娘カテリーナのことを考えた」

パオロは気持ちをしゃんとさせた。——一歩先を取られたかな？　これはおもしろい。結婚の仲介役に来たようだ。いいぞ、いいぞ。わたしとカテリーナを結ぶために来たのなら、彼の方の希望ということだから、もろもろの条件はこちらから出せるぞ。思っていたよりずっとうまく行きそうだ。

「ほんとうに一杯どうです？」老人が手を振って断るのを見たパオロは、自分のグラスを満たした。実によい気分で、脚がカタカタ踊りだし、前祝いをしたいくらいだ。

「カテリーナはただ美しいだけではない。実に賢く、元気があるうえ、わしの娘のうちでは一番決断力がある。自分が何をしたいか分かっているからな。長いこと修道院、何という名前だかどうしても覚えられないのだが、ともかくどこやらのくだらぬ修道院で育ったにもかかわらず、明るさを失うこともなく、あれとの会話は実に楽しい」

——まるで家畜の売買でもするような口調だ。もう少しで、目方はどれだけなどと言い出すぞ。その点なら、おそらくわたしのほうがよく観察している。

「もう長いことお目にかかる幸運に出会っておりませんが」パオロは大声で言った。

「たしかに幸運だな」ナルディは満足げに言った。「亡くなった家内を彷彿とさせる思慮深さと聡明さとを持った娘だ。それはさておき、わしが今日ここへ来たのは、カテリーナを結婚させるためだ」

——さあ、おいでなすった。先は読めている。非常に魅力的な提案が聞かれるだろう。わたしに娘婿になってくれと頼むだろうから、条件をつりあげるために、少しじらしてやるか。駆け引きも必要だ。

「結婚させる？　よくわかりませんね。なんでわたしのところにお出でになったのです？」

「君の言うとおりだよ」ナルディは答えた。「君の疑問はもっともだ。もちろん、カテリーナの相手に君を考えているわけではない。君は歳も行っているし、結婚する気がないのもわかっている。おまけに長男ときているしな。君は跡取りだから、ありえないことではあるがカテリーナが君と結婚すれば、この屋敷へ入らなければならない。それはわしにとってゆゆしきことだ」

あれっ？　パオロは思わずグラスを置いた。——どういうことだ？　この老人、頭はまだ大丈夫なのか？　わたしではない？　なら、誰だというのだ。わたしにどうしろと言うのだろう？

「わしは、カテリーナがナルディの屋敷に住むことを望んでいる。彼女が家長で、わしの相続人となる。結婚相手は、そのことを承知している男でなければならない。我が家で一緒に暮らしてもいいし、近くなら別に住まいを構えてもかまわんが、決して自分の家へ彼女を連れていってはならない。この条件がのめれば、彼女が受け取る遺産のかなりの部分が手にはいる。子どもが生まれたら、もちろん父親の姓を名乗るが、『ナルディ』

と付け加えることも条件だ」

——これ以上ゴチャゴチャ言ったら、殺してやるぞ！　わたしは他の誰でもなくカテリーナと結婚したいのだ。そのために生き、そのために準備してきた。それなのに、この頭の固いコンコンチキは、わたしから彼女を奪おうというのか！　狂っている！　どんなに危険な状態か、わかっているのか？　殺してやるぞ！

「ご老人！」パオロは大声をだした。「じらさないでくださいよ。わたしでないというなら、いったい誰なんです？　あなたの美しいお嬢さんに似合いの男とは？」

「君の弟、アントニオだよ」ナルディはワインのビンをつかんでグラスにそそぐと、一気に飲み干した。

「弟？」かすれた声が出た。

「そう、アントニオだよ」ナルディは肩の荷をおろしたように、ホッとした顔で微笑んだ。

「それはだめです。アントニオは無理です」パオロは頭を抱えこんだ。——アントニオだなんて、とんでもない。彼はイギリスだし、今後もずっと向こうで暮らすだろう。おまけに、若い世間知らずなんかと結婚するものか。あれはイギリスに用があるのであって、ヴェネチアでは何もすることがない。アントニオはだめだ。問題外だ。

「アントニオはだめです。問題外です」パオロは大声できっぱりと言った。

「彼がピッタリなのだ。あれ以上の人間はヴェネチアにはいない」

「ご存知のように弟はイギリスで暮らしていて、将来もずっとそうです。あいつは結婚する気はありません。だめです、絶対に」

「まあ、聞いてみようじゃないか。きっと同意してくれると思うがな。婿に望まれて、ノーと言う男はヴェネチアにはいやせんよ。確かに、イギリスにおるが、それがなんだというのかね。一年か、もしかしたらもう少し長い間むこうにいるだろうが、イギリスだからって結婚の障害にはならんさ。高貴な家柄では、妻と別れて暮らしている男はおおぜいいるよ。外国に仕事があればなおさらだ」

——相手のほうが一枚上手《うわて》だな。あらゆる可能性を考えなかったわたしが愚かだった。アントニオのことを考えるべきだったのだ。弟がピッタリというのももっともな話だ。だが、わたしの気持ちはどうしてくれるのだ？　わたしの感情は？　だが、そんなこと言えるものではない。気持ちだの感情だの、こういう場合にはなんの役にも立たない。しかし、なんとか解決策はあるはずだ！　カテリーナを弟なんかにやるものか。だが、どうしたら止められる？

「これは驚きました」パオロは言った。「アントニオのことは考えてもみませんでした。正直言って、お嬢さんをわたしにとおっしゃるのかと思いました。最近はお見かけしませんが、実に美しい魅力的なお嬢さんだ。わたしにその気があるかと、お尋ねかなと……」

「とんでもない。わしはそんなに愚かではないよ。君にそんな頼みをするわけもない。絵画と共和国がすべてという君のストイックな生き方は恐れ多くて、とてもそんな願いはできないよ。しかも、君は長男で、カテリーナが生まれた家にそのまま暮らすのを承諾するわけがない。そんなことを許せば、笑いものになるからな」

——その通り！　彼はすべてを考えつくしてある。なんたるお笑い草！　カテリーナをぜひわたしにと願う気持ちはあるが、そんなことをすれば笑われるのがおちだ。恋！　確かにこれは恋というものだが、だからと言って何の役にも立ちはしない。ああ、カテリーナ！　君はパオロ・バルバロをピエロにしてしまう！　彼女は今のまま隣りに住みつづける、と言ったな？　そして、このわたしはここに暮らしている。なんとか解決策はないものか……

「我々は隣り同士だ」ナルディが続けた。「ずっと以前からそうだったわけだが、わしが望むように両家が縁を結べば、仕切りの生垣や塀を行き来できるようにする時ではないかね？　庭と庭の境の塀に、上等な鉄の門をつけようじゃないか。そうすれば、大回りせずとも行き来できるようになる」

「何もかもすっかり考えておいでなのですね。門や通路にまで将来設計が済んでいる。でも、ちょっと待ってください。まず、あなたの計画に慣れる必要がありそうです。そんなこと、考えたこともなかったもので」

「まあ、考えてみてくれ。君はこれまで君自身の世界に生きてきたが、家系の存続を考えねばならない日が遠からず来る。それとも、そんなことで頭を悩ましたことはないのかね？　自分がこの世から消える日のことを考えたこともない？」

――こんどは死の話か。自分がもうその目の前にいるからな。自分の終わりを目前にして、不安をおすそ分けしようという魂胆だろうが、ほっといてくれ。わたしは死なないぞ。

「色々考えてはおりますが」パオロは口を開いた。「このところ、例の若者のことで手一杯でして。お聞きおよびでしょう、アンドレアのことは？　まず、あれのことを考えてやらなければなりませんから、自分のことはまあ、その後で……」

「その心配なら無用だ」老人はそう言いながら、座り心地が悪いのか、体を左右に揺らしている。「あの若者のことも考えたのだよ」

――畜生！　万事ぬかりなしってことか！　だが、アンドレアはお前さんなんか見向きもしないだろうよ。今日来たのはわたしからぜんぶ取り上げるためだったのか。わたしの願い、夢、おまけにアンドレアまで。死にそこないの地獄の使者め！

「アンドレアは我が家と一体です」パオロはきっぱりと言った。「それを変える気はありません」

「わしとてそんなことは考えていない。君は本当によく面倒をみているよ。まるで父親代わりだと、みな言っておる。商売上手で通っていた君だが、歳とともに仏心が出たようだね。あの若者を所望しているのは、わしではなくカテリーナなのだよ」

――いよいよもってすばらしい！　次から次と、まあよく言うものだ。そしてこのわたしときたら、黙って言いなりになる小僧っ子みたいに打つ手がないときている。どうもこの老人をすっかりみくびっていたようだ。ほとんど忘れていた人間なのに、墓の中から蘇ってきた！

「わしはカテリーナに自分の考えを打ち明けた。君の弟のことを話し、彼と結婚させる気でおることを」

「それでお嬢さんはどう言いました？」パオロは老人の話をさえぎった。「アントニオのことなど覚えていないでしょう。小さい頃、わたしのひざに抱かれていたことなら覚えているかもしれないが。わたしのひざですよ、ご老人」

「古い話だ。カテリーナのような若い娘は、昔のことなど考えないのだよ。あれは、わしと同じで、非常に現実的な考え方をする。センチメンタルでもないし、過去に生きるということもない。未来を見て生きているのだよ。境に門や扉をつけて行き来ができるようにしようというのは、あの娘《こ》が考えたことだ」

「ご老人！」パオロは怒りを必死にこらえた。「要求が多すぎませんかね？　いきなりやって来たかと思えば、わたしが歳がいっているだの、もうけるばかりで心が冷たいだの言いたい放題ではないですか。それでいて、何百年も続いている我が家の庭を囲む塀に穴を開けるですと？　心優しきお隣りさんが入って来られるように？」

「ナルディ家はバルバロ家ほど古い家柄ではないと、君が考えるだろうとは思っていた。だが、格式の違いウンヌンという時代は過ぎたのだよ。君が結婚しないのは、家柄にこだわりすぎているからではないかね。おそらく弟のほうは違うだろうから、そこが大事なんだよ」

「お互いさまじゃないですか。自分のほうが格下だという気持ちを捨てられないのはあなたの方ですよ。あなたの先祖自慢は耳にたこができるほど聞かされました。まあ、それはいいとして、通用門だの扉だの、それは一体どういうことです？　お嬢さんは何がお望みなんです？　それとアンドレアとどういう関係があるんですか？　お答えいただきましょう！」

老人は自らを元気づけるようにワインを一杯飲んだ。クッキーの箱をなでまわし、中の菓子を二本の指でひっかくと、気に入ったのがみつからなかった子どものように不満げに元に戻した。唇をなめ、話しだす。

「君の言うとおりだ。だが、口論はよそう。わしが今日ここへ来たのは、カテリーナを結婚させるためだ。自分のために来たのであれば、どんなに不愉快でもわしの意見を聞いてもらうのだが、まあそれはおいておこう。結婚すればカテリーナには、自分の用をしてくれる従者を選ぶ権利がある。新生活のしょっぱなから、どうしてもそういう男が必要だ。君の弟がイギリスへ帰ってしまえば、ますます必要となることは説明するまでもないだろう。結婚の契約をするときには従者のことも決めるのが通例だ。カテリーナはその役をアンドレアにしてもらいたいと言っておるのだよ。わしもそれに賛成した。アンドレアは君の家の人間になったのだから、どこの馬の骨というわけでなく、用心しなくていいからな。ハンサムだし、礼儀正しそうだ。それも大事なことだよ。従者になって恥をかくばか者も星の数ほどおるからな。それに彼には財産がないから、カテリーナの気をひこうとむちゃな散財もしないだろう。女の気に入ろうと、財産半分も無くしたものもたくさんいるが、おろかなことよ。アンドレアは習慣どおりこのままここに暮らし、必要なときに通用門を通って来ればいい」

「アンドレアを従者にと、おっしゃるのですか？　彼は経験の乏しい青二才ですよ。街のことも知らないし、ましてここの習慣など全然わかっていませんよ」

「だからこそいいのだよ。カテリーナはそんじょそこらのおしゃべり男など要らんと言っておる。すぐ鼻につくからな」

「それより、美しき拾得物を見せびらかしたい？　そういうことですね？」

「手厳しいな。なんでそういきり立つのかね？　君はいつだって現実的に物事を考える男なのに、今回に限ってどうしたのかね？　両家が結びつけば、君の家はますます豊かになり、みんながうらやむことになるのだがね。もちろんアンドレアの給料はこちらでもつし、カテリーナが望むことをかなえる費用は全部払う。必要なことは教えるが、それほどたいした知識はいらない。カテリーナがちゃんと教育してくれるよ」

「お話はそれで全部でしょうか？」パオロはうんざりして、椅子の背にそっくり返った。

「そう」老人はニッコリした。「賛成してもらえれば、わしが死んだら好きな絵を一枚進呈しようじゃないか。君のコレクションほど高価なものはないが、それでもそこそこ気に入るものがあるだろう」

「賄賂は不要ですよ」パオロも笑顔で応じた。「もう充分なことをしていただいてます」

「そう言ってもらえると嬉しいね。それじゃ、これで失礼させてもらおうかね。話し疲れたよ。近いうちに、返事を待っているよ」

「わかりました」パオロは立ちあがると部屋を出て、控えの間で待っていたナルディの召使いを呼んだ。運ばれながら、老人はうれしそうに手をふった。

「ご主人さま」ナルディが消えると、カルロが顔を出した。「お顔の色がすぐれませんが、悪い知らせでしたか？」

「うむ、老人はわたしの墓穴を掘りにきた」

「どういうことでしょう？　そんなことできるわけありません」

「そうだな」パオロはそれ以上言わなかった。

アントニオ宛の手紙は図書室の机の上に置いてある。みんな、無駄になってしまった！　何事も長くは続かないものだ。彼は手紙を細かくちぎると、窓をあけ、ひらひらとばらまいた。

第二十一章

パオロはひとりで屋敷を出ると、橋から橋へとまるで約束に間に合わないと言わんばかりにあせって歩きまわった。敵討ちに出向くような気持ちだった。――老いぼれめ！　わたしを追い詰めてくれたな！　少しずつ外堀を埋められてしまった。万事休す！　あの勝ち誇ったような顔！　すべてお見通しというような顔をしていた。わたしと同等に渡りあおうなんて、思いあがりもいいところだ！　おまけに無遠慮に、歳がどうだの、性格がどうだの、死んだらどうだの言いたい放題ではないか！　あいつは、唯一残った最後の宝カテリーナを守ったつもりだろうが、彼女が結婚してしまったら、それで一巻の終わり、椅子からころげ落ちるか、糞詰まりでくたばるかだ。だが、死に際に見事な仕事をしてくれたものだ。この街の最上流階級の一員になろうとはな……

彼は、かすかな風に押されるように、夕暮れの街をどこへというあてもなくふらふらと歩きつづけた。誰かのところへ行こうか？　とんでもない、話すことなど何もない。誰とも口をききたくなかったし、誰にも会いたくなかった。後を追うように鳴り響く夕べの鐘の音からさえ逃れたかった。

人と出会いそうな場所には用心して近づかなかった。このまま消えてしまえたら、それが一番なのだが、この街ではそれもできなかった。ここは、よそ者にとっては迷宮だが、生まれ育った者にとっては、会いたくない人間にしょっちゅう出会ってしまう所だ。だから仮面や変装が盛んなのだ。

教会からくぐもった、おぼつかなげな歌声が聞こえてくる。彼は歩きつづけた。次から次と、新しい歌声が追いかけてくる。そして、一瞬ふいに辺り一面静かになることがあると、足音がこだまして、自分の後ろから自分自身がついてくるような気がした。

パオロには解決策がなかった。老ナルディの計画にたちうちできる術《すべ》はないものだろうか？　おそらく何週間もそれだけを考えていたに違いないが、うまいこと相手の舞台にひきずりこまれてしまった！　老女中ジュリアもカテリーナも万事承知のうえのことだろうが、このわたしをひとり放り出し、自分たちは門を開けて仲良くしようという算段なのだ。老いぼれの思うとおりになったら、わたしの孤独は永遠のものとなり、またあのペトラルカの詩を読んで暮らす日々となる。

静寂が、休息が欲しかった。あちこちから聞こえる人々の話し声や叫び声が、まるで責め具のように脳を締め付ける。ざわめきは、夕刻の鐘、物乞いのねだり、そして一瞬遅れて押し寄せるワーンといううねりと共鳴し、次の瞬間には別の街角へと移動する。この街で静寂は望めない。静かそうに見えても、それは錯覚だ。運河を流れる水すらも、ここでは休むことを知らない。人々の営みに巻き込まれ、絶えずざわめいている。真夜中になっても水は眠らない。たいまつが輝き、ランタンに灯がはいり、はるか上空の月に皓々と照らしだされて、輝く水面を創り出す。

家々の明かりはランプのようにゆらゆらと揺れ動き、まやかしの夜がはじまった。街の姿は水のなかへ沈みこみ、休むことなく運河を流れていく。

寒い！　風が冷たくなっていた。黙々と通りすぎていく人影は、現れたかと思うと、またいずこへともなく消えていく。

パオロはふだんなら決して来ることのない辺りに来ていた。おそらくこれまで一度も足を踏み入れたこともないかもしれない。いずれにせよ、ここでは知った顔に会う怖れはなかった。居酒屋の亭主がひとり、開け放ったドアのところに所在なげに立っている。とりとめのないしゃべり声がどこからともなく大きく小さく聞こえてくる。そしてカシャカシャというグラスの音。どこか秘密めいて妖しい気配がただよっている。ナルディの計画に手をこまねいているだけの自分に腹がたってならなかったが、こうして歩いていても仕方ない。戻ろうか？　帰ろうとしたパオロの耳元に、いつのまにか近くにきていたゴンドリエがささやいた。「だんな、お捜しになるにゃおよびませんぜ。お望みの所にお連れしますよ」

ゴンドリエの口調があまりにもさりげなく自然だったので、彼は「どういうことだ？」と尋ねることもしなかった。だが、彼は分かっていたし、おそらく声がかけられるのを期待もしていた。薄暗いゴンドラの赤いじゅうたんの上、閉じたカーテンの中で、自分をなぐさめてくれる場が提供されることを待っていた。

彼はゴンドリエに目もくれなかった。ためらいもせず、待っていたように船に乗る。ゴンドラは静かに動きだした。これこそ自分が求めていたことだ！　理想的な隠れ家ではないか！　彼は自分が街と水とひとつになったと感じていた。淫びでいかがわしいやり方で、おのれの姿を消すことができる。夜のあいだ、運河に浮かぶ影のひとつとなって、誰にも気づかれることはない。やっと、うまく隠れることができた。

今カテリーナが隣りにいたら、ふたりだけで誰からも邪魔されず……チラッとそういう考えが頭をよぎった。

ゴンドラが止まり、船頭は「ちょっと待っていてください。すぐ手配しますから」と言うと姿を消した。騙されるのではないかとは、ちらりとも思わなかった。こんな日に、二度もいやな目に会わされるわけがない。だから、言われたとおりじっと待った。自分が何を待っているのかは分からないが、色に身を任せることにしていた。それ以上のことは考えられなかった。

まもなく女がふたり現れた。語りかける声はやさしく、心が慰められる。パオロが立ちあがると、ふたりはそれぞれ彼の手をとり、外へと案内する。階段を数段のぼる。彼にもたれかかるように寄り添い、壊れ物でも扱うようにそっと小道に沿って歩き、一軒の家のドアへと導いていった。パオロがこれまで見たこともないようなうす暗い家で、近くで煙のにおいがする。この夜はあちこちで火がたかれたようで、水をまいて消した火のにおいが、むっとするような煙のにおいが残っている。

中年の女が姿をあらわし、やさしく彼に接する。その女にマントを預け、狭い階段を上へと案内される。ドアが開くと、中は小さな居心地のよい部屋になっていた。小さなプードルが二匹飛び出してきて、彼の靴をなめだした。そしてドアは閉められた。

座ろうとして辺りを見まわすと、女が三人、目にはいった。ひとりは髪をとかしており、ひとりは無心に指をなめては、それをまた黒っぽい液体のなかにつっ込んでいる。

三人目の女がゆっくりと立ちあがって近づいてきた。パオロのうなじに手を置くと、首筋に沿ってゆっくりと力を入れ、相手が抗わないように体をしっかりひきよせる。だが、パオロには抗うつもりなどはなからなかった。こんなふうに触れてもらったのは、この前はいったいいつだったろう！

唇をかすかに振るわせながら彼は立ったまま目を閉じた。

第三部

第二十二章

結婚式は数週間後におこなわれた。朝早くからゴンドラが列を連ね、式の行われる聖ジョルジョ修道院へと向かった。

それは、ジョヴァンニ・ナルディの勝利の日だった。感激に目をうるませ、人手を借りながら、花嫁と並んで祭壇へと進む。そこには、花婿アントニオ・バルバロが待っていた。だが彼は、世界に目が向いている人間にありがちのしらけた表情をしている。

パオロ・バルバロ伯爵は弟をじっと観察していた。弟はイギリスでおどろくほどの沈着冷静さを身につけていた。何事にも驚かないし、めったに感心することもない。老ナルディの、娘と結婚してほしいという唐突な申し出さえも、当然のように受け入れ、前から決まっていたことのような顔をしている。

兄は弟に手紙で知らせ、老人がそう願った理由を腹蔵なく説明した。結婚は、両家にとって利益であること、この結びつきは理性の産物であること、格式という点では釣り合わないかもしれないが、ナルディの莫大な遺産は無視できないことを、慎重のうえにも慎重を重ねて書いた短い手紙で伝えた。

パオロは、弟がカテリーナと結婚するとは思っていたが、花嫁を前にこうも冷ややかでいるとは思いもよらなかった。まるで眼中にないのか、目を向けようともしない。すべて計算づく、打算とでもいいたいような素振りを見せている。

結婚式をひかえた日々に、彼はカテリーナのことに少しも触れることがなかった。兄がどうやって水を向けても、すべて失敗に終わった。アントニオはカテリーナの美しさに少しも心惹かれていない。ありきたりのきまり文句を交わす遠い親戚ぐらいにしか思っていないようだ。

パオロは、カテリーナに対してこうも無感動でいられる弟が理解しがたく、ほとんど腹立たしい気持ちでいたが、怒り骨髄というわけではなかった。真の怒りの矛先はすべて老ナルディに向けられていた。あの決定的ともいえる会談の日から憎くて憎くて、毎日何度もその死を願っている。興奮で手を震わせた男が教会へ運ばれる姿は見ていられなかったし、父と娘ふたりが並んだ光景はとても我慢ができず、目を手で覆ったほどだ。だが、指の間から娘の方だけはしっかり見ていた。

なんと美しい！　彼女はまた早朝の姿を見せている。日中にはだんだんと黒ずんで、紫がかってくる唇が今はピンク色に輝いている。白いヴェールの下の黒髪、何かに驚いたように大きく見開かれた瞳は静かさと期待に満ちた緊張感を宿している。教会の入口のところから、彼女はアントニオにしっかり視線を定めていて、他の誰ともあいさつひとつしなかった。ふたり並ぶと、彼女は輝くばかりの美しさで花婿を圧倒し、花婿の方はあまりぱっとしない。

弟がそれなりの愛想をみせ、にこやかに微笑み軽く腰をかがめるのを、パオロはニコリともせず見つめていた。だが、一方で弟が相変わらずカテリーナに何も感じていないことにも気がついていた。彼は花婿の役割を演じているだけだ。式の間、堂々と落ち着いているだけの克己心を持った男の役を演じているだけで、はつらつとした生きる喜びにあふれた若い娘に感激もしていなければ、心を動かされてもいない。だが娘の方は、そんな朴念仁に負けることなく、衆人の注目をひきつけていた。

荘厳な合唱の響き、立ち上る香煙、修道院長の重々しい声、どれもこれも彼をイライラさせた。この式典のまやかしの明るさがいやだった。喜び祝い、一切合財が嫌味だ。花嫁を他の誰よりも親しく感じているからだけではない、ミサが進むにつれこの明るさが、くそ真面目で感動をさそうものになり、老乳母ジュリアを泣かせ、老ナルディの目をますます赤くうるませるからだった。アントニオはまるで傍観者の顔でミサに参加していたのに、ほんの数時間のうちにいくつも歳をとったような感じとなり、教会を出るときには、花婿から新しい義務を背負う夫へと変身していた。

それに気づくと、パオロは苦い気持ちとなった。弟の変身は式典の魔法のなせるわざだろうが、この式典はどうもうさんくさい臭いがする。神の恵みを祈り、たくさんの子どもを授かるようにと祈る院長のほとんど理解できないラテン語。長ったらしい説教、乳母ジュリアのほとんど我を忘れたような大声の祈り、そして老ナルディの涙、何もかもわざとらしいし、芝居がかっている。自分の感情を抑えないでもよい権利を持ってでもいるようにふるまっている。

パオロは両手を組んだまま、しっかりした声で祈りをささげた。院長の言葉を謹んで聞いているように頭を少しかしげ、弟の賢い決断を喜んでいる兄の顔で花嫁に優しい微笑をおくる。けれど、花嫁花婿が教会を出るときには、祝いの客の先頭にたって花嫁に、そっと、だが両ほほにキスしなければならないことに突然思いいたった。

ずっと嫌な気持ちでいたので、そんなことは考えもしなかったが、アントニオの腕にもたれて近づいてくる花嫁を見ると、思わず唇をなめていた。

カテリーナが目の前にいる。彼は手をしっかり握り、右手でヴェールをそっとずらした。かがみこんで、信頼できる年配の知り合いのようなキスをひとつ。チラッと彼女を見ると、相手もさっと視線を返す。だが、何か言おうとしたときには、花嫁はもう次の客に向かっていた。人々が彼女を取り囲むのを見て、彼はそっと数歩さがった。

ゴンドラの列が教会のある島を離れていく。あのキスの一瞬を思い出すと、胸がドキドキした。あんなに彼女に近づくことは、過去にもなかったし、今後も二度とないだろう。だが、あの時、自分は今だに彼女のとりこであり、彼女は我が人生の唯一の希望、他に自分を幸せにしてくれるものはないことを強く意識した。その彼女の近くにいながら、それでいてあまりにも遠いこれからの年月は苦しみ以外の何物でもない。

だが彼は、この思いもじっと押しこめ、院長の隣りに黙って座っていた。自分のゴンドラに院長を招待して一緒に帰ることにしたのだが、院長も口をきかない。そうか、説教をほめないといけなかった。

「いい説教だったよ。君があんなに感動的に話せるなんて知らなかった。結婚の仲立ちを自分がしたみたいだった」

「まるで聞いてなかったではないか。何度も君のほうを見たけれど、まるで心ここにあらずという感じだった」

「ほう、説教の最中にそんなヒマがあるのかい？　ということは、君も心をこめていたわけではないな」

「説教のときには心はこめないのさ。そんなことしたら、すぐつっかえるからね。わたしは、主がお望みのように話すだけだ。主の声だけを聞いている」

「それが聞こえなかったら？」

「そうしたら、聖書の言葉をくりかえす。誰も聞いたことのないように変化させてね」

「悪かった。確かに、あまりきちんと聞いていなかった。ああいう式典はどうも苦手だ。結婚式というのはなんだかセンチメンタルで、どこか偽善的だ。だから聖書に出てこないのだろうね。我らが主イエスは洗礼を受け、弟子たちと飲み食いはするが、結婚については一言も述べていない。そうではないかい？」

「カナの婚礼があるではないか」

「イエスはあの時、端っこの目立たないところに座って退屈しておられた。高慢ちきな花婿に我慢がならず、奇跡をおこしてみんなの気をそらせたのさ。水を上等なワインに変えて、ただボンヤリ見ているだけの花婿をさしおいて、自分が中心になった。我らが主はなかなかの役者だ」

「言い過ぎだよ。君だって、端っこに座って、苦虫をかみつぶしているみたいだった。ごまかさないでほしいね。自分が花婿になりたかったくせに。ずっと前からそう思っていたよ」

「たしかにわたしの方が花婿役にふさわしかったろう。アントニオはカテリーナに興味がない。心はすでにイギリスだ。友達はいるし、もうほとんど向こうが故郷だからね。じきにイギリスに帰るのだろうが、そうしたら、元気な若い女性はどうなると思う？」

「自分で楽しむことを見つけるさ」

「楽しむ！　彼女は、夜な夜な芝居だカジノだとうろつきまわる退屈した若妻以上の存在になれるのだよ。大所帯を切り盛りし、りっぱな友人や崇拝者に囲まれて、その中心人物にもなれる。だが、そのためにはそばに夫が必要だ。彼女の若さを認め、自分の経験を役立ててくれる、後ろ盾になる夫が」

「パオロ、つまり自分のことを言ってるわけだ。経験豊かな、人がうらやむ値打ちのある男というのは君以外にいないだろう？　それなら、アントニオがいない間、その役を引き受ければいいではないか。なぜ、そうしないのかね？」

「わたしが？　アントニオの代理を？　わたしのことを知らないとみえる。彼女と結婚したのは彼であって、わたしではない。彼女を抱けるのは……」

「やきもちをやいているわけだ」

「うるさい！　自分が味わえない果実をながめる気はないよ」

「それはよく分かる。私たち、主のしもべも禁欲的に生きるように教育されているからね」

「わたしは禁欲主義者ではなく、半分しかもらえないのではいやだという男にすぎない。この半分のためには、別の男が手配ずみだ。我らが若きアンドレアだよ。彼女が望むところどこへでもついて行く」

「彼は、何が自分を待っているかを知っているのかい？」

「ジュリアとカルロが教えたよ。今では、最高級のマナーを身につけて、外観とピッタリだ。額に汗ひとつしたことのない貴族の若者みたいだよ」

「スケッチはどうなっている？」

「その時間はたっぷりあるさ。もうわたしの雇い人でないことをお忘れなく。ガラス小屋で暮らしているのは相変わらずだが、これからは女主人さまの許しがあれば何でもできる」

「あの男は以前よりは街の勝手が分かるのかい？」

「この近所を、一軒一軒スケッチしたよ。スケッチした場所は誰よりもよく知っている。もう長いことめったに道に迷うこともないが、迷った時には、前と同じように運河を泳いで帰ってくる」

「君には感謝しているだろうね」

「ほんの少し助けてやっただけだよ。すべて彼自身の力さ。数年もすれば、誰もがあいつの芸術のすばらしさに気がつくだろうが、それまでは内緒にしておいてくれよ。誰にも話してないんでね」

「信じてくれていいよ。また人々に押しかけられたらまずいよ。二度は我慢できないだろうからね。腕前が世に知れたら、一躍人気者だ。そういう男なら、自分のところで雇っておきたいだろう？」

「もちろん。だが、あれが今経験しているものを、わたしは現実に提供してやれない。カテリーナのそばにいれば、それが可能だ。おおぜいの人間に出会い、新しいことをたくさん学ぶだろう。それが芸術の肥やしとなる。わたしは若くないし、人との付き合いも多くないから、そばにいたら静物画しか描けないだろう」

「そういう考えかたはきらいだね。わたしがもっとちょくちょく訪ねるし、一緒にわたしのところに来てくれてもいい」

屋敷にちょっと立ち寄り、伯爵が二、三用を済ませてから、宴会の行われる花嫁の家へと向かった。広大な広間はすでに人であふれかえっており、ドアはすべて大きく開かれている。小さなバルコニーに出ている客もおり、美しい歌声が聞こえてくる。

老人の隣りに座らなければならない、そう思うとパオロはわざとぐずぐずと客にあいさつしたり、どうでもよい会話を交わしたりした。そうしながら老人の方をうかがうと、彼は早くも席についている。ほほを赤らめ、やたらと饒舌で、生き生きと、勝利を祝おうと待ち構えている。——できるだけ長く待たせてやろう。だが、ほとんどの客が席につき、これ以上ウロウロするわけにはいかなくなった。楽師の演奏はだんだんと小さくなり、海の幸を満載した銀皿が運ばれてきて、客の間からどよめきが起きている。

パオロが腰をおろすのを待ちかねたように老ナルディが話しかけてきた。

「遅いね。どこに消えていたのだね。この良き日に乾杯をしようじゃないか」

「もちろん。生きてこの日を迎えられて、さぞお喜びのことでしょう。こんな祝いとともに世を去るなど、誰もができることではありませんからね」

「言ってくれるじゃないか。感謝するよ。だがわしはこの世をおさらばする気はまだ毛頭ない。新しい世界を楽しむつもりだよ」

椅子から転げ落ちるまで食わせてやるぞ。パオロは老人の皿に、大きなスプーンで料理を取り分けた。海の幸につづいてスープ、パスタ、リゾット。人々の話し声はますます大きくはなやぎ、合間に音楽が鳴りひびく。朗読屋がひとり前に進みでると、この結婚式のために印刷された冊子のなかから、新婚夫婦の幸せを歌う詩を読み上げた。歯の浮くようなまずい詩で、パオロをはっきりとあてこすった文句がちりばめられている。

老ナルディのあいさつが始まると、パオロは身をちぢませた。案の定、一族のお家自慢。対ジェノヴァ戦から始まり、幾多の戦いそして勝利、この日の花嫁の父ナルディという名前が出てくるまでえんえんと系図を述べていき、そしてこの家系から花開いたもっとも美しきものと、わが娘を持ち上げる。

パオロも何か言わなければならなかった。花嫁の名前を口にするのがつらく、両家の長い友好的な関係などの当たり障りのないことだけを話したが、演説には定評のある自分が駄弁を弄するのが嫌で仕方なかった。

それから近い親族、客のあいさつへと移った。ありきたりの花嫁花婿賛美が際限なくつづき、つぎの料理を出してよいものやらとまどっていた給仕たちも、肉や魚料理を運びはじめた。詰め物をした鶏、カモ、トロトロに煮込んだ子牛の足肉、七面鳥の干しプラム添え、栗のムース、マルサラソースに浸した棒鱈とうなぎ、ボラとハゼの白ワイングリル、油で揚げたカエル、カニとイカ。料理が出てくるたびに歓声がわきあがる。どよめきと祝辞の声とが入り混じり、それに野次まで加わり、広間は喧騒に包まれ、その音は開け放ったドアと窓を通り、外まで聞こえるほどだった。

アントニオが突然立ちあがると、この騒ぎがおさまった。誰も彼もこの瞬間を待っていたかのようで、水を打ったように静まりかえった。

パオロが見るかぎり、アントニオはしっかり落ち着いている。注意をひきつけるために、はじめは静かに話しだし、だんだんと声を高めていった。実に演説慣れしている。両親のこと、兄パオロのこと。彼はただパオロとだけしか言わない。自分の一番愛する者のことを語る子どものように、ただパオロと呼ぶだけだ。それを聞いた人々は、ああ、この家族は結束が固い、昔からずっと一緒にやってきたのだなということがすぐ分かる。彼は一族を称えるようなことは言わない。歴史も語らず、ヴェネチアという言葉はことさらに避けている。ただ、誰もが知っていることを淡々と述べるだけだが、それだけに効果は抜群、与える感銘も深かった。

それは、皆が自分自身を振り返り、自分たちのせわしない毎日を忘れる一瞬だった。アントニオの演説は、りっぱな聖職者でもめったに与えることのできない至福のひとときを人々に与えた。

話が終わっても、すぐに歓声があがるということはなかった。はじめは、かすかなざわめきが起きただけだ。思いに沈んでいた人々がやがてゆっくりと、夢からさめたように意識を取り戻し、会場は賛同の嵐に包まれていった。立ちあがり、花婿に駈けよる者。グラスを合わせる者。新しく会話が飛びかい、料理が忙しくまわり、宴は最高潮を迎えた。

「いい話だった」老ナルディはパオロの方に体をまわした。「イギリスで良く変わったようだな」

「おっしゃる通りです。簡単な方法で、抜群の効果をあげています。多くしゃべればいいというものではありませんから」

「皮肉は言わんものだよ。わしは話がへただ。それは承知しているが、君がまるっきり熱をこめて話してくれないから、わしなりの努力をしているのだ」

「わたしの結婚式ではないですからね。確かにおっしゃる通りですが、ごまかすことのできない性格なので」

——まったく、信じられない。この年寄り、いったいどこまで平気なんだ。固いものはかめないが、やわらかいものなら、実にうまそうに食べている。もっとどんどん食べさせてやろうじゃないか。この世からおさらばするところを見たいからな。それも今すぐ。

宴は六時間もつづき、誰も彼も疲れはてて、もう祝辞を聞く元気もなかった。食べちらした銀皿が重なり、グラスがあちこちに転がっている。楽器の調べ、歌声だけは飽きもせず繰り返し響いてくるが、それすらもう誰も聞きたくなかった。

ほとんどの人はもうだいぶ前から席を立ち、小さなグループを作って会話をしたり、ブラブラ歩き回ったりしていたが、やがてアントニオが身振りで合図をした。「庭へどうぞ」

彼は意気揚揚と先頭を切って階段を下りていった。おう！　人々は思わず歓声をあげた。なんとすばらしい！　門や扉で隣家の庭とつながったナルディ家の庭園はうつくしく飾られている。感心のあまり手を叩く者もいたが、多くはかまびすしくあれこれ推測したりそれとなくあてこすったりと、今やひとつとなった両家の庭の話でもちきりだった。ランプを灯した並木道やびっしりと繋った生垣の間を、客たちは三々五々歩き回った。外から物売りの声が聞こえる。ひとりになりたい者は小さなラビリンスに誘われて入っていく。

夕方、外の道路へつづく門が開かれた。カテリーナが、待っていた人々にクッキー、ビスケット、果物の砂糖漬けをふるまうと、新たに大歓声がわきあがった。バルバロ、ナルディ両家の前には人がぎっしりと押し寄せ、橋までいっぱいだ。はしごや台を持ってきている者もいて、花嫁花婿を高い所から見物している。

そんな有様を見てもパオロは感情を外に表すこともなく、ゆっくりとカテリーナの後を歩いていった。カテリーナは早くも経験豊かな女主人といった雰囲気を身につけ、人々の話に愛想よく耳を傾け、誰とも話をする。彼女はもう何も知らない乙女などではない。

――立派なものだ。宴会の時の彼女、実に活き活きしていたぞ。テーブルに目を配り、給仕人に目立たぬように合図を送って料理を運ばせたり片づけさせたり。そしてしゃべるのも大好きなようだ。

それに対しアントニオはこの国の人間とはほとんど口をきこうとしなかった。話すのはたいがい外国からの客人とで、しかもできる時はその国の言葉で話していた。「ヴェネチアなど大昔の遺物だ、自分はそんな小さい世界にはいないぞ」と宣言するかのような態度だった。

ナルディ家の別荘へいくゴンドラの用意ができて、花嫁花婿が客とともに乗りこむと、月明かりの空に花火がひとつ上がった。大運河に漕ぎだしたゴンドラがゆっくりと遠ざかる。

しばらくの間聞こえていた楽器や歌声もだんだんと小さくなり、やがてまったく聞こえなくなった。

パオロはひとり残され、すべての騒音が静かさに飲みこまれ、サラサラという木々のささやき以外なんの物音もしない庭を歩きまわった。ガラス小屋ではアンドレアがひとりポツンとベンチに座っていた。一日中息をひそめていたが、この先、花嫁の供人となったら、ずっとこうしていなければならないのだ。

「やっと終わった」パオロは言った。

「悲しいですね、伯爵」アンドレアは何度も自分に言った言葉をパオロにささやいた。

「わたしの心配はいらない」パオロは相手の言葉にすこしびっくりした。「明日からは、わたしの雇い人ではなくなる。お前が引き受ける仕事は簡単なものではないぞ。繊細な心づかい、品のよさ、そして控えめな態度が要求される。助けが必要なら、いつでも来るがいい。我々の仲は変わらんからな」

「はい」アンドレアは立ちあがると、帰ろうと背を向けたパオロの両肩にそっと手を置いた。――父親にするように抱きついてくる。だが、わたしは父親ではない。わたしはバルバロ伯爵。妻も子どもも持たず、この若者の絵を守るだけの男だ。

第二十三章

カテリーナはチョコレートを飲みほした。この時間、以前はジュリアしかそばにいなかったが、今は何人もの女が朝の身支度の手伝いをする。鏡を支え、化粧道具やヴェールを止める小さなピンを手渡してくれる。だが、女主人の体に直接触れてよいのはジュリアだけで、腰のくびれを両手でしっかりとおさえ、水色のコルセットのひもをキュッと締める。ボタンやホックをとめ、黄色い靴下止めを固定すると、指を二本差し入れて下着のしわを伸ばし、最後にもう一度今度は手のひらでスカートをととのえる。

窓からかすかな歌声が聞こえてくる。カテリーナは郊外の別荘での日々を思い返した。

夜、たいまつで照らし出されたナルディ家の別荘に到着すると、別荘番が広大な庭園で出迎えてくれ、家の中ではオーケストラが二組演奏していた。にぎやかにダンスを踊り、真夜中すぎに、デザートのアイスを食べた。色とりどりの氷で祝い客の姿が模《かたど》ってあり、連なる丘や峰はクッキーで、シャンパンの池にあわ立ち流れこむのはシャーベットの滝のアイス菓子。

祝いの客はまる一週間、狩猟小屋や仮ごしらえの小屋に滞在した。チョコレート少しと一杯のコーヒーだけの遅い朝食を一緒に取ると、皆それぞれに小さな礼拝堂を訪ねたり、美しく飾りたてた馬車で散歩をしたりと三十分ほど外へ出かける。ブレンタ川沿いの森やぶどう畑へ出かけ、時には野外で食事をした。炎にあぶられジュージューと油をたれる鳥の串焼き。いつもヴァイオリン弾きふたりとコントラバスを供に連れていき、詩を作りダンスをした。満艦飾の船でブレンタ川をさかのぼったり、馬で遠出をする時には、後から召使いがランチやワインを持ってくる。涼しい木陰で白い布を広げて昼寝をするのは快適そのものだった。

だが、その一週間、カテリーナはめったにアントニオと出会わなかった。彼はほとんど自分の友人たちと一緒で、夜もカードをしたり、彼女の知らない楽しみにふけっていて、ふたりはほとんど言葉を交わすこともなかった。夫とはそんなもの、自分の妻のところになどいないものと聞いてはいたが、カテリーナは心中ひそかに、一晩でいいから自分を訪れてほしいと願っていた。アントニオにその気があれば、そんな機会は持とうと思えば持つことができる。――わたしの寝室で、あわただしくささやいてくれたり、ほんの数時間一緒にいたり、誰にも見られずそうすることだってできるのに。

アントニオが近寄ってこないことに彼女は傷ついたが、それよりもっと許せないのは、自分のほうを見ようともしない彼の態度だった。まるで、遠い親戚同士かなにかのようにしている。それでいて、客を楽しませるアイデアだけは次々と考えだしていく。

ヴェネチアに戻ると彼はすぐにイギリスへ帰る支度をはじめ、新妻の唇におざなりのキスをひとつ残しただけで、ろくすっぽ説明もせずに消えてしまった。それはまるで時間とともに雲散霧消する夢のようだった。

その代わりに現れたのがアンドレアだ。最初のうちは不器用な態度で、のろくさく用心深かったが、それでもいつも優しく親切だから、朝、彼が着替えの間にやってくると、彼女はいつも上機嫌になった。もう何度か散歩の供をしてもらったが、そばにぴったりと寄り添い、日傘をさしかけてくれる。

「それではあの若者にご満足なのですね?」ジュリアが尋ねた。

「彼はとっても慇懃なの。あまりていねいなので、わたしもついいつもよりていねいになってしまうわ。まるで宮廷の高い位の方々みたいよ」

「そのうちもっと親しみやすくなりますよ。なにしろ何から何まで教えこまなければなりませんでしたよ。日傘のさしかけ方、ハンカチはどこへしまうか、ずうずうしい物売りをどうやって撃退するか」

「あら、でもまだずうずうしい物売りなんかに出会っていないわ。私たちを見ると、みんな一歩さがってじっと見つめるのよ。物売りが近づいてくれたら、何を売っているのか聞いてみたいのに」

「美しい若い男女がふたり並んでいれば人目をひきますよ。だから黙って遠巻きに見て、あとで夢を見るのですよ」

「夢？　昼日中に？」

「おふたりのようになれたらなあって、夢みるのでございます。『ほら、ナルディ家のカテリーナ・バルバロと干潟から来たハンサムなアンドレアだ』そうつぶやくだけで、言葉は出ないのですよ。ところで、彼はどこから来たか言いましたか？　尋ねてごらんになりました？」

「ええ、もちろん。でも思いだせないんですって。時々、何かがとても身近で親しいものに感じて、それが自分のルーツと関係があるみたいなことは言ってるわ」

「その身近な感じってのはなんでございましょうね」

「例えばあるにおいとか。煙のにおいを嗅いだときには、今にもすべてを思いだせるような気になったと言っていたわ。そのくらい、そのにおいが身近なものに感じられたんですって。でも、つぎの瞬間には、何もかもがどこかへ行ってしまったそうよ」

ドアを叩く音がしてアンドレアが入ってきた。ジュリアはカテリーナの顔にかすかな笑みが浮かぶのを見逃さなかった。かすかなためらいと恥らいの混じった、ひとこと言葉を発すればすっと消えて見えなくなるようなほほえみ。

女たちにつづいて、ジュリアは最後に部屋を出ながらドアのところで、もう一度美しいカップルに視線を投げかけた。――こんなに若くて美しいお嬢さまをどうしてあんなに歳の離れた方と結婚させたのかしら。ピッタリなところなど何ひとつないのですから、こんなことは罪だと、声を大にして言うべきだったのでしょうね。歳も性格もまるっきり合わないんですから、自然の摂理に反してますよ。でも、昔から人はそうやってきたから、深く考えたりはしないのでしょう。

ジュリアは扉を閉め、部屋は若いふたりだけとなった。

「おはようございます、奥さま」アンドレアは腰をかがめてあいさつした。

「おはよう、アンドレア」カテリーナは立ちあがった。

「今日はどちらへお供いたしましょうか？」アンドレアは一歩ドアの方へさがった。

「リアルト橋を散歩したいわ。服の布地をさがしたいの」カテリーナはそう言いながら手袋と日傘を相手に渡した。「行きましょう」

アンドレアが差し出した腕にカテリーナは軽く手をかけ、ふたり並んで広い階段を下り玄関ホールへと出る。そこにいた野菜売りは、腰を深くかがめて口のなかでモグモグと朝のあいさつをする。こうしてふたりは一緒に外出する。

この朝の一瞬をカテリーナは何にもまして愛していた。——長いあいだ籠の鳥だったけれど、それもやっと終わったわ。夫はそばにいないけれど、わたしは好きに動くことができる。朝早い通りで、コーヒーやパンの香り、店先にぶらさがっているハムのにおいをかげるなんて、なんとすばらしいんでしょう！　ああ、歌いだしたいくらい、行き会う人々みんなを抱きしめたい気分だわ。

ふたりはおおぜいの人にあいさつされるが、立ち止まって話をする者はなく、場所をあけて通してくれ、後ろからじっと見ているだけだ。ふたりの姿があたりに輝きを与え、人々に、ジュリアが言っていたような夢をみさせているのだろうか。それとも、感嘆のあまり金縛りにでもあったのか。

アンドレアはただひたすら粗相のないようにと緊張していて他人のことなどまるで目にはいらなかった。ご主人が望まないかぎり、誰ひとり近寄ってはいけないし、ましてや体に触れたり、失礼な言葉を投げかけたりする者がいたりしたら大事《おおごと》だ。物売りを近づけてもいけない。

もしそんなことが起きれば、彼はただちに割ってはいり、物売りが何を売ろうとしているのかを見極めて、ご主人に知らせ、失礼な言葉を投げかける輩《やから》は追い払い、うろちょろまとわりつく男はこらしめる。だが、そんなことはまだ一度も起きたことはなかった。人々は、カテリーナの後ろから賛辞の言葉を贈るだけだ。こんな美しいご婦人、これまでに見たことがない！

アンドレアは、今までのようにあたりの建物や光景をジックリ眺めているわけにはいかなくなった。それができるのは、ご主人が友人と出会っておしゃべりをしている間だけだが、それでも、この水の都を歩き回るのは楽しかった。自分が供をしているという感じはなく、これまで来たことのない道を通り、遠い目的地までカテリーナに案内されているような気持ちでいた。ほとんど知らない地域に足を踏み入れ、家々やあたりの様子をゆっくり眺めているわけにはいかないにしても、その姿を記憶にとどめ、それを後で思い出しながら紙に描いた。開いた窓から見えるかごの中のスズメ、テーブルの上の小さなブロンズ像とスプーン、老人のようにぼやっとしているがどこか生真面目な衛兵ふたりの靴の留め金、そんなものをスケッチした。

忙しく動く人間を描くのは簡単ではない。リアルト橋の野菜、ワイン、魚売りたち。彼らが真の姿を表す一瞬をとらえようと試みてはみるが、たいていはうまくいかなかった。満足のできるものを描くには、もっとたくさんの姿をスケッチして、それを後でひとつにまとめなければならない。まだ近づきかたが足りないし、遠くからでは生き生きした像がつかめない。動きまわる人間を手で触れることができれば、大きな助けとなるのだが、そんなことはできるはずもなかった。

ふたりはリアルト橋の小さな店にやってきた。アンドレアは店では入口のところで待つことになっている。体を斜めにして、入口とカテリーナの両方が目に入るようにするが、あまり長い時間主人の後姿を見つめていることは許されていない。後ろからジロジロ見るのはけしからんというわけだ。一時《いちどき》に、二方向、時には三方向に目を配るのは注意が必要で楽ではないが、彼は数秒のうちにそれが可能な位置をみつけだす。

今、カテリーナは、売り子に珍しい模様のダマスク織りの布地をたくさん広げさせて、話しこんでいる。アンドレアは決して口をはさんではいけないことになっていた。売り子との長い話が終わるとカテリーナは選んだものを彼に教えてくれるから、そうしたらそれをありきたりの言葉で、口数少なくほめる。これまでそうして万事うまくやってきた。

だが今日は事情が違った。果物やクッキーや靴などとはちがって、布地となれば色が重要だから、ひとこと意見を言いたい気持ちでいっぱいだった。ご主人さまは材質ばかり気にしていて、色のことはついでくらいにしか考えていないようで、あまり注意を払っていない。アンドレアはカテリーナに意見を言いたくてうずうずしていたが、それは許されないことを承知していた。

売り子との長い話に少し疲れたようでカテリーナはいつもより瞬きが多いが、選んだものに満足しているようだ。

「ごらん、アンドレア。この深緑のを買うことにするわ」

「はい、奥さま」

「はい？　それだけ？　気にいらないの？」

「はい、奥さま」

カテリーナはあわてて言葉を挟もうとする売り子をチラッと見たが、無視をした。

「間違った選択だって言うの？」

「この深緑色はのっぺりしすぎています。見ていると飽きてきて、眠くなりそうです」

「どういうことなの？」

「人をひきつけるきっぱりした色でないということです。この小紋がすこしは変化を出していますが、単調です。この服で街を歩いても、見過ごされてしまいます」

「見過ごされる？　でも、わたしは緑が欲しいのよ。緑の布地を買うために出てきたのですから」

「では、他の緑をお選びください。緑に黄色がすこし混じると、明るい感じになります。例えばこれなど緑と黄色が混ざっていますが、黄色が前面に出過ぎていて冷たい感じがしています。それに比べるとこちらは、黄色が緑の下にはいりこんでうまい具合に混ざり、緑がしっかりと輝いています。波に洗われ、そしてまた静かに揺れる藻と同じ緑です」

「何を言うの！　自分の気に入る色くらい分かるわよ！」

「ですが、色の混ざり具合は、巨匠と言われるほどの画家でも一生懸命研究するとても難しいものです。たいがいの人は分かっていないのですが、分かったつもりになっています」

「わたしもその分かっていないひとりだと言うのね？」

言い過ぎた！　アンドレアは女主人の顔に、怒りとまちがった決断をくだしたのかもしれないという思いとを見てとった。

「いいえ、奥さま。出すぎたことを言いました。奥さまは間違えてはいらっしゃいません」アンドレアは静かに答えた。

「この深緑のを包んでちょうだい」カテリーナはアンドレアの言葉に釈然としないようであったが、売り子は一安心とばかりうなずいた。彼はそんなにはっきり物を言ってはいけなかったのだが、事が色となれば、嘘はつけなかった。

店員はアンドレアに包みを渡し、カテリーナが礼を言い、ふたりは外へ出た。しばらくは、何事もなかったように黙って歩いたが、やがて店から適当に離れたところまで来ると、カテリーナが口を開いた。

「色がどうしたの？　そんな知識をどこから仕入れてきたの？」

「バルバロ伯爵のお供をしてグアルディ親方の工房へ行かせてもらったことがあります。親方は色のことなら何でもご存知です」

「彼に教えてもらったの？」

「いいえ、隠しておられましたが、でも、わたしには分かりました」

「どうしてそう言いきれるの？」

「親方は色をごまかしておいでです。彼は偉大なペテン師です。色のことを万事知っていなければあれほどうまくごまかせません」

「まあ、なんてこと言うの！　グアルディ親方は立派な画家よ。そんな方をペテン師だなんてよく言えるわね」

「誤解なさらないでください。わたしは偉大なペテン師と申し上げたのです。うまい画家は非常にりっぱな嘘つきです。デッサンで嘘をつく場合もあれば、描き方や色の場合もありますが」

「バルバロ伯爵がそうおっしゃったの？　そんなことをお前に吹き込んだのはあの方なのね？」

「伯爵のことを悪くおっしゃらないでください。あの方は、この街にふたりといないほど立派な方です。そういうことをおっしゃったことは金輪際ありません。伯爵はわたしをグアルディ親方のところへ連れていってくださいました。わたしが……すいません、このことは話したくありません」

「内緒ごとはだめよ！　お前のスケッチと関係があるのね、そうでしょ？　前から知っているのよ。バルコニーからずっと見ていたのですもの。お前がガラス小屋で……」

カテリーナはあわてて手を口に持っていった。言ってはならないことを言ってしまった。覗き見ていたことをもらす気などまるでなかったのに、彼があまりにもしっかりした意見を言うから、つられて口が滑ってしまった。グアルディ親方のことをペテン師か嘘つきみたいに言う彼は、色のことをもっとずっとよく知っているようだ。

「そうですか。伯爵は秘密がもれないように配慮なさっておいででしたが、まさかこっそり覗かれることがあるとはお考えになりませんでした」

「覗いたわけではないわ！　失礼なこといわないでちょうだい。たまたま見かけただけよ、まったくの偶然」

また言ってはいけないことを言っているような気がする。裸の彼を見たことまで言ってしまいそうだ。アンドレアは生真面目な表情をしていて、彼女が言いそうになったことを察したようすはない。

「お前の秘密は誰にも話さないわよ」カテリーナは無理やり笑顔を作った。「でも伯爵はどうして内緒にしたがるのかしら？」

「わたしが静かな環境でいられるようにです」

「秘密がばれたら静かではいられないの？」

「わたしの絵をみたら誰でもびっくりしますから」

「驚く？　どうして？」

「今まで見たことのないような絵ですから。けっして欺くことのない絵です」

「まあ！　お前の絵はグアルディ親方のよりすぐれていると言いたいの？」

「はい、奥さま」

カテリーナはくるりと向きをかえるとさっさと歩き出したから、アンドレアは慌てて後を追った。――奥さまは周りのことがまるっきり目に入らないようだから、考えこんでおいでなのだろうが、こんなに急いで歩かれたら並んで歩けないではないか。スケッチのことなど話す気はまるでなかったのに、どうも誘導尋問にひっかかったような気がする。

アンドレアは、伯爵にもまだ話していないが、しばらく前からこっそり色の研究をしていた。伯爵に聞かれれば、研究している事は話すつもりでいる。色に関してはしっかり調べたし、混ぜ方も大体分かったが、だがまだ絵を描くには不充分だと思っている。彼には彼なりの秘密があり、自然界にあるものを原料にして、誰も思いつかなかったまったく新しい色を創り出したし、つなぎ材も発見したが、それを誰かに知らせる気は毛頭なかったし、確信が持てるようになるまで使うつもりもなかった。

ナルディの屋敷の手前まで来ると、カテリーナはアンドレアの方を向いた。

「絵を一枚見せてくれないかしら？」

「いいえ、奥さま。お見せできるのは伯爵だけです」

「伯爵とそういう約束をしたの？」

「はい。もうあの方に雇われているわけではありませんが、恩があります。わたしの絵は伯爵に贈るものです。絵を見せろなどとおっしゃらないでください。わたしが描いたものはすべてあの方のものですから」

カテリーナはいい考えを思いついたというように唇をとがらした。

「心配しないでいいのよ、無理にとは言わないから。でもいつか、わたしを描いてちょうだいね。それならいいでしょう？」

「今はだめです」

「いつならいいの？」

「あなたさまのことがよく分かってからです」

「そのうち分かると、考えているわけね？」

「はい」

カテリーナは声に出して笑うと、屋敷の扉を開けるよううながした。アンドレアが重いリングを叩くと、すぐ扉が開き、彼は一歩脇へよけて、カテリーナを先に通した。

「布地は召使いに渡してちょうだい。さあ、スケッチのつづきをしてきなさい。しばらく用はないから」

「ありがとうございます。ですが、中までお供をして、庭を通ってまいります」

「何を描くの?」

「売り子です。右耳が腫れて熱を持っていましたが、そこにいぼが二つありました」

第二十四章

パオロは、結婚式からこちら気が休まることがなかった。事態と折り合いをつけようとはしているのだが、以前の生活にそのまま戻ることはできていない。考えることが多過ぎるし、変化についていけてなかった。だからウロウロと落ち着きなく動きまわり、なかなか一所《ひと》にじっとしていられない。図書室にちょっと座って本をパラパラめくってみたり、部屋から部屋と移動してみたりするばかりで、自慢の絵画コレクションでさえ見る気がしない。ほとんど忘れかけていた古いペトラルカの詩がまた頭に浮かんでくるだけだ。

ひとり、物思いに沈みながら、ゆっくりと正確な足どりで、わたしは歩む
荒涼とした大地を

カテリーナとアンドレアがナルディの屋敷から外出していくのを時々目にする。美しく堂々とした一組の若い男女が、ヴェネチアにまだ残っているくだらないチチスベオの規則にしばられている。結婚している上流階級の婦人には男の従者が供をするという馬鹿げた習慣などパオロにとっては軽蔑すべき以外のなにものでもない。――若いふたりの本能のおもむくままにさせておいたら、いったいどうなることか。いやいや、そんなことを考えてはいけないのだが、自分たちがどんなに危険な綱渡りをしているか、ふたりはまるで分かっていない。

綱は簡単に切れてしまうのだよ。不器用な若者たちは、自分たちは実際よりずっと分別があると思いこんでいるようだが。

ふたりはパオロと出会うとびっくりしたように黙りこむ。こんな年長の人間と話す言葉がみつからないようでもある。パオロは時々、自分の歳とふたりの若さを比較してみる。そしてカテリーナの傍らにいる自分をそっと想像してみる。ゆっくりと歩む彼女、親切で親しみやすい彼女、そして経験豊かで物静かな自分、一幅の絵が浮かんでくる。

この頃では、彼女に出会うと前よりもしげしげと見るようになった。街中で出会うこともあれば、彼自身が両方の屋敷をウロウロしている時に出会うことも多い。ふたつの屋敷が結ばれて、彼が歩き回るスペースは倍増している。

いったいナルディの屋敷の部屋数が全部でいくつあるのか、彼にはわからなかった。ただ、結婚式以来すこぶる調子のよい老ナルディには出会わないようにいつも慎重を期していた。老人はアンドレアが魚にくわしいことを知って、市場からさまざまな種類の魚をかごごと取り寄せている。アンドレアの話から魚をムースに仕立てることを思いつき、それを味わってからというもの、夢中になっていろいろな香料を試してみている。毎日毎日違う薬味を入れた魚のムースを作らせては悦に入っている。

魚主体の食事が体によいようで、このところ椅子から立ちあがって数歩歩けるようになっている老人だが、動きまわれるというわけではなく、やがて大きなうめき声が聞こえてくる。それは、彼がまた椅子に戻ったという知らせであった。

パオロはこのうめき声に出会わないようにしていた。老ナルディが必死で生にしがみついているのは、他の誰でもない自分を恥ずかしめたいからだということを彼は知っていた。死を間近にして老人はワクワクする刺激を楽しんでいるのだ。「伯爵も魚のムースを食べるといいぞ。しのびよる老いにも元気でいられるからな」

だがこんな人間と争ってみても仕方がない。老人はカテリーナ可愛さに、親戚や友人をしょっちゅう食事に招待しているが、パオロはめったに席につらなろうとはしなかった。

彼はカテリーナのそばに座ると気持ちが上ずって落ち着いていられなかった。息がつまりそうで、適当な言葉が思いつかずうつろになった。じゅうぶん準備しておいても、彼女がいると目新しい話題を提供することもできない。弁舌さわやかなことで知られており、事件やら文学やらを巧みに話題にしては人々を笑いにさそうのが得意だった男が、彼女がいるのだから何か特別なことを言わなければと思うとこわばってしまう。彼女が同じ部屋にいると、一種の金縛りに襲われてしまうのだ。だから、やむを得ず宴席に出るときは、なるべく彼女を見ないようにする。できるだけ離れた席に座り、古くからの友人と商いのこと、イギリスにいる弟のこと、どんな芝居を見るべきかなどを話しあうことにしているが、最新のニュースにはうとくなっていた。茶房やカジノへ行ってその手の話を仕入れておけばよいのだろうが、そういう場所へ出入りする気分にはなれなかった。不機嫌な顔をしていれば、他人を嫌な気分にさせてしまい、悪い印象を残してしまうだろう。軽やかさ、これこそが今の彼に欠けているものだが、カテリーナの近くにいるかぎり、それを取り戻すことはできそうにない。

カテリーナと出会った後は一日中ぼうっとして、ただ際限もなくさまよい歩くだけだ。あれこれ考えてみても役にたたないことは分かっている。何もかも失ってしまった自分の将来には単調な日々の繰り返しが待っているだけ。賢明なバルバロ伯爵の役を演じ、世間に背を向けて生真面目に生きるだけの日々がえんえんとつづく。

彼は自分の鬱屈した思いを誰にも話すことができなかった。修道院長とはこれまで通り付き合っているが、聖職者の彼にも他人の心の中は理解できないようで、相変わらず義務に忠実なよき友人パオロとしかみてくれない。――院長はわたしのことを僧侶と間違えているのではないかと思うときがあるよ。院長とふたりで話しているとまるで秘密結社の仲間同士みたいな気分になってくる。こちらが少々軽蔑して見ている世間さまから、つまらぬ奴らと馬鹿にされている結社の同士というところかな。院長はこのわたしを自分と同じように思って、人生という名の劇を知りつくしているが、若い役者たちを失望させないために精一杯力を振り絞って一緒に劇を演じている年老いた男、それが自分たちだと考えているようだ。

たしかにふたりは、学識経験豊かで穏やかな中年という点では同じで、それが友情の土台でもあるのだが、それだからこそ、パオロは自分の落ち込んだ気持ちを相手に伝えることができなかった。

アンドレアと語りあってみようか、そう考えたこともあった。何も打ち解けて話そうと思ったわけではなく、ただ、ときどき妙な言いまわしはするが静かで気持ちのよい声を少しだけ長い時間聞いていたかったからだ。だが、パオロ自身は以前より庭に出ることが多いのに、庭でアンドレアに会うのはずっと少なくなっている。

庭園で彼はひとりだ。時々、バルコニーを見上げてみるが、そこにはもう誰もいない。あそこにカテリーナとジュリアがいたのは過ぎさった美しい日々。何も気づかない若い女性をそっと盗み見るのが楽しくてしかたなかった。二人の女性の姿はまるで静物画の世界だった。

カテリーナは、両方の屋敷を行き来するという前よりせわしない生活をつづけている。ひっきりなしの訪問客、頻繁に繰り返される宴会をこなし、外出し、夕べを劇場で過ごす。演奏の依頼を受けた音楽家たちは夢のような姿で家中を歩きまわっている。そんな時に、庭を訪れる者などひとりもいないし、太陽の輝く退屈な長い午前中を緑の中で過ごす時間など誰にもない。

池のそばでひっそりと座り込んでいたパオロはアンドレアがやって来るのに気がついた。近くまで来ると腰をかがめてあいさつする。

「おはようございます、伯爵さま」

「おはよう、アンドレア。この頃は、前ほど会わなくなったな。新しいご主人とはうまく行ってるかな?」

「はい。でも、まだ習う事が多過ぎまして。理解できないことがたくさんありますから」

「ほう、例えば？」

「劇場へ行く楽しみなど、わたしには理解の外です。桟敷席に一団となって座り、会話をし、コーヒーを飲み、ほんの少し舞台に耳を傾け、それからまたおしゃべりのし直し。舞台の上のことなど、実のところ誰も関心がないのです。後になって、何が演じられていたのか争いになるほど少ししか聞いていないのですから。なんで、ああややこしいのでしょう？　あんな場所でコーヒーなんか飲まずとも、茶房で飲めばいいではないですか。退屈するだけのものを、どうして聞くのです？」

「わたしにも分からないが、予定があることが好きなのかもしれないし、おしゃべりの話題が必要なのかもしれない」

「それとタバコ。何がよくてあんなものを吸うのでしょう。奥さまのお友達のかたに勧められましたが、とんでもない味でした。口の中がいつまでもヤニくさくて、舌はまるで味を感じなくなってしまいました。煙にやられたのです」

「絵のほうはどんな具合だね？」

「毎日、目についたものをスケッチしています。わたしにとって新しいもの、たいがいはほんのちょっとした、動かないものです」

「その後、グアルディ親方を訪ねたかい？」

「はい、三回ほど。でももう行きません。秘密を盗まれるのではないかと不安を抱いておいでのようですし、わたしはどなたにも不安を与えるようなことは嫌ですから。それに、必ずしも親方が正しいともかぎりませんし」

「ほう、例えばどんな？」

「色の繋ぎに亜麻仁油を使っていますが、あれは時間が経つと黒ずんできます」

「おまえなら何を使う?」

「亜麻仁油に魚油を少し加えたものを。それに、イカの皮からとったエッセンスを入れます」

「それで結果はどうだった?」

「すばらしいものでした。それと、グアルディ親方の知らない色を創りだしました。ほとんど海藻から採ったのですが、光るようなグリーンでいながら、ブルーがかってもいます。これまで誰も見たことのないような色です」

「その色を何に使うつもりかね?」

「この種の色をたくさん創りましたが、いつかその色を使って描けるようになったら、自然にとても近い絵ができると思います」

パオロは立ち上がった。もうアンドレアを仕事に戻さないといけないだろう。うなずき、相手の肩を軽く叩いて立ち去るつもりだったが、つい昔の習慣が出て、そっとバルコニーに目が行った。もちろんそこには何も見えない。華やかな唇、黒髪を覆うヴェール、頭をかしげて……今はただ彼の想像の世界に生きているだけだ。

ふと、よい考えを思いつき振り向くと、アンドレアと目があった。神の啓示とはこの事か。

「もうひとつだけ聞きたい。人物は描かないのかね?」

「人間を描くのは、動作が速すぎてとても難しいのです。ゴンドリエを描いてみたのですが、仕事中を描くのは今のところできていません。竿の動きがわからないのです。水の下は見えませんし」

「つまり、人物はあまり動いちゃならん、というわけだ?」

「はい。それとごく近くで長い時間観察する必要があります」

「そろそろ、その勉強を始めてもいいのではないかね?」

「はい。そのことは考えてみましたが、誰をモデルにしたら……」

「長時間、しっかり観察できる人物を手始めにするのだな」

「はい、そうでなくてはなりませんが……」

「誰を最初のモデルとするか、わたしに考えがある」

「？」

「カテリーナだよ。毎日そばにいるのだし、動作も速くないから印象がすぐ薄れるということもないだろう。描き終えたら、他のと同じようにわたしに渡してほしい。だが、スケッチのことは絶対に秘密だ。カテリーナに話してもいけない」

パオロはこの思いつきに胸がワクワクした。カテリーナ像のスケッチを所有するという考えは実に魅惑的だ。気持ちが言葉に出たのだろう、きっぱりした強い口調に、アンドレアはビクッとした顔つきで彼を見つめた。

「奥さまはわたしを信頼してくれてはいますが、描く勇気はでそうにありません」

「やってみるのだ、アンドレア。わたしに借りがあることを忘れてはならん」

「もちろんです。命を助けていただいた上、色々学ばせていただきました」

「カテリーナを描くのは不当な行為ではない。わたしが依頼しよう。彼女の義兄なんだから。だが、スケッチのことはふたりだけの秘密だぞ」

アンドレアはまだ納得していないようで、右手で左手の指をおさえつけ、質問をしてよいか迷っている。

「聞きたいことがあれば聞くがよい」

「お気に障るといけませんので」

「気に障る？　お前の尋ねることがわたしを傷つけるというのか？」

「わたしにカテリーナ様を描かせる理由はなんでしょうか？」

「お前の役に立ちたいからだ。カテリーナを描くことはお前の芸術を進歩させる。人物を描くことを学ばないといけない」

「それだけとは思えませんが」

「他にどんな理由がいるのだ？」

「そばにいたいのではありませんか？」

「わたしが誰のそばにいたいというのだ？」

「カテリーナ様をご自分のそばに置いておきたいと……誰にも邪魔されず……」

「くだらんことを言うでない。わたしがカテリーナをそばに置いておきたい？　ばかばかしいにも程がある」

「申し訳ありません。わたしの間違いでした。二度と申しませんから、どうぞお許しを。カテリーナ様を描いてみます。完成したらもってまいります」

パオロは、長い交渉の末両者に満足のいく結論に達した人間のような態度で、軽く手をあげた。確認するようにうなずき、去り際にもう一度アンドレアに言った。

「たいへんけっこう。そう言ってくれると思っていたよ。カテリーナを描きなさい。全身像を。だが、各部分を細かく正確に。魚の骨を抜くときのようにていねいに」

玄関ホールへと向かうパオロの耳に、いつまでもひとりブツブツ言っているアンドレアの声が聞こえてきた。

アンドレアはこの話し合いに疲れはて、ノロノロとガラス小屋にもどり横になった。

――奥さまはあそこからわたしを見ていたと白状された。両家は、みながそれぞれの秘密をかかえていて、その秘密を携えてわたしを共犯者にしたてあげようとやってくる。頭の痛いことだ。こうして静かに横になっていると、一瞬、聖ジョルジョ修道院の病院にいるような気になってくる。

目を閉じて横たわるアンドレアの脳裏に、広々した立派なベッドで眠っているカテリーナの姿が浮かんできた。時計がカチカチと時を刻み、窓辺には小さな花瓶がふたつ。その影が床で揺れている、ゆらゆら、ゆらゆら。と、とつぜん窓が開き、彼は目を覚ました。

アンドレアは不安げに顔をひとなですると、すぐに起きあがり外へ出た。池を覗きこむと、表面は影がかかっているが深いところまで見通せる。明るい太陽の光の中よりも、こういう暗がりのほうが透明感が強いことを以前なんども見た覚えがある。記憶のかなたに消えてしまったあの日々にどこかでそれを目にしたことがあった。

第二十五章

カテリーナの市内見物好きはますます昂じていった。騒ぎまくる若者たち、物売りたちの交わす叫び声、教会の門前のこじきさえ好ましかった。ギラギラ照りつける日の光を避けて建物の陰にいる人たちは何を売っているのかしら？　通行人に何か見せているようだけど、あれは何かしら？　アンドレア、見てきてちょうだい。そっとよ、そして見たものを教えてね。

あの男は小さな鏡を売っております。その鏡で太陽光線を集めて火をおこしています。あちらの男はトランプ占いをしております。向こうにいる男はドロドロの鉛を体に塗りたくり、こちらではメガネを売っています。このメガネをかけると、夜でも物が見えるそうで。

広場に芸人が集まっている。綱渡りが演じられ、その後に芝居が始まったが、歌と踊りが合間に入って中断すると、修行中の芸術家が自作の品を見せている。彼らは回りでウロウロして時が来るのを待っていた。辺りの居酒屋や食堂の亭主たちも仕事を忘れて外へ出てきている。

カテリーナにはそういう広場が一番の魅力だった。彼女はたちまち大きくなる人だかりの中を動くのが好きで、ざわめきに耳を傾け、喧騒の中に身をおく。そんな時アンドレアは主人を苦労して引き戻すが、もっと見ていたいと言い張られた時には居場所と安全を確保することになる。

中でも彼女が夢中になっているのは音楽だった。運河に浮かぶ小船から聞こえてくる軽やかな響き、誰かひとりが歌いだすと、それにつれてとつぜんわきあがる大きな歌声を聞くのが好きだし、オペラもよく見る。また、招かれればよその家で開かれる演奏会にも出かけていくし、薄暗い教会で何時間も小さなオーケストラとオルガンの演奏に耳を傾ける。

長いことできなかったことを今、何でもかでも味わい尽くそう、飽きるまで見て、聞いて、においを吸いこみ、食べてみよう。

知らないもの、珍しいものに興味が尽きることがなかった。

茶房では隣りのテーブルの会話に耳をそばだてる。あの隅で人目をしのんでいるような二人は誰かしら？変わった身なりだわ。よく聞こえないけれど、なんだかワクワクするようなことが起こりそう。

だがカテリーナは見たり聞いたりするだけでは満足していないようであった。アンドレアには、彼女がそれ以上のもの、自分が持っていないもの、おそらくは禁じられていることにあこがれているように思えた。舌で上唇をなめながら、何かに憑かれたようにじっと立ち尽くす女主人には、肩をすくめるしかなかったが。

アンドレアは伯爵に言われたことを早く実行したいと思ってはいたが、それは考えた以上に難しかった。周りのことに夢中になっている彼女に気づかれずにそっと観察することはできるが、離れた所や後ろからひそかな視線を向けるばかりでは、彼女は近づいてはこない。落ち着きなく、何にでも興味を向けるが、どこか心ここにあらずの彼女との間の距離は大きく、それが障害となっていた。自分ひとりでしゃべり、辺りを見まわすだけの主人の後ろを、アンドレアは疲れた顔でついて歩く。じっと立っている時ですら彼女は落ち着きがなく、つい手をだしてなだめてやりたいほど興奮しきっている。そんな時には、そっと髪をなでられても、ビロードの服に触れられても気がつきもしないだろうから、彼女を学習する絶好のチャンスなのだが、アンドレアにはそうする勇気がなかった。

彼女は、アンドレアが自分の一挙手一投足、隠された表情を一生懸命学ぼうとしていることなどまるで知らない。日に何度も衣装を変え、そのたびに雰囲気がまるで変わってしまうことに彼が困惑していることなど思いもよらない。常に新しい場面に登場したいという思いからなのか、夢中になって変身する女主人の真の姿を、アンドレアはなかなか掴むことができないでいた。

そこで彼は別のやりかたを採ることにした。彼女の各部分をひとつずつ学習して記憶にとどめておけば、後日、各部分をつなぎ合わせて全体を作り上げる事ができるかもしれない。

まず唇。明るいピンクからくすんだ色までさまざまに変わる唇に、彼は一番惹きつけられていた。この唇を彼女は無意識に舌で湿らせ、それから、カタツムリが首をひっこめるように、ゆっくりとすぼめる。まるで今にもはじけそうな果実みたいなこの唇にアンドレアは指先で触れてみたくてならなかった。それから、閉じたまぶた。その上もそっと撫でてみたい。明かりにとても敏感で、まぶしそうに閉じるまぶた。

彼女の身のこなし方や振舞い、容姿すべてをしっかり学び、細部を集めているうちに、そろそろ真実の像を把握できたと思えることもあったが、実際目の前に浮かんでくるのは顔の半分だけだったり、扇を持つ手、額にかかる髪などの部分部分だけで、ぼんやりした背景にあいまいに紛れ込み、二度と浮かびあがることはなかった。

こうしてアンドレアは、カテリーナの姿に目を釘付けにしていて、彼女を強く惹きつけている生活の方にはほとんど目が向かなかった。音は素通りするだけで、辺りの動きに心ひかれることもない。彼女のそばでじっとして、ただひたすら彼女の真の姿を捉えようと努力するばかりで、彼自身は感情も生も持たない、息さえほとんどしない物体と化して相手を飲みこもうとしていた。

彼女が日々元気を取り戻し、街を歩き回っては新しいものに貪欲な興味を示しているのにたいし、アンドレアの方はますますやせて弱々しくなっていった。彼女の希望に従うだけのロボットで、夜になっても彼女の声が耳から離れない。ひとり庭園のガラス小屋で寝る時に見る夢はいつも同じで、一陣の風に運ばれてくる眠れる美女が繰り返し登場する。

魚、海藻。初めの頃描いていたものを思いかえしてみても何も描けず、白い紙をじっと見つめる己がいるばかりであった。もっと気長に我慢をしなければならないのは分かっている。だが、先へ進めなければ、伯爵に自分の挫折を白状しなければならず、そうなったら、二度と何かを描こうという気持ちが持てなくなりそうだった。

だから彼はおぼつかなくも何とか描こうとした。紙の前に座り、あいまいな線を引き、カテリーナの姿が消えうせると中断する、を繰り返した。目を閉じて、長い時間、彼女をまるごと見なければ！　だが、夢の中と同じように、その姿はたちまちに消えていく。

彼女を感じることができない！　それが、彼女の像がしっかり浮かんでこない、つまり描けない原因なのだ。彼にとって彼女は、できそこないのヴェネチア絵画、人物や建物がたくさん描かれているだけの虚しい絵の中に登場する人物以上の存在になっていないから、だから描けない。ああここにあれがある、ここに何があると考えるだけのコレクター向きの絵などを描くつもりは毛頭なかった。

ある晩、ふたりはリアルト橋近くの屋敷で行われるパーティーにゴンドラで出かけた。カーテンを引いたうす暗い室内、深い紅のビロードのクッションにピッタリ並んで座り、ふたりのゴンドリエが低くささやき交わす声を聞いていた。かすかに風が通りぬけていく。

カテリーナは白のヴェールをいじくりまわしていた。ゴンドラに乗りこむときにほどけ、何度直しても、額の前でしわになったり、首筋に滑り落ちてくるのにイライラしていた。

「アンドレア、着け直してちょうだい」

アンドレアはヴェールを受けとりひざの上で直した。「体の向きを変えていただけますか？」

カテリーナは斜めに座ると、黒っぽいカーテンのほうを向き、後ろからヴェールがかけられるのを待った。

アンドレアが広げたヴェールは、風にあおられ一度丸まってから頭の上におさまり、顔を両側から包みこんだ。アンドレアは指で柔らかい布をそっと額のあたりまでなでると、耳に触れないように注意しながら広げてから、はみ出した髪を中に押しこむ。それから出来具合をしげしげと眺めた。カテリーナは気づかなかったが、薄い布越しにそっと指が頭に触れた。絹のような肌触りの髪が、指の動きにつれてやさしく揺れる。

アンドレアは息を飲み、口をポッカリ開けたまま彼女の後ろに座っていた。へんなさわり方をしたら壊れてしまうとても貴重なものに触れてしまったような緊張感で、ひっこめた手の震えがとまらない。気を静めようと、手をひざにきつく押しつけた。

カテリーナも微動だにしない。目をカーテンの方に向けたまま、自分自身の考えに気を取られているようだったが、やがてゆっくりと体の向きを変えると、横からアンドレアをじっと見つめた。視線を間近に感じてアンドレアは落ち着きをなくし、屈みこむような仕草をした。ひざの上の右手が滑る。その瞬間カテリーナは、落ちてくるものを受け止めようとするようにその手をつかんだ。きっぱりした自然な動作で、重さを量るように、手のひらで彼の指を包みこむ。アンドレアは目を閉じた。めまいを感じ、握られた手が熱くなった。

彼は唇を固く結んだ。彼女は今や指と指をからませている。そうしたまま、ふたりはじっと前方を見つめていた。

——いけない！　こんなことは許されない！　立って、ゴンドリエに何か言わなければ。きっと、気づかれているにきまっている！

アンドレアはゴンドラに吹きよせる風に向かって叫びたい思いであった。息がつまる。この緊張感をなんとかしなければ！　だが彼はそのまま座っていた。少しでも動けば何もかも駄目になってしまいそうで、押しつけられた相手の手にじっと耐えていた。やがてゴンドリエの声が次第に大きくなっていき、船は目的地に着いたようだ。ふたりは無理やり手を離すと、別々に立ち上がった。

いつものようにアンドレアが先になり、彼女に腕を差し出した。暗い奈落の底からやっと日のあたる場所に出てきたような気分だ。――ついに垣根を越えてしまったらしい。危ない！　してはいけないことをしてしまったようだが、でももう後戻りはむずかしい。ああ、夢みたいだ。もう一度ぜひ……

知人の屋敷までアンドレアに伴われていくカテリーナは、いつもとはまるで様子が違った。ふだんなら親しい顔を見れば、すぐおしゃべりを始める彼女が黙りこんでいる。だが、その家の召使いがすぐに寄ってきて彼女に聞いた。「お飲み物は何がよろしいでしょうか？」

以前からの知り合いであるこの家の主人も、たいまつの灯りのもとで彼女を迎えた。

アンドレアは言葉少なくあいさつを交わすと、「ちょっと失礼」と断って外へ出た。運河沿いを歩き、岸壁で腰をおろした。「何が起きたのだろう？」

風がまた強く吹きだし、彼は思わず目を閉じた。ああ、なんだか懐かしいにおいがする。潮をたっぷり含んだ濃い干潟の風だ。この風の中だと、とてもよい気分になれる。暖かい空気には緊張を解きほぐすやわらかさがある。この風に飲みこまれてしまいたい！

彼は後ろに両手をつき、顔をあお向けた。彼女の姿がはっきりと浮かんでくる。うなじ、結んだ長い黒髪の陰に見える産毛、ひたい、大きく見開いたひとみ、そして唇。頭から胴、そして腰へと、ひとつひとつの像がつながり、やがてゆっくり全体となっていった。それまで萎えたようだった右手がすべての線をしっかり力強く追っていく。ついに彼女の姿を見つけた！　ゴンドラに座り、彼の指をひきよせ、そっと撫でた女《ひと》の像を！

彼は立ちあがり、岸辺を行ったり来たりした。気持ちが高ぶり、すぐにも帰って、たった今手にいれた像を記録したい気持ちでいっぱいだった。今ならたやすく描けるし、細かい部分もきちんと思いだせる。唇、ひとみ、うなじ。目を閉じさえすればいいのだ。ついにやった！　人々ももう遠い存在ではなくなった。生業《なりわい》に精を出す人々、動物を可愛がる人々、何かを手にしている人々、動いている人々の像を描いてみよう。

幸せな気持ちが心の底から湧いてきて、こめかみに熱い脈動を感じた。ひざまずき、指に水を絡め取って顔をひとなですると、ゆっくりと歩いて屋敷に戻った。いつも彼女のそばにいなければ、みんなが心配する。

カテリーナはおおぜいの客の間にいたが、いち早く彼に気がついた。彼が戻ってくるのを心待ちにしていたようで、いつもとはまるで違う。これまでこういう席では、着いたとたんにアンドレアなど無視していた。彼女はニッコリと微笑んだ。よかった！　帰ってきてくれた。そういう気持ちが表れたほほえみで、彼も思わずニッコリした。彼は人々と会話をかわす努力をし、部屋から部屋と歩きまわり、食べ物をつまみ、グアルディ親方の徒弟と話をした。「近いうちにぜひまた来てくれ」徒弟はそう言ってくれた。

真夜中少し過ぎ、「帰りましょう」カテリーナが言った。こういう宴はふつう翌朝まで続くものだから、まだ早過ぎるのだが、今夜の彼女は他の客のことなど気にしていない。ゴンドラに乗りこむと、すぐアンドレアの右手を強く握った。こうしたくてたまらなかったの、カテリーナは体全体でそう訴えていた。そんな激しい一瞬が過ぎると、彼女は手をゆるめ、今度は彼の指を一本ずつなでさすり、手の平を重ね合わせた。

アンドレアは彼女のこんな激しさを想像すらしていなかった。ふたりは今度もまた口をきかず、深紅のクッションに並んで座っていたが、ゴンドラに乗っている間、手が離れることはなかった。

船を下り、カテリーナを家まで送ると、アンドレアは庭へ消えた。カテリーナの方は、何事もなかったように広い階段を二階へのぼった。この夜、アンドレアはカテリーナを描きはじめた。ドアを閉め、カーテンを引くと、彼女の白さに包まれているような気持ちになった。用紙を整え、床に座り込んで目を閉じる。

一晩中描きつづけた。つぎつぎと紙を代え、つぎつぎと新しいものを描いていく。何枚描いたか分からないほどで、明け方近く眠りに落ちたときには、紙はもう一枚も残っていなかった。

体を丸め、ひざに手を押し付けて眠った。水平線まで広がる紫色をおびた干潟、潮のにおいのする干潟の夢をみた。

第二十六章

パオロは、ロンドンにいる弟アントニオに週に一度の定期便の手紙を書いている。ふたりに関係のあることしか書かないから長いものではない。弟はくだらないうわさ話やほら話はきらいで、家族に関するニュースしか知りたがらないが、カテリーナが最大の関心事でないことにパオロは早くから気がついていた。むしろ触れてもらわないほうがありがたい、そう思っているようである。カテリーナと結婚していることを思いださせてほしくないのだろう。彼女によろしくと書いてはくるが、それ以上には何も言ってこない。

——まだ独身の振りをしているのだろう。画家やコレクター、仕事のことなどここに戻る気はないみたいに知らせてくるが、いつかは子孫をつくりに帰らざるをえまい。

弟がその義務をどんな顔で果たすのか、想像もできない。小部屋につづく開いたドアのほうに視線を泳がせながら、パオロはチラッと薄い笑みを浮かべた。

「アントニオへ、

我々の希望の星アンドレアはめざましい進歩をとげた。知ってのとおり、人物は描きたがらず、陶製のパイプやらコーヒー茶碗、船のオールだの魚など描くばかりで心配した。物はじっとしているし飾ることもないが、人間はうわべを装うし動きまわるからと言って、興味を示そうとしなかった。静止しているものしか描けないと言い張ってだ。ところがこのところ、目を見張るばかりに変わってきて、先日は、ゴンドラにひとりで座っている若い女性のスケッチをたくさん渡してくれた。このとても美しい女性が誰かは知らないが、おそらく街ででも出会ったのだろう。相変わらず引っ込み思案でシャイだからどうかとは思うが、仲良くなったのかもしれない。このスケッチはとても正確で名人芸の域に達しているから、絵の中のこの女性に惚れる者がいても不思議はないほどだ。アンドレアはあらゆる角度からスケッチしている。ポーズが普通とは違っていて、脚を組んだり、ヴェネチア女性には許されないような姿勢のものもある。また彼は、この美人の細部をスケッチしている。目、くちびる、髪、それもすばらしい出来具合で、こんなに真に迫ったものは見たこともないと、つい思ってしまうほどで、指を伸ばして、その繊細さに触りたくなる。

絵具を使うことでも、かなりの進歩をとげたようだ。彼には厳しい自己規律があって、それに言及するわけにはいかないらしいが、お前がここにいるときにも話していた色の研究が期待できるものになったらしい。お前も誉めていたように、彼は、この問題についてとても鋭い意見を持っている。たいていの画家は、汚れた膜がかかっているような暗く色のない絵を描く、と最近よく言っているが、この点どう思うかね？　彼が言うには、色が有効に作用するには一種の内在する光力が必要で、すべての物は太陽の明かりを受ければ、それ自身が光を発し、すると、その物が雨上がりのように明瞭に多彩に輝くから、注意して見るようになるし、興味もわいてくるのだそうな。

暗い色調の度が過ぎる画家は誰かと聞いてみたのだが、すると彼はカラヴァッジョだと言った。お前も知ってのとおり、彼の特に高価な絵を三枚ほどわたしも持っているので非常に驚いたが、アンドレアに言わせると，カラヴァッジョの茶色の色調は最悪だとか。だがこのことは他言無用。アンドレアが絵具を使った絵を描いたら、試しに一枚送るから、ロンドンでの評価を聞かせてくれ。その他のことはまたの機会パオロ」

に知らせる。

パオロはひとりうなずき、手紙に封をすると、それを壊れ物でも扱うように慎重に小さな花瓶に立てかけた。それから、ゆっくり隣りの小部屋へ移動すると、ローソクの明かりに慣れるようにしばらく目をつぶってから、視線を上へ持っていった。

そこは圧巻、その一言につきる。アンドレアのスケッチが部屋の壁という壁全部に隙間なく掛かっており、どこを向いてもさまざまな面から見たカテリーナが目に飛び込んでくる。背景はたいがいゴンドラの室内のようだ。一ヶ所に止まって体を左右に揺らしたり、窓のない薄暗い小部屋の中をゆっくり行ったり来たりしていると、細部がひとつにまとまって、カテリーナが動きだしたように感じる。目の前で飛び上がり、回転し、背を向けて伸び上がる。そうなると、声までが聞こえてくるようになる。つぶやきが次第に大きくはっきりした音になっていく。彼女の動きそして声。それはやがて、部屋の雰囲気とあいまってすばらしい幻想を創り出す。カテリーナがここにいる。自分とふたりだけで……

この幻想に捕われると、彼の中で何かが語りだし、ささやくような声が聞こえてくる。問いかけ、願い、そしてへつらうような声がつづく。それは彼の声で、はじめのうちおどおどと答えているカテリーナの声はすぐに持ち前のはきはきした感じになる。こうしてふたりの会話がはじまり、現実を逃れた恋人どうしの甘い語らいが延々とつづいていく。ああ、どんなにこうしたかったことか！

ふたりの語らいがいつのまにか言葉数少ない希薄なものになることがあると、彼の声は思わず高くなる。だが大声で話せば話すほど、ふたりの間の美しい調和を損なうことになり、まるで自分ひとりで、ほとんどこの世のものとも思えない会話をしているような気になってくる。すべてのものに見放され、ひとり影のように黄泉の国をさまよっているようなそんな感じがしてくるのだった。そういう時、親しさを取り戻すのに魔法のような効き目をもたらしてくれるものを、彼は偶然発見していた。カテリーナの声が小さくなったのを感じると、彼は彼女がいつかの食事のときに忘れていったハンカチを鼻に近づける。それはどうというほどのものでもない普通のハンカチだが、彼女の香り、紛れもない彼女の香りがした。この小さな布を鼻に当てると、薄れかけていた幻想が再びよみがえり、彼女の声が聞こえ出す。そしてふたりは散歩に出かけることができるのだった。

彼は散歩の仕方も時とともに上手になっていた。暗い部屋の隅に置かれた丸テーブルの上にワインを満たしたグラスがふたつのっている。彼がそれをカチリと鳴らすと、思いがけない音にカテリーナが喜ぶ。あるいは、時計のひもをひっぱってみる。すると、鐘の音が短く聞こえ、ふたりはオペラ座で肩を並べている。オペラは今ちょうど始まったところだ。

あるいは、彼はコーヒーとアニスエッセンスを注文する。彼女はすぐ銀のスプーンでかきまぜる。それからふたりは、ちょうど広場に姿を現した友人たちにあいさつをする。

もちろん、このすばらしい秘密の部屋にいる彼女は外の彼女とは違う。劇場や茶房、オペラの桟敷席やカジノにいるときの彼女ではない。この部屋の中でだけ、彼女の声、彼女の動作が親しげで情熱的なものになる。ここでだけ、彼女は好きなように振舞える。生き生きとして、ほとんど我を忘れんばかりに幸せそうだ。

パオロは、幻想の彼女を見ると、もう我慢できなかった。こんなに離れてはいられない。もっと近くに、もっともっと近くに。彼はスケッチに手を伸ばす。ためらいがちに彼女のくちびるに触れると、ワインの香りまでが感じられるようだ。

彼は目を閉じた。スケッチに触れる行為は刺激的でとても疲れる。落ち着きを取り戻さなければいけない。体全体に襲いかかる熱情から無理やり身を離し、ワインを一杯飲むか、深呼吸をしないといけない。早いテンポで歩き過ぎたときや狩のあと、力の限りダンスをしたあとと同じように、急いで、何度も繰り返し深呼吸をしなければならなかった。

やっと落ち着くと、彼はしばらくうつむいて床を見つめた。それからたくさんのローソクの位置を変え、自分の影がスケッチのうえに広く映るようにする。それが済んではじめて目をあげる。大きな影がスケッチをほとんど覆い隠し、カテリーナの姿を消し去っている。

揺れる影のどこか下に彼女の像は隠れて沈黙しているが、パオロの独り言はつづいている。

時に彼はくずれるようにひざまずくことがある。ひたいに冷や汗を感じながら、部屋の中を這いずりまわってローソクの火を消していく。疲労感がドッと押し寄せ、急に弱さを感じるが、無理やり立ちあがって背中を伸ばす。無味乾燥な書類がたくさん待っている現実の世界へ帰還しなければいけない時だ。

美しい人、自分の相手をしてくれた親しいあの女《ひと》はだんだんと遠ざかり、やがて弟アントニオの妻へと戻っていく。となりの屋敷に住んでいるあの女《ひと》は今ひとりでいるのだろうか。それとも、父親と話しているのか、おおぜいの客に囲まれているのだろうか。

彼女は断じてあちらの人間ではない。彼女はここにいるべき人。この部屋へ、彼女の愛する男のもとへそっと忍んでくるはずだ。

第二十七章

カテリーナの希望で朝の身支度の儀式は前とは違うものになっていた。起きてすぐチョコレートを飲むとジュリアが髪を整えてくれる。少しの時間、クッションのよい、ゆったりした椅子に座って、乳母と話をする。開いた窓から、人の物まねをする鳥の声が聞こえてくるが、その鳥がどこにいるのかは誰も知らなかった。ごく近くから聞こえてくるようだが、「運河の向こう側からですよ」とジュリアは言っている。

カテリーナが街のニュースにもうあまり興味を示さないことにジュリアは気がついていた。

——お嬢さまは、以前はなんでも話して下さったのに、しばらく前から変わってしまわれた。このところますます無口になって、いったい、どうなさったのでしょう。何か隠しておられるようだけど、尋ねる勇気はわたしにはありませんよ。こうやって黙って座っておられて、鳥の声以外耳に入らないようですけど、妊娠でもなさったのかしら？　アントニオ様とご一緒のこともおありでしたから、それも考えられますけど、それなら話してくれてもよさそうですのに。きっと体の変化にびっくりしておいでなのでしょう。それに、せっかく手に入れた自由な生活がまた制限されることになるのがちょっぴり悲しいのかもしれませんね。気がもめても、お尋ねするわけにもいかないし。でも、あまり長くこんな状態がつづくようなら、かまわず聞いてみなければならないでしょうね。アンドレアのことはどうなんでしょう？　すっかり信頼しきっておいでのようだけど。そうでなければ、朝っぱらから呼んだりしないでしょう。それも、待ちかねるみたいに、どんどん時間が早くなって。お嬢さまの秘密はアンドレアと関係があるのではないかと、時々は疑ってしまいますよ。ふたりでひきこもって、よからぬことを企んでいなさるようでもあるけれど、それが何だかわたしにはわかりません。年寄りに気をもませないでくださいな。でもきっと探りだしてみせますよ……

ジュリアは髪が整うと次は着替えを手伝う。だがカテリーナは以前と違ってコルセットのひもを締めるのを許さなかった。開けたままにさせ、靴下もはかせない。オリーブグリーンの靴下はベッドの上に置いたままだ。着替えを半分済ませた状態でカテリーナは人形のように座り込んだまま動こうとしなかった。

朝は部屋つきの女たちに会うこともいやがり、ジュリアが話してくれる街の出来事をただ聞いているだけで、アンドレアが来るのをひたすら待っている。彼がドアをノックして入ってくると、ジュリアはすぐ立ち去らなければいけなかった。そこらに散らばったピンや化粧品を片づけて、しぶしぶ退散する。

アンドレアはドアがしっかり閉まるのを待ってから前へ進み出る。じっとしたまま動かないカテリーナのウエストのくびれを、両方の手で、柔らかくそっと何度も何度も押さえるようにし、それからコルセットのひもをゆっくり、きっちりと締めていく。しわを伸ばすために、指を二本コルセットの下へ滑りこませる。

カテリーナはソファに倒れこんで目を閉じる。外から聞こえてくる鳥の声が、何かを要求するように大きくなった。——ああ、とろけそう！　そんなに優しく触らないで！　どうにかなってしまうわ。なんて気持ちいいのでしょう！　こんなこと初めてだわ。

彼女は、二度三度と息を飲んだ。口はカラカラ。あわててグラスに手を伸ばす。それから、深呼吸をひとつ。アンドレアが靴下をはかせてくれるのを待つ間に息を整える。

アンドレアがベッドの上からまるで高価なものでも扱うように靴下を取ってくると、彼女は片方の脚を伸ばす。アンドレアは靴下をくるくると丸めると、片方の脚にはかせていき、終わると、両方の手でそっと優しく脚を撫であげる。まるで壊れものでも扱うようにていねいに、優しく、そっと。それから、もう片方の靴下を取り上げる。カテリーナはスカートを高くたくしあげる。アンドレアの頭はカテリーナの脚の間に隠れ、それから赤いペチコートのひだの中へともぐりこむ。

靴下止めを止め、靴を履かせるとアンドレアは立ち上がる。一瞬のめくるめくような時が過ぎ去った。

やがてふたりは階段をおりていく。カテリーナはもう歩いて外出する気はなく、街を隅々まで知るには暗い船室から見るのが一番よいと称して、ゴンドラを使うことに決めていた。そこで毎朝ゴンドリエが待機しており、ふたりを乗せて運河を何時間もただ船を走らせる。

カテリーナはアンドレアの隣りに座ると、待ちかねたようにカーテンを引く。たちまち薄暗くなった部屋の中で、隙間からもれてくる光線が、船の揺れにつれて、天井、壁そして床へと飛び回る。

ふたりは規則正しい竿の動きにしばらく耳を傾けているが、やがてカテリーナはアンドレアの手を取ると、脚の間の温かく柔らかい部分へと導く。彼は靴下止めをはずし、靴下をずり落とす。それからゆっくりと脱がしはじめ、彼女はまた朝の待ち人に戻っていく。期待に胸をはずませ、興奮で口もきけない朝の状態がまた始まった。

目を閉じて、指を中へ中へと滑らせていくと、アンドレアの不安はたいがいおさまっていく。——なんだかとても不思議な気がする。遠い過去を思い出せるようなそんな気になってくる。深い海へ、ひっそりと滑らかにもぐっていくようなそんな感じだ。聞こえるのは海の音だけ。

音はそれだけだが、その代わりにとつぜん色が現れる。カテリーナに触れることで呼び起こされたあいまいな色彩がかすかに震え、広がり、重なり合い、決して静止することがない。

彼はこの色に支配された。指を強く押しつけると、色は消えたり明るくなったり、くすんだものになったりするから、指をますます激しく動かしていく。色の移り変わりと指の動きが連動し、そして色は像となったが、人間や物の形はとっていない。線となり斜めに走り，縦横に動き回って、色の面を創りだしている。

アンドレアはこう言うものを見るのは初めてだった。それは、ただ色でだけできている絵であった。あまりのすばらしさに、それ以上のものがあるとは一瞬たりとも思えなかった。

カテリーナの体を探る動きとこれらの色は密に結びついており、闇のかなたに隠れて現れようとしない彼の過去を呼び起こすにはどちらが欠けてもいけないようだ。過去が思いだせれば、すべての謎が解けるのだ。

だから彼はますます激しく情熱をこめて相手の体をまさぐりつづけ、カテリーナはあまりの快感にあえぎ、体をけいれんさせる。

衣服も靴下も靴もすべてが邪魔だった。その上からでは、海を強く感じられない。肌にじかに触れたい！彼女を裸にしてみたい！　そうすれば、闇に沈んだままの過去が浮かんでくるかもしれない。だが、狭いゴンドラの中ではそれは不可能だった。それにゴンドリエの目がある。

カテリーナはアンドレアの唇を指で撫でていた。シャツのボタンをひとつひとつはずし、裸の胸に手を這わせ、よい香りのオイルを塗りこんだ。こうすれば、もっとピッタリくっつける。

こうしてふたりは一日中運河を流されていく。外の世界のことにはまるで関心がなかった。ただ、ゆっくりと日が陰り、夕刻が近づくことだけを感じていた。街の喧騒がだんだんと弱まり、やがて水の音しか聞こえなくなる。単調で清らかな水音がひっそりと聞こえている。

第二十八章

夜、まだそれほど遅い時間ではないが、カテリーナは下着姿でベッドに横たわっていた。頭の下に腕を片方入れ、どっしりした木の天井を見つめている。考える事がたくさんあるが、今、頭の中を行き来していることを誰かに相談するわけにはいかなかった。

以前は、楽しむことだけを考えていた。毎日に変化があって、おもしろおかしく暮らせればそれで充分で、自分がどういう役割を演じればいいかだけを思い描いていたのに、今はすべてが変わってしまった。時には夜遅くまでつづく気軽なおしゃべりを退屈と感じるようになった。つまるところ、今の生活すべてにもう満足できなかった。——わたしが望んでいることはかなえられないのだもの……

ドアの開く音にびっくりして、あわてて白いシーツをひっぱりあげた。ジュリアが部屋に入ってきた。

「まあ、ジュリア。どうしたの？　呼んだかしら？」

「いいえ、お嬢さま。お呼びにはなりませんよ。こっそり、やってきました。お邪魔でしたら、身振りひとつで、退散いたしますけれど」

「どうしたの？　こそこそ何をしているの？　何かあったの？」

ジュリアはカテリーナのベッドに腰をおろすと、シーツをもっと掛けてやった。口をきくのもつらそうにため息をつき、両手を重ねあわせると話しだした。

「わたしはお嬢さまのことが心配でならないのですよ。もうずいぶん前からです。ずいぶんとお変わりになってしまって、何故かしらって、考えてみたのでございますよ。たいがい朝家を出て、夕方帰っておいでですが、どこへお行きになるかはおっしゃらない。屋敷では召使いたちがご主人の指示を待っているのです。それなのに、命令を出す人間が誰もいないから、台所でブラブラ油を売ったり、トランプをしたり、屋敷の前をウロウロと退屈しています。以前はすることがたくさんありましたのに。お嬢さまとお父さまが、忙しくさせてらしたのです。次々と宴会をなさって。結婚式にはこの街の半数の人がお祝いにいらして、お父さまもそれは喜んでおいででした。ついに娘を結婚させた、それも立派な殿方とと、とても嬉しそうでした。それが今ではおふたりはまるっきり知らん顔。お嬢さまはお父さまの面倒をみようとなさらないし、あちらはあちらで、法律の先生とお医者さまとお三人で長々とお昼を召し上がっている。お父さまが勧めるものを全部食べてみないとならないから辟易しておりますのに、逃げようがないんでございますよ。お父さまは外へは出られませんから、お相手をするように強制なさるんです。おふたりが夕方退散しますと、お父さまは二、三時間お休みになって、その間に準備された夕食を、真夜中になってから、今度は別のおおぜいの方と一緒にお召しあがりになります。あの方たちをご存知ですよね。ご商売のことを考えて来ているだけですよ。誰が夜中に、ソースがどうの、小粒タマネギがどうのなんて話をしたいものですか。以前は、お嬢さまが本を読んでさしあげたり、お話をなさったり、車椅子を押してさしあげたりしておいででしたから、日の光に当たることもできて、それを喜んでおいででしたのに、今では、サロンと寝室を往復なさるだけ。時計の振り子のように一時《いっとき》も休まず行ったり来たりなさるだけです。

お嬢さまは、お父さまと過ごされていた時間を今ではすべてアンドレアと過ごしておいでです。彼といる時間が一番長いではありませんか。ご主人のお供をするのと、呼ばれればいつでも駆けつけるのがチチスベオの務めですが、お嬢さまのやり方は度が過ぎておいでです。アンドレアは、いつもあなた様の顔色をうかがって、着替えを手伝い、ゴンドラに一緒に乗り、街を案内する。あまりいつも一緒なので、うわさになっていますよ。

それにまあ、なんと無口におなりになったこと！　以前はわたしの話だけでは物足りなかったのに、今では、まるで自分には関係ないってお顔で黙っておいでです。朝から物思いに沈んでおられますけど、誰も尋ねる勇気がなくて、ただオロオロするばかり。そこでわたしが勇気をふるってお尋ねしているのでございます。とても見ておれませんので」

カテリーナは背筋を伸ばすと、クッションを三つ頭の下に押しこんだ。ジュリアの右手をしっかり掴むと安心させるように言った。

「ありがとう、ジュリア。おまえの言うとおりよ。このままでいいわけないわ。でも、分からないのよ、どうしたらいいか。あまり境遇が変わりすぎて……」

「お嬢さま、どうしてもっと早く話してくださらなかったんですか？　妊《みご》っておいでなのでしょう？　そうだと思っていました」

「妊《みご》る？　何を言っているの！　どうしたらそんなことありえるの？　アントニオは一度だってわたしと一緒にいたことないのに」

「結婚以来一度もですか？　指一本触れたこともない？」

「そうよ。これで分かったでしょう。一度たりともわたしの寝室を訪れてくれたことはないのよ。おまえも言ったけれど、たしかにわたしは立派な殿方と結婚したわ。でも、男の人と暮らしたことは一度もないのよ。彼は、二週間に一度、とてもていねいな手紙をよこして、請求書を回すように言ってくれる。でも伝えてくることといったら、イギリス人の習慣だの、ロンドンの道路が広くて馬車が六台横並びできるだの、どこぞへ遠乗りしたとか、議会で誰がどう言ったとか、そんなことばかり。そんな知らせにわたしが感心するとでも思っているのかしら。わたしが望んでいるのは……」

「わかりますよ、お嬢さま。よくわかります」

「おまえに何がわかるの？　わたしは結婚しているけど、男の人はいないのよ。こういう状態が気にいる女性もいるでしょうけど、わたしはそうではないの」

「お嬢さまのような立場の方は、おおきな屋敷を管理して、家名を高めなければならないのですよ。同じような立場のご婦人がたは画家や詩人、音楽家や俳優などを身辺に集めてサロンを作っていらっしゃいます。そして、詩を書いたり、外国語を覚えたり……」

「やめて！　おまえの言っているような女《ひと》なんかおおぜい知っているわ。色々なことに頭をつっこんで、賄賂を贈ったり、色仕掛けで誘惑したり。街へくりだして、外国人をひっかけるのよ。あの女《ひと》たちの書く詩なんか読めたものではないわ。本なんか読んだこともないくせに、知識があると思いこんでいるだけよ。けばけばしい衣装で、こってりお化粧して、まるでお芝居でもしているみたい。そして、くだらない冗談に大喜びしてね。あの女《ひと》たちは疫病神、しゃくの種よ。よそから来た人はみんな見たがるわ、おお麗しのヴェネチア女性よ、ってね。絵にたくさん描かれていて、イギリスの片田舎でだって有名ですもの。でもね、ジュリア。あの女《ひと》たちはみんな三十以上よ。たいがいは四十代、五十代だわ。若いときにはそれなりに楽しんできたのよ。セックスもね。だからあの歳になってもまだ男の人を魅《ひ》きつけられる。わたしはまだ三十にもなっていないし、おまけに未経験なのよ！」

「つまり、飢えておいでなのですね、肉の喜びに。秘密を守れば、そうなさってもよろしいのですよ。家柄がよければどこの殿方でもよろしいのですが、アントニオ様の近い親戚が一番よろしいでしょう。唯一許されないのがチチスベオです。これは絶対だめです。チチスベオはいけませんよ、お嬢さま！　もしそんなことなさって、世間に知れたら、アンドレアだけでなくあなたさまも重い罰を受けます。ヴェネチアでは誰でも知っていることです。以前、義理の兄上をお薦めしたではありませんか。どうして、あの方ではいけないのです？

お嬢さまの目的にピッタリですのに」

「伯爵ですって？　もう、いつもいつもそんなこと言って！　おじいさんじゃない、伯爵は。あんな年寄りとどうしろって言うの？」

「心をお静めください。伯爵のような殿御なら誰もがうらやましく思いますよ。経験豊かなすばらしい方です」

「ほっといてちょうだい！　わたしは若いのがいいの。わたしと同じくらい若い人」

「アンドレアのことをお考えじゃないでしょうね？　もう一度言います。それだけは決していけません。もし、アンドレアに体を任せるようなことがあれば、誰も許しちゃくれませんよ」

「もう少しだけ任せたわ」

「まさか、もう……」

「それはまだよ。彼はわたしに触り、わたしは彼に触ったけど。肉の喜びを知りつつあるってところよ。さあ、全部話したわ。みんなに言いふらすといいわ。罰なんか受けてやるから！」

「もう一度だけ、言わせてください、お嬢さま！　あなたがなさろうとしていること、ありがたいことにまだなさっていないことは重大な過ちです。ふたりとも子どもではないのですから……」

「あら、子どももみたいなものよ。この点ではまるっきり子ども……」

「言い逃れはいけません！　そんなこと言っても何にもなりませんよ。彼をすぐ辞めさせてください。男振りのよさに負けてしまうでしょうから。ああ、わたしがいけませんでした、あの男のことを話して聞かせたりして……」

「あら、何を話してくれたかしら？　おまえが話してくれたのは、どこかよそから来た男の人とか聖人とか亡霊のことだったわ。でも亡霊なんかではなかった。生身の人間だったのよ！　彼の肌はとっても柔らかくてスベスベしているの。髪の毛はまるで風が梳《くしけず》ったみたい」

「そんな、いけません！」ジュリアは悲鳴をあげた。

「何ならいいの？　そこらの年寄りが訪ねてきて、わたしのご機嫌をとるのなら許されるのかしら？　手に接吻させて、着飾ったわたしを描かせる？　それなら許されるのかしら？　そんなの古いわ！　わたしは若いのよ！　この体、この肌、この手足を窒息させたくないのよ！」

カテリーナは甲高い声で叫ぶように言うと、シーツを引っ張りあげた。ジュリアはベッドから滑りおちそうになりながらにらみつけた。お嬢さまをお仕置きしなければ！

だがカテリーナはひるまなかった。ジュリアの手をつかむと、もどかしそうに言った。

「見てちょうだい！」

「いけません！」

「見て、触ってちょうだい！　この肌！」

「絶対いやです！」

「できないの？」

「そうではありません。赤ちゃんのときから抱いていたのですよ。できないわけはありませんよ」

「じゃあ、どうしていやなの？」

「お嬢さまの不幸の源に指を置くような真似はしたくございませんから」

乳母の目に涙を認めると、カテリーナは立ちあがり、そっと隣りに並んで座った。手を肩に置いてピッタリ身を寄せると、相手の体をゆっくりとあやすように揺すった。ふたりとも黙ったまま、ただ揺れていた。乳母とふたりゆらゆらと揺れながら、カテリーナはゴンドラを思いだしていた。水に浮かぶ小さなゴンドラの薄暗い部屋が脳裏に浮かんできた。

第二十九章

それから数日後の午後遅く、アンドレアがカテリーナに会いたいと申し出てきた。彼女はちょうど、夫への手紙に数行付け足して書いているところだった。一度に全部書けないので、数日毎に少しずつ書いている。いつもは彼女が人をやってアンドレアを呼ぶのだが、今日はどうしても自分の方から話すことがあるらしい。部屋へ入ってきた彼は、とても大事な知らせがあるようで、しごく真面目な顔をしている。

彼女はペンを置いて立ちあがり、相手が口を開くのを待った。

「失礼します、奥さま。準備が整ったと信じられるようになりました」

「何のことかしら?」

「以前わたしに描いてほしいとおっしゃいました。描く用意ができております」

それを聞いて彼女は驚きはしなかったが、目の前の男の顔をじっと見つめつづけた。こんなにどっしりと落ち着いてやって来た彼を見るのは初めてだった。

「今すぐにかしら? 後ではだめなの?」

「今です。あなたをスケッチすることで頭がいっぱいで、他のことは考えられません。今やらせていただければ、うまく描けると思います。こんなに都合のよい時はもう二度と来ないかもしれないのです」

「それでわたしはどうしたらいいの? 座ってポーズを取るとか?」

「いいえ、それだけではありません。服を脱いでベッドに横たわっていただきます。あなたの肉体を充分認識できるまで観察しています」

「認識できるまで？　それってどういうことかしら？」

「細かい所まで、いつでもどこでも思い出して描けるようになるまで、ということです」

「時間はどのくらいかかるの？」

「わかりません。一時間か、ひょっとしたら三時間か。お願いします。しばらく前から、裸のあなたさまを描きたいと考えていました。これまでヌードをスケッチしたことはありませんし、裸のご婦人を見たこともありません。すくなくとも思い出せる限りでは。あなたの裸体はおそらくスケッチするのに最高に美しく、最も難しいものでしょうが、彩色画を始める前にどうしても挑戦して成功させる必要があるのです」

カテリーナはアンドレアの顔をまじまじと見つめた。――嘘はついてないみたい。芸術家の使命を果たそうと来たのだわ。でも、こんなことを頼まれるとは思いもしなかった。夫でもない男の前で裸になるですって？　そして何時間も裸身をさらしたままでいるの？　人に知られたら、ただでは済まないわ。

「自分が何を頼んでいるのか分かっているのかしら？」

「はい、奥さま」

「そのスケッチを手に入れた人は、私たちに釈明させるわよ」

「スケッチは誰の手にも渡りません。わたしが自分のために手元に置いておく初めてのスケッチとなります」

「つまり、伯爵にも見せないということ？」

「はい。これまでは全部お渡ししてきましたが、これはわたしが自分で持っています。わたしにしか関係ないものですから」

「誰にも見せないと約束するのね？」

「はい、約束いたします。信用していただいて結構です」

カテリーナは机から離れた。――彼が望んでいるのは、スケッチの技術を上達させる手伝いをしてほしいということだけだわ。わたしを欲望の対象と見るわけではなく、単に、描くのが難しい美しいモデルと考えているだけ。下心などあるわけないわ。道を一歩だけ一緒に歩いてほしいと言っているようなものでしょう。こんな時間に、しかもまるっきり危険でないとは言えない場所でだけど。とても勇気がいるけれど、それこそわたしが望んでいたことではないかしら？

「考えておくわ、アンドレア」

「考えないでください。今すぐお願いします」

「でも他にすることがあるのよ」

「待たされたら、緊張感が弱まります。今が、最高のもの、最も困難なことに挑戦するのにピッタリの時なのです。そうでなければ、こんな時間に伺ったりしません」

アンドレアはこれまで彼女にたいして何かを要求したことなど一度もなかった。こんなにきっぱりした口をきくのも初めてだ。シャイで控えめな男が、ひたむきで確固たる信念を持った人間に変わったらしい。カテリーナはこのひたむきさに惹かれた。こういうひたむきな人間に会うのは初めてのことだ。危険に身をさらすようなものだが、いつだってやめようと思えばやめられるのだから、やってみたって悪くない。

「わかったわ、おまえの言うとおりにしましょう。でも、たとえおまえが反対しても、やめたい時にはやめますよ。ここで起きることはすべてわたしが決定します、分かったわね？」

「もちろんですとも」

彼女はゆっくりとドアのところに行くと鍵をかけた。それからカーテンを引こうとしたが、アンドレアは部屋をなるべく明るくしてほしいと頼んだ。言われたとおりにするのは気に染まなかったが、それでもカーテンから離れた。

——この先どうなるのかしら？　目の前で自分から裸になんかなれないわ。でも、脱がしてくれとも頼めない。そんなことしたら、彼の思うままにされてしまうもの……

どうしていいか分からず、彼女は机の上のペンやインクを片づけはじめた。その間ずっと彼に見つめられていた。——どうして、目を離してくれないの？　おまえの視線に繰られて踊る人形になったような気がするわ。

「服を脱がさせていただけますか？」

もう一度しっかり頭で考えなければいけないのだろうが、こういうデリケートな場合には、頭より感覚に従うほうが賢明というものだ。アンドレアが尋ねてくれてよかった。これで考えて決めるという重荷からは解放された。

「ええ。わたしはベッドに座るわ」

カテリーナはそう言うと、広いベッドの隅に腰をおろした。アンドレアは急を要する用件で駆けつけたように、瞬時のためらいも見せずに近づいてきた。靴を脱がせると、それをベッドの前に並べて置いた。それから靴下止めをはずし、靴下を丸めながら下ろしていくと、自信にあふれた堂々たる態度で靴の隣りに置いた。

それから上着のボタンをはずし、一気に脱がす。肌着それからコルセット。脱がしたものを全部あっさりと脇へ置いた。カテリーナは思わず手を伸ばして掴もうとしたが、間に合わず、とうとう全裸にされてしまった。

そして彼は数歩さがると、床にうずくまった。

カテリーナは右手を胸に、左手で恥部を覆いながら、ベッドに横になった。体がゆっくりと縮まり固くなっていくようだった。

「どうしたの？」助けを求めるような叫び声が出た。「どうして描かないの？」

「今は見ているだけです。あなたの姿が心に焼き付くまで見ています。描くのは後です。ずっと後です」

「つまり、ただ何時間もそうやって見ているだけというわけ？」

「はい。奥さまが耐えられなくなったら止めますが、耐えられないわけはないでしょう。わたしは動かずじっとしていますから、あなたさまは部屋にひとりでいるようなものです」

彼は確固たる信念を持っている、そうカテリーナは感じたが、長い時間、彼の目の前で裸身をさらしているのは耐えられそうにない。彼女は横向きになると、左手で頭を支え、クッションを二つ、三つ背中にあてた。どこを見たらいいのだろう？　彼を見ていることなどできない。こういう時、人はどこを見るのだろう？　物思いにでもふけっていればいいのだろうか？

彼女は、ベッドの前に無造作に置かれたものをじっと見つめた。まだ体温の感じられる奇妙なかたまり。あの靴、本当に自分のものだろうか？　花模様のついたあの靴下、大急ぎでどこかへ出かけた中年女が脱ぎ捨てたみたい。

アンドレアは身動きひとつせずしゃがみこんでいて、かすかに視線の片隅に見えるだけだ。知らん顔をしていなくてはいけない。自分自身のことだけ考えている振りをしなければ。両の乳房が重く感じられる。クッションをあてがって支えたほうがよいかもしれない。そうすれば左手をそこに置けるから、頭を支えているよりはずっとよい。陰部もクッションで隠したい。でも、本当は体全体をクッションで隠すことだってできたはずなのだ。

カテリーナは胸や臍、それに恥部をじっと見つめられるのには抵抗があった。彼の視線がその部分にとどまっているのを感じると、震えが走り、相手に罰を与えなければいけないような気がした。アクセサリーをとるのは忘れていた。右腕に細い鎖、左手に腕輪と二本の指輪。衣服の残滓ともいえる装身具が、彼女と安穏な生活をつなぐ唯一の望みだった。

彼女は装身具をじっと見つめ、相手がそのことに気づくだろうと思っていた。なんたること！　裸になってから、辺りにある衣服、クッション、ふとんやらがもうまるで自分のものとは思えない。慣れ親しんだはずの部屋さえもどこかよそよそしく感じられる。この部屋は父親が整えたもので、家具ひとつ自分では選んでいない。ずっとここにあった家具のことなどこれまで一度だって気にしたことはなかったけれど、これらの家具に自分は満足しているのだろうか？　正直に言えば、気にいってない。古いもので、もう時代遅れ。壁掛けだけでももっと明るい色で、繊細な模様のものに変えればよかった。つまるところ、彼女の人生はいつも他人の手で決定されてきた。これまでそんなこと考えてもみなかったが、今こそそれを変えるべき時だ。

彼は相変わらず前面から彼女を見つめており、それが邪魔に感じられる。一時間もこんな視線に耐えられる者などいるわけがない。体中を舐めまわすように見つめ、しわのひとつひとつ、くぼみのひとつひとつに入り込んで息苦しくさせる視線。彼女は、回りのものを見つめ、見つめているだけでなく、彼が彼女をみつめる様をも観察していた。いや正しくは、自分の視線と彼の視線の間で思いが揺れていたと言うべきだろう。辺りを見つめ、そういう自分がいることを思い、彼が自分を見つめていることを思う。

ずっと左脚に押しつけていた右脚がしびれてきた。体の向きを少し変え、クッションをどけて腹ばいになった。腹ばいになってはいけないとは言われてない。仰向けだろうと腹ばいだろうと彼にはどうでもいいことのようである。肝心なのは、全裸であることだけ！

腹ばいのほうがずっと楽だ。胸も恥部も隠れるし、それに美しい背中が見せられる。ジュリアは以前着替えの時いつも彼女の背中を愛でていたが、それもはるか昔のことのように思えた。「なんという背中でしょう、お嬢さま」ジュリアの言葉に注意を払ったことなど一度もなかった。おそらく、美しい背中だとジュリアは言ったのだろうが、背中を美しくするものって一体なんだろう？

――背中の美しさがどこに在るかなんて考えていて、アンドレアのことを忘れていたわ。まだこの部屋にいるのかしら？

彼女は体の向きを少し変えた。アンドレアはまだじっとうずくまったままだ。こんなに長い時間じっとしていられるとは、水面をにらんで魚を待っている釣り師のようだ。彼女はまた上半身を起こし、幅広のクッションを支えにしたが、長くはそうしていられなかった。彼の目の前で体を伸ばし、一番楽な姿勢は採らないようにする。仰向けになれば一番楽なのだが、そうすると恥毛が隠れるようにするには脚を交差させなければならないし、乳房を隠す術がない。自分のベッドで静かに横たわっているのがこんなに神経を使うこととは思ってもみなかった。気分が悪いのは彼が隠れているせいだ。自分はこの部屋でたったひとり孤立無援でいるのに、彼は安全な場所にひそんでいる。――こんな不公平、我慢できないわ。わたしが有利になるように変えなければ。少なくとも、公平になるように。そうでなければすぐ終わりにする。でもいったいどうやって？

落ち着いて考えをめぐらせば、彼は暗い隅から出てきて、ベッドのそばに近寄ってくるはずだ。でもそれだけでは足りない。何かが欠けている。彼女はさっきから自分を観察している人間を良く知っているような気がしなかった。アンドレアとはとても思えない。一緒にゴンドラに乗ってヴェネチアの街をめぐったあのアンドレアとは信じられない。

彼女は体を起こし、いつになく血走っている彼の目を見つめた。

「アンドレア、こっちへ来てちょうだい。ベッドのそばまで来て、立っていて。脱がしてあげるわ」

彼は頭をたれると目をこすった。強い緊張から度を失っていた者が己を取り戻そうとするように、しばらくしゃがみこんだままでいたが、やがて目を上げた。その目は、視力を失いつつある老人の目のように潤んでいる。

「はい？」

言われたことを理解しなかった相手に、カテリーナはもう一度繰り返し同じ事を言った。アンドレアは今度はすぐに立ちあがるとベッドに近づいてきた。無防備に立ち尽くす男のそばにより、カテリーナはゆっくりとていねいに服を脱がしはじめた。アンドレアがしたように靴から始め、靴下を巻き下ろし、ズボン、パンツ、上着、チョッキ、最後にシャツを脱がした。全裸のアンドレア！　一糸まとわぬ姿でふたりは向き合った。

「さあ、つづけて。でも、あまり離れないでね」

アンドレアはうなずくと数歩さがり、バランスをとる綱渡りのダンサーのように両手を広げてから、また座りこんだ。脚を組み、両手で上半身を支えている。見られていてもまるで気にしていない。カテリーナは、彼の臍、たっぷりとした恥毛、がっしりとした骨格をじっと見つめた。彼はすこしの羞恥心も見せず気分よさそうにぼんやりとしている。ふたりが着ていたものが重なり合って山を築いていた。

カテリーナはまたベッドに体を横たえた。——そうよ、この方がいいのよ。ふたりとも裸の方が。

大の字になり、クッションも毛布も衣服の山に放り投げると、白いシーツだけになったベッドへ、水にもぐるように沈み込む。

目を閉じる。——ああ、やっと目をつぶることができる。寒々としたわたしのものでないような部屋がとつぜん消えうせたから。全世界が消えてしまったみたい。存在するのは私たちふたりだけ。裸の男と女。脱いだ服も壁掛けも家具も、わたしにはもう関係ない。ジュリアがほめてくれた背中なんかどうでもいい。背中は背中、わたしの背中。胸だってそう。モデルの胸なんかでないわたしの胸。単なる裸の女の胸。ああ、裸でいるってなんてさっぱりしているのでしょう！　単純そのもの！

彼女は水中に漂っている。時々鳥の声が聞こえてくる。仰向けにゆっくりと水の中に沈みこみ、一片の木切れのようにどこへともなく流されていく。体が羽のように軽くなり、とても気分がよい。髪の毛が水にゆらゆら揺れて顔を包み込み、時々しずくが唇で震える。アンドレアもだんだん強くなる流れの中を漂っている。ふたりは一緒に泳いでいく、長い時間どこへともなく。

第三十章

カテリーナは彼の方に手を伸ばし、ベッドから滑るように下りると彼の前に立った。彼は仰向けになると、カテリーナがベッドの上でしたように大きく手を広げた。彼女は彼の脚の間にひざまずき、大きく包み込むように体を重ねた。

やわらかな肌を胸に腹に感じながら，彼は目を閉じた。彼女の像が浮かんでくる。その姿はもうしっかり記憶にやきついたから、もういつでも描くことができる。

だが、やわらかく包み込まれているうちに、つぶった目の中の像がゆっくりと変わりはじめた。自分の肉体がその像の中にゆっくりと成長していく。自分の肉体の一部が彼女のそれと替わり満たされていく。ふたりの脚がからみあい、ふたりの胴が溶けあう。終には、まったく重なりあった二個の物体となって、お互いに絶えず肉体を交換しながら、常に新しい姿を生み出していく。

全裸のアンドレアはカテリーナに、以前バルコニーからそっと彼を見ていたことを思い出させた。あの頃、彼の姿を見たくて見たくてならなかった。彼女は彼を抱きしめ、唇にキスをした。今まで経験したことのない激しいキスに驚いて思わず体を離そうとしたが、からみあった唇は離れようとしなかった。甘美な感覚に体が溶けそうな気がする。

——裸って、なんていいんでしょう！　単純なだけでなく、最高に美しいわ。服をまとう生活なんてもう考えられない。こうやって触れ合っていると、まるでとろけそうな気持ちになってくる。でも、越えてはいけない一線があるの。それだけは越えてはいけない……

だが彼女は陶酔に身を任せた。ゆっくりと体を動かしはじめ、やがてだんだんと動きを早めていった。自分の体の下で固くなっていく相手の物を体の奥深くに導きいれ、波間を漂う木の葉のように頂へのぼりつめ、また谷へ下りおりていく。

彼の手が彼女の背中に食い込んでいく。ふたつのしなやかな肉体が上になり下になり、激しい動きを繰り返す。アンドレアが短くうなった。自分の腹の上で背中でのたうつ女に彼は水の中をはねまわる魚を思いだした。からみあう舌は激しく叩きつける船のオールのよう。ああ潮の香りがする！　果てしなく広がる干潟の匂い！　そこからこの水の都へやってきた、自分の過去が、自分自身が探せるかもしれない干潟！

彼女はゆっくりと彼の体から滑りおちた。床に横たわりしっかりと抱き合うと、それまで消えていた部屋のなかの物たちがしだいに息を吹き返してきた。ビャクダンの香り、アーモンド油の匂い。積み重なったふたりの衣服は体温を感じさせるようになり、それまで消えていた家具が再び運び込まれている。

カテリーナは屋敷の中の気配に耳をすませた。静かだ。天井がきしる音、庭の小さな噴水の水音が聞こえそうなほど静かだ。今この部屋で起きたことに誰も気がつかなかったとは思えない。――自分から話してしまえたら一番よいのに。もう今までのわたしではないのよ。自分の人生を決めてしまうような事が起きたのよって。でもいったい誰に話したらいいのだろう？　ジュリアなんかとんでもない。こんなこと打ち明けようものなら、大騒動がもちあがって、わたしの人生は台無しにされてしまうわ。

彼女は、この結果がどういうことになるか説明されたくなかった。彼女の望みは、言葉では決して宥められない情熱に繰り返し身を焦がすことだ。おそらくずっと以前から待ちつづけていたのはアンドレアと体をひとつに重ね、熱情に身を任せることだけだったのだ。ふたりの体はお互いのために創られたもの。彼の裸体が自分の中にひそんでいたものを解き放しただけ。相手がアンドレアではなく他の人間だったなら、ジュリアに尋ねてみたかもしれないが、年老いた乳母にこういう情熱が理解できるとはとても思えなかった。いつか、薄暗いローソクの灯った部屋で、夫アントニオの目の前でおずおずと服を脱ぐ自分など想像もできない。身勝手な男の欲情はそのひとときが過ぎれば、あとはまるで別のことを考えている。いったい、あの嵐のような熱情の最中に他のことを考えるなどということがどうして可能なのだろうか？

アンドレアは今起きたことがまだ理解できていなかった。彼女が身を投げ出してくれたおかげで、それまで遠くにチラッと見えていただけの像が確かに把握できるものになった。それははるかに広がる干潟の景色、疲れをしらない海の姿だった。その風景が、自分のよく知っている魚の群れ、めまぐるしく回遊し飛びはね、時にはじっと止まったままでいる魚群の像へと変わっていく。

彼は裸体のカテリーナをすぐにも描くつもりだった。やわらかな背中のライン、薄く赤みをおびた震える乳房。

彼は何が起きたのかまだ理解できなかったが、すべてを描《えが》きおえれば、自分の過去に、故郷に戻れるかもしれないと感じていた。そしてそれが判れば、記憶喪失の暗やみから抜け出て己にもどることができるかもしれないと。

ふたりは静かに横になっていたが、やがて彼女はまたゆっくりと彼のほうに体の向きを変えた。唇を求めあい、彼の手は彼女の背中をやわらかな臀部をやさしくなではじめた。そしてからまり合う肢体は前よりももっとしなやかに激しく動きはじめた。

第三十一章

その時からふたりは一刻も離れられなくなった。カテリーナはアンドレアに近づく口実を次々と創り出した。朝、寝室で会い、彼に服を着せてもらい、脱がしてもらい、そしてまた着せてもらう楽しみを堪能した。欲望の嵐に疲れ果てたふたりが部屋を出るのは昼頃で、ゴンドラの中で少し眠る。

干潟に浮かぶ島のひとつに船を着けさせることも多かった。ひっそりと離れた島で、ふたりだけの午後を過ごす。召使いを先に行かせて、テーブルの準備、テントに花を飾らせておく。ふたりが到着するときには、夢のような世界が待っているように準備万端抜かりなく手配をさせた。

迎えは夕方来る手はずになっている。ふたりで踊り、食事をする。カテリーナはいま初めて真実の結婚をしたような気分でいた。花婿とふたりだけの蜜のような新婚生活。こんなに幸せだったことはこれまでなかった。幸福というものをこれまで知らなかったというほうが当たっている。それまで幸福と思っていたことは単に少し満足という程度の気分に過ぎず、こんなに高揚したものではなかった。毎日が楽しく、官能の喜びに酔いしれた。

召使いのなかには事態に気づいているものもいたが、彼らは何も言わなかった。ジュリアだけは咎めるような目つきで、ふたりが夕方戻って来るのを待ち構えており、カテリーナについて寝室へ行く。ジュリアがカテリーナとふたりだけになれるのはこの時だけで、機会を逃さず、いさめたり、懇願したりするのだが、カテリーナは聞く耳を持たなかった。ベッドに身を投げ出すと、ジュリアの目の前で裸になり、子どものように体を洗ってもらう。それから夜のムードを高めるためにワインを舐めるように飲んだ。

――もうお嬢さまは手に負えなくなってしまわれた。もはや手遅れ。助けてさしあげたいけれど、それには誰かに打ち明けなければならない。でも一体誰に？　お父さまはもうあまり理解なさらないし。おまけにおふたりは長いことほとんど口をきかれていない。お父さまはアンドレアとは時々お話をなさっておいでだけれど、そのアンドレアがお嬢さまを誘惑したなんてどうして言えましょう？　それに、本当のところは、お嬢さまが彼を誘惑なさったのだし。彼と一緒にいれば大満足で、他のことにはまるで関心を無くしてしまわれた。実のところ、こうなるのはわかっていました。そうなって欲しいと願ったことだってありましたよ。お嬢さまとアンドレアは、ここにおいでにならないアントニオさまなどとより、ずっとピッタリですからね。カテリーナさまはたがが外れてしまわれて、わたしが毎日非難したからとてどうなるものでもありませんが、あまりうるさく言い過ぎたせいか、この頃はもうそばにも寄せていただけないし。昔はよかった！　ご一緒にバルコニーに座って、細々した用事を片づけるのは楽しいひとときでした。あの頃に戻れたらどんなによいか！

その頃、アンドレアは庭のガラス小屋でスケッチを描いていたが、白黒のスケッチを描くだけではもう物足りなくなっていた。これまで彼にとってスケッチをするという行為は、見てきたものを思い出し定着させることであり、たくさん描けば描くほど、なくした記憶を回復させる役に立ってきたのだが、それだけではもう充分ではない。出会ったものに命をふきこむ時が来たようだ。

彼は、カテリーナの肌色が移り変わる様を描こうと考えていた。朝早い時刻から夜まで、彼女は肌の色をくるくると変える。うっすらと赤みを帯びているかと思えば、沈んだような感じとなり、温かい色合いを帯びたかと思えば、冷たさに覆われたり、すべすべと滑らかだったりする。彼は、むっちりした二の腕を描こうとした。うっすらとした茶色でビロードのように柔らかく、指を開くと白っぽいロウのような感じとなり、官能に身をゆだねると、燃え立つようになる。何百という色を持つ彼女の肉体に匹敵するのは海だけだ。彼女の体は海のようにたえず新しく変わり、キラキラ輝き、滑らかで動かない平面となったり、あわ立つ波のように荒れ狂う。彼が描きたいのはまさにさまざまに変わるその色なのだが、それにはまだ力が足りなかった。その前に、彼女の体のあらゆる部分を学ぶ必要がある。

彼女の情熱には驚くばかりだった。彼自身は、こういう風に一線を超えようとは思いもしなかったが、この情熱に助けられて、カテリーナと会えばいつでも恍惚のとりことなった。彼は、カテリーナの肉体を描くことで、自分の中にひっそりと生きている、記憶のなかに隠れている風景を描くことができるようになることを望んでいた。

この気持ちに比べれば、他のことは万事どうでもよかった。伯爵に、自分たちの性愛を報告すべきではないかと思案したが、法と規則は守らなければいけないと言われそうな気がしたから、結局はやめておくことにした。これまでは何でも信頼して打ち明けていたが、この秘密だけは胸に収めておかなければならないだろう。カテリーナとのことと自分の過去が判らない苦しみとは繋がっていることの説明ができないし、この繋がりが明らかにならないかぎり、手元に置いてあるスケッチのことを話すわけにもいかなかった。伯爵にカテリーナを描いたスケッチのことを報告して、隠しておくつもりはなかったと了解を求めるほうが自分としては気が楽なのだが、こういう大事な局面での自分の気持ちは誰にも打ち明けられなかった。

それでも、カテリーナとのことを問わず語りに話せる相手が欲しいとは思っている。老ナルディならどうだろうと考えたこともあった。老人はもう物事があまりよく理解できないようで、椅子にまっすぐ腰掛けたままニコニコしており、食べさせてもらい、そして飲むだけの、まるで聖者のごとき趣だ。そんな老人にぽつりぽつり話したこともあったが、歌の合いの手を入れて慰めようとでも思ったのか、話の途中で急に歌いだす始末だった。彼にまだ考える能力が残っているかどうか心もとなく、もう痴呆がはじまったと言う人間もいる。友人たちはとうに彼を見限り、訪ねてくる者もいない。それでも老人は時々本をパラパラとめくってはクスクスと笑い、いたる所に笑いの種を見出すようだ。そこでアンドレアは老人の前ではただ黙って座っているより仕方なく、老人は若者の手をそっとさすり、こんな美しいものを見るのは初めてだというような感嘆の声をあげる。

それはカテリーナも日がな一日求めている手である。というのも彼女は、彼の指に手に触れて命を呼び起こしたいと第一に願っているからだった。劇場では、ローソクが消され、みなが舞台のほうに目を向ける瞬間を待ち構えている。彼女は彼に自分の後ろ横に座るように命じてあり、チャンスが来るとすかさず彼の手を片方つかみ、指をゆっくりとひきつけると自分の胸を触らせる。教会では、ゆったりしたスカートを木の椅子に広げて座り、彼の手がその下に隠れるようにする。音楽会では、彼女は彼にぴったりともたれかかり、手を絡め合わせている。「触られていないとだめなの」と彼女は言い、芝居やコンサートの後でゴンドラに乗りこむと、待ちかねたように衣服を剥ぎ取ることも多く、あまりの性急さに、ボタンがはじけることがあるほどだ。

彼女は彼が驚くほど貪欲だった。どこへ行ってもそのことしか頭にないようで、人目のない場所、ひそやかな場所をつぎつぎと思いつき、彼がびっくりするのを楽しんでいる。

彼女はしだいに大胆となり、友人知人と一緒の席でも彼に触るようになった。大声で笑い、彼を道化のように扱って、冗談のような顔をして体に触れてくる。ふたり一緒にいることと、相手の体のなかに自分自身を見つけたいという思いとが一つのものとなっていった。芝居だの音楽会などは、たんにふたりが一緒になるきっかけに過ぎず、情熱の火を美しく点火するために必要な小道具だった。

時々ふたりは一晩中外で過ごした。海辺で波を見つめ、輝く星を眺める。廃屋に入り込んでローソクを数本つけ、ねぐらを持たない鳥のような自由を満喫する。ふたりの夢は際限無く広がっていく。いつかある日、探しもとめている遠い地にたどりつきたい。言葉に出すことはなかったが、ふたりともそれを願っていた。

第三十二章

午後遅くパオロはひとりで庭を散策していた。このところ長いことアンドレアに会っていない。高い塀沿いに歩いていく。弟とカテリーナの結婚を機に設けられた門や扉にはどうもなじめず、自分の庭からナルディ家の庭へ直接行くのは苦手だった。召使いたちはもうずっと以前から両家の敷地を行ったり来たりしており、近道ができることを喜んでいるが、彼にはいまだに昔ながらの境界が存在した。

ガラス小屋を通りすぎながら、チラッと中を覗くと、丸テーブルの上にかなりな量のスケッチの束が置いてあるのを認めた。もう長いこと、アンドレアからスケッチを受け取っていなかった。おそらくアンドレアは最後の一枚が仕上がったら渡してくれるつもりなのだろう、そうパオロは考えた。――きっとびっくりするようなものなのだろう。これまでスケッチを渡すのをしぶったことなど一度もなかった。それどころか、仕事を進める邪魔だからと言って、どんどん渡してくれた。今回はきっとなにか珍しい題材なのだろう。傑作ができるぞ。

扉を開けて中へ入るとき思わず目がバルコニーに向いた。そこには布の上にかがみこんで刺繍をしているジュリアひとりの姿があるだけで、その様子は、カテリーナとの時間を彼女が楽しんでいたことを知っている彼の胸をついた。――以前は年寄りとはいえ生き生きと元気のよい女性だったのに、なんと寂しげな！　あの年齢の女性はよく刺繍をするが、彼女の場合は、我が子同然のカテリーナを失った悲しみを忘れるためなのだろう。気の毒に。会う機会があれば、楽しい話のひとつやふたつしてやれるのだが……

パオロは束になったスケッチに慎重に触れた。――二、三枚くらい見てみたいものだ。わたしに隠しているなんて、一体何をテーマにしたのだろう？　ひょっとしてわたしをスケッチでもしたかな？　だから黙っているのかもしれない。

だが彼は最初の数枚を見て愕然とした。カテリーナだ！　どの紙にも体の一部しか描いてないが、それでもそれがカテリーナだということはすぐわかった。これは彼女の唇だ。こんなぽってりした唇、彼女以外の誰のものでもない！　これは顔の左側の部分だ。こめかみから首筋へのライン！　以前庭からそっと見上げていたものに間違いない。

彼は思わず立ちあがった。興奮で体がブルブル震えた。見間違えだ！　そう思いたかった。そんなことあるはずがない！　アンドレアがどうしてこんなものを描けるのだ？　彼女の裸体をどうやって知ったのだ！　弟以外見てはならないものなのに！

重いため息をつくとまた腰を下ろした。――確かにカテリーナだ。二度見てもやはり彼女に間違いない。部分部分が描いてあるだけだが、見事としか言いようがないほどすばらしく描けている。カテリーナの肉体を知り尽くしていなければこうは描けまい。魚と同じほどに知っているというのか？　それでは見て、そして触れたのだろうか？

これまでアンドレアは、触れたことのないもの、充分に観察してないものは決して描かなかった。だから、このスケッチだって、充分に観察して触れた挙句にできたものだ。だが、どうしたらそんなことが可能なのだろうか？　カテリーナの許可なく観察して触れたというのか？　内緒で？　ありえない！　彼女が了解しなければ、そんなことできるわけがない。カテリーナは同意したのだ。アンドレアに観察され触れられることに。つまりこのスケッチは、弟の妻であるカテリーナ・ディ・バルバロが自分のチチスベオであるアンドレアに身を任せたことの証拠なのだ。

パオロは辺りを見まわした。誰かに見られているような気がして、バルコニーを見上げた。ジュリアは相変わらず一心不乱に刺繍をしている。彼女はうすうす気づいているのではないか？　何が起きたか、全部知っているのではないか？　この恐るべき秘密を、ナルディ家の連中はみんな知っていて、それでいて知らん顔でバルバロ家をあざ笑っているのではないか？　嫁に不義密通されている名門バルバロ家、チチスベオと秘密の喜びにふける美しいカテリーナ様、いい気味だと、私たち兄弟をバカにしているのだ！

荒れ狂う嵐のような怒りに、こんなスケッチなどすぐにも破り捨てたかった。ひどい裏切りの証拠。アンドレアは自分の命の恩人を裏切り、カテリーナは夫アントニオを裏切っている。ふたりして古くからある法律を破ったのだ。よりにもよって自分のチチスベオとは！　何百年もつづいている規則を犯したのだ！　チチスベオの職は、禁欲と優雅な振舞いとを誇るものであったのに、それがけがされ、秘め事を安直に始められるきっかけとなっている。

パオロは取り乱していた。このスケッチをこのままここに置いておくわけにはいかない。そんなことをしたら大変なことになる。だが、誰にも見せられないし、ふたりの罪を吹聴する気もなかった。ゆっくりとまたスケッチを一枚一枚めくっていった。今までに見たことのないような像だ。ロンドンへ持っていったら一体いくらになるだろう？　チラッとそんな考えが浮かんだが、すぐに怒りが取って代わった。大儲けができそうだと考えても、激しい怒りを抑えることができないのは、ここにあるスケッチが他の誰でもなく、彼を傷つけるものだからだ。アントニオならこのスケッチを見ても傷つきもしないだろう。彼が問題にするのは自分の評判が落ちてはいけないということだけで、妻の不義など気にもしないから、せいぜいスケッチを隠しておくくらいだ。それからアンドレアをチチスベオの任から解き、自分の秘書にして、思いのままに絵を描かせるだろう。アントニオはそういう男だ、冷静で計算高い。

この事がいちばん胸にこたえるのは一体誰だ？　ヴェネチアの街の人々がこのことを知れば、昔からの規則が破られたことに激昂はするだろうが、それ以上ではない。アンドレアを罰しはするが、誰ひとりとして苦しむ者はいない。このわたし、パオロ・ディ・バルバロを除いては。——アンドレアはわたしを騙した。できあがったスケッチは一枚残らず渡すという約束になっていたのに、自分の手元に置いている。そしてカテリーナはこのどこの馬の骨かもわからない男と一緒になってわたしを欺いている。誰もわたしのことなどこれっぽっちも考えてくれず、わたしの背後でこっそり陰謀を企んだのだ。だが、偶然とはいえ、黒い疑惑の雲をタイミングよく発見することができたのは不幸中の幸いというものだろう。

パオロはスケッチをめくる手を止められなかった。芸術に目が高い者ならこのスケッチに感嘆せずにはいられない。それは恥ずべき点など何ひとつない絵で、女性の体を知りつくしていることがよくわかる。このスケッチの中のカテリーナは、裸体を誇りコケティッシュに微笑んでいる誰もが知っている妖精などには描かれていない。カテリーナはカテリーナそのもの。アンドレアが彼女を長いこと知っているように描けたのは、いったいどうしてだろう？　お互いの信頼はどうやって築かれたのだろう？

おや、これは何だ？　束の最後のほうに男性の体の一部が描かれたものがあった。アンドレアであることは疑いようもない。カテリーナの背中を撫でるほっそりとした指、しなやかにのけぞる肉に食い込む指先、尻を隠すように置かれた手、力強く、勝ち誇ったような腕。

アンドレアは自分自身をスケッチすることを始めていたわけだ。部分部分を細かくていねいに。だが、自分だけではなく、裸のカテリーナに視線をあて、それとの絡みで自分を描いている！　彼の肉体は、恋人の体に反映され、まるで両方が一緒になって裸の複合体を作り上げているようだ。興奮の極致にあるふたつの肉体。

彼は結合の瞬間を描いている。それが彼のテーマなのだ。男の舌にそっと触れる女の舌、ぴったりとくっついた二つの唇、恥丘の下に押しこまれた逸物はどっしりした大木の根っこのようだ。

パオロのスケッチをめくる手の動きはますます早くなった。ふたりはもう何週間も自分を欺いていたのだ！　ひょっとしたら、自分が気がつかなかっただけでそもそもの初めからかもしれない。ふたりの結ばれかたはあまりにも激しくドラマチックで、他のことは何も考えていないようだ。昼も夜も、いっしょに寝るためにだけ使っているようなふたりの姿！

残り少なくなったスケッチに描かれているのは工具のように力強い彼の四肢、絶頂にのぼりつめ痛みと歓喜にけいれんしたような彼女の指。彼の背中を流れ落ちる汗だ。

パオロはすべてを見終わった。スケッチそのものはすばらしいものではあるが、もう一度初めから見る気持ちはない。誰もが見たことのないものを見たという感じだった。結合の場面、男と女の紛れのない親密さ、相手に委ねられた裸の肉体！　彼の静かな生活を鼻の先でせせら笑っているようなこれらのスケッチからは目をそむけずにはいられなかった。

パオロは目を閉じた。こんなものは見なかったほうがよかったのだ。だが、見てしまったからには、これからはずっとこの像がついてまわり、わたしの生活にからみついてくるだろう。そしてわたしは繰り返し問わずにはいられない。どこの馬の骨ともわからぬ者のためにカテリーナを失ってしまったのはいったい何故だ？　どうしてそんなことが起こったのか？　と。

心を落ち着けようと両手で顔をなでまわした。何をどうすべきだろう？　このままここから立ち去るわけにはいかないし、泥棒みたいにスケッチを持っていってしまうわけにもいかない。しばらくじっと座り、もう一度ジュリアの方を見上げた。そうか、ジュリアはまだ見ていないのだな。まだ誰もこれを見たものはいないのだ。カテリーナですら手にしたことはないだろう。これは、アンドレアが自分のために描いたものだ。これを描いたことで、彼はすべての支配から自由になったのだ。これは彼の最高傑作だが、それだからこそ、裏切りの紛れもない証拠ともなったのだ。

パオロは、束の中から数枚を取り出した。立ちあがり、外へ出ると屋敷へ戻った。アンドレアをどう裁こうか、考えなくてはならない。

第三十三章

　寝苦しい夜だった。眠れぬままに何度も起きあがってはスケッチをながめたが、見たものがとても信じられない思いだった。道徳、しきたりを逸脱している、そう思うと、どんなにすばらしい芸術作品でも心がざわつき、眠れなかった。横になればなったで、像が頭を駆けめぐり、あらぬ妄想がわきあがってくる。自分自身を裸体の男女に絡みつけないようにするだけで精一杯だった。すべての場面の後ろで、ふたりをじっと窺っている自分の姿が浮かぶこともある。

　カテリーナのそばにいたいと願っていた。彼女の姿に心をときめかせ、一緒にいられたらと夢見たこともあった。だが、このスケッチに描かれたほどには近くによれなかった。アンドレアの勝ちだ。自分の控えめで用心深い性質がアンドレアに負けた。燃え上がる恋人の役を演じられない年齢のせいで負けてしまった。あきらめるのが早過ぎた。弟の留守の間に彼女を我が物にする努力をすべきだったのだ。

　――なんということを考えているのだ！　もうこのスケッチの影響を受けている。弟を頭で裏切っているではないか！　だが弟は事実を知っても、うめくくらいのことで、兄の告白など笑って済ましてしまうだろう。彼は心中ひそかに故郷の連中を見下している。彼らのつまらない話などには興味がないし、うわさ好きでやたらと家柄を鼻にかけるのを軽蔑している。ロンドンでは上流階級の賢いご婦人たちとよろしくやっているのだろう。馬で遠乗りをしたり、白い浜辺を散歩したり。あちらでは波だってここことは違う。カモメでさえも、ただ貝をつついているだけでなく、生き生きと鳴き、飛び回っている。アントニオはもうすっかり向こうの人間だ。手紙は英語だらけで直す気もないようだし、世界通の北国民族が誇りだとも言っている。

　だが、アントニオが気にしないとしても、法と秩序にこだわる人間は必要だ。アンドレアを罰し、バルバロ伯爵を騙した罪を贖わせる裁判官がいなくてはならない。パオロは眠れぬまま、そばに弟がいるかのようにボソボソとつぶやきながら邸内を歩き回った。弟がいてくれたら、困難な問題をふたりで相談しながら解決できるのだが、そう考えると残念でならなかった。早急に判断し、すぐにも決断をくださなければならないことは分かっていたが、事態のあまりな重さに考えをまとめることができなかった。

　事を公にするなどは論外だった。そんなことをしたら、家の名誉を傷つけ、ヴェネチア中の笑い者になるのがおちだ。だが、アンドレアには容赦なく重い罰を与えなければならない。

　庭園の小屋から追放し、どちらの屋敷にも行かせないようにする。カテリーナのそばに置いておくことなど考えるまでもない。だが、芸術家としての彼は、兄弟にとっては手放すわけにはいかない存在だ。彼の絵を売れば手にすることができる利益は断念するわけにはいかなかった。ここから追い出しておいて、それでいて連絡可能にしておくにはどうしたらいいだろう？　しかも誰かが彼に近づいて、絵を買っていってしまわないように厳重に監視する必要がある。

　パオロは繰り返し最初から考えてみた。――聖ジョルジョ島へ隠すのはどうだろう？　イギリスに送って、弟の監視の元に置いたら？　あるいは、邸内には空き部屋がたくさんあるのだから、そのひとつに閉じこめておけば、誰にも見られることはないだろう。だが、どの考えにも重大な欠陥がある。アンドレアが描くのはわたしのためだけで、描くことによって感謝の気持ちを表し、ほとんど息子のようなつもりでいるのだから、他の誰にも仕えないだろうし、たとえどんなに払うからと言われても誰の言うことも聞かないだろう。彼に罰を与え、ここから遠ざけるとともに、わたしとの緊密な関係は少しも損なわずに支配下に置いておくには、一体どうしたらいいだろう？

朝、短い眠りから覚めたパオロは机に向かうと手紙を書き出した。問題は解決した、そう信じられた。アンドレアが彼をひそかに裏切ったように、自分も彼をひそかに裏切ろうと考えていた。この匿名の手紙を受け取ることになるのは異端審問所で、その先どういうことになるかは想像するしかないが、審問所はふつう密告を受けると、その内容をごく内密に、しかも厳格に調べ上げる。密告が事実とわかれば、アンドレアは逮捕されるだろうが、誰が彼の過ちを当局に報告したのか思いつく者はいないだろうし、当局は訴えがあったことも判決も公表しないから、彼の過ちそのものが街中に知れるということもない。

パオロはペンをインクつぼに浸すと書きはじめた。

「バルバロ伯爵の屋敷に居住するアンドレアと称するよそものが、カテリーナ・ディ・バルバロ、旧姓ナルディのチチスベオの職を濫用していることを告発する……」

夜の間にしっかり文案を決めておいたから、一度も筆を止めることなく書きつづっていく。裸体のスケッチはカテリーナの知らないうちに描かれたものであり、彼女が彼の接近を許したようには思えないと伝えたから、彼女の評判に傷がつくことはないだろう。アンドレアは罰せられなければならないが、カテリーナを巻き込んではならない。

書き終えてからもう一度読み返した。明瞭だが重々しい告発文はほとんど判決文とも思えるほどだ。人に影響をおよぼせるうまい文章が書けている。

手紙にスケッチを二枚添えると、大急ぎで着替え、朝まだ薄暗いうちに屋敷を出た。誰にも見られてはならないと思えば神経がピリピリする。手紙を、大きく開いた口の形をした密告用のポストに投げ入れた。ここには毎日多数の手紙が放りこまれる。ヴェネチア人はお互いに不信感を持っていて、ほんの些細なことでも当局に通知する。

急いで家へ戻ると、玄関ホールでカルロと出会った。あわててマントを脱いだ。

「こんなに早くにお出かけですか？」

「ああ、少し気分が悪かったから新鮮な空気を吸ってきた」

「もう、よろしゅうございますか？」

「だいじょうぶだ。朝食は少し待ってくれ。こちらから声をかけるから」

広い階段をゆっくりと息をつぎながら上っていった。気分が良くなっているのが不思議だ。たぎるような復讐心はおさまってきており、心が静まってきた。事件は当局に委ねられたのだから、後は待つばかりだ。

だが、待つというのがこんなにも落ち着かないものだとは想像もしなかった。一週間が何事もなく過ぎていき、パオロはまた部屋から部屋へ落ち着きなくうろつきまわった。独り言をつぶやき、弟に長い手紙を書こうかと考え、聖ジョルジョ修道院の院長を招いて、何もかも打ち明けようかと思案したが、どれも実行には移さなかった。やり過ぎてしまったようにも思えて、自分自身に言い訳を考えたりもしたが、スケッチを取り出して見れば、また怒りが新たにわいてきて、今すぐにもアンドレアを詰問したい気持ちになった。

ゆっくりと時間が過ぎていき、誰も何も気がついていないようだった。パオロはいても立ってもいられない気持ちになると図書室にこもった。何日も前からテーブルに置かれたままのメロンに群がる蟻の行列が壁沿いにつづいている。後悔しているのだろうか？　彼は自分自身に問うてみた。だが、後悔の念は感じなかった。それには、まだ早過ぎる。今はただ、どういうことになるのか気が気でないだけだ。アンドレアには即刻この家から消えてほしい、人目をひかずそっと。ただそれだけだ。

十日後の朝早く、カルロがふたりの男の訪問を知らせてきた。アンドレアは庭の小屋にはいなかった。「ナルディの屋敷でしょう」そう言われてふたりは両家の庭をつなぐ門を通っていき、カテリーナの朝の身支度を手伝っているはずのアンドレアが出てくるのを待った。

その間にパオロはガラス小屋へと急ぎ、スケッチを持ち出した。数枚だけは裏切りの証拠に残しておいた。ふたりの男はいっさいの説明はせずに、ただ当局の依頼で、アンドレアを逮捕しに来たとだけ伝えた。誰にどんなに尋ねられても、理由は秘密だと言うばかりであった。カテリーナは泣き叫び、呼ばれて駆けつけた伯爵は「朝早くから何事だ！」とわめき散らした。だが、役には立たなかった。アンドレアは連行され、後で小屋を見て判ったことだが、数少ない身の回りの品もなくなっていた。

もう屋敷に、アンドレアの痕跡を示すものは何もなかった。まるで、ここにいたことがなかったようにきれいになくなっている。彼は、一度浮かび上がってきた暗やみの中へまた消えてしまったかのようであった。

第四部

第三十四章

独房は狭くはないが高い所に窓がひとつあるだけで、見えるものといえば空だけだ。机がひとつ、小さな椅子がふたつ、それと木のベッド。アンドレアはほとんどの時間、壁を背にしゃがみこみ、じっと空を見つめている。

逮捕の理由は明かされず、いつまでここに拘束されるのかも言われていない。自分を連れにきたふたりの男以外誰にも会っていないし、裁判もおこなわれなければ、誰が訴えたのかも分からなかった。口ひとつきける相手すらいない。

丸一日、ヴェネチア総督宮殿のひと部屋で待たされ、それからここへ連れてこられた。まるで、沈黙の罰を与える約束でもあるように誰も彼も口をきかない。看守さえ、ひとことも話そうとしなかった。

青い空が見えてきた。細く白い筋が青さを貫いて運河のように走り、そしてゆったりと散っていく。やがて軽やかでざっくりした織物のように変化して重さと密度を失った青はゆっくり地上へと下りていく。思わず、指を伸ばして触りたくなるような青い空。白はもっと細かく散らばしたい。青の下へひとはけ。青と白を混ぜて、もっと色彩を豊かに……

描けないことが一番辛かった。絵が描けないとしたら、いったいどうやって時間を使ったらよいのだろう？日とともに打ち解けてきて、時には話さえするようになった看守は、本をもってきてやろうと言ってくれたが、本を読む気はしない。彼に、紙と筆と絵具を持ってきてくれるように頼んではある。アンドレアは、心に刻みこんだ像を失うのではないかと怖れていた。思い出すようにはしているのだが、だんだん像が薄くなっていくのがわかり、それが恐ろしくてならなかった。

だが、ともかくも看守は味方にひきいれた。彼は口数の少ない無学な男で、アンドレアのことは知っていたが、ここに連れて来られた理由は説明できなかった。どうも、本当に知らないようで、彼の方からあれこれ理由をさぐり出そうとしている。

この看守の話だと、はじめヴェネチアの人々はアンドレアのことを、自分たちが海洋民族であることを思いおこさせようと神が遣わした聖者だと思っていたが、やがて、当地の軍備状況を偵察にやってきた敵国のスパイだと考えるようになったそうである。そして今では、ここのマエストロから技術を盗み、それを故郷に持ちかえるために自分の出自は決して明かさない天才的な画家ではないかというのが衆目の一致した意見だということである。そして、そういううわさを基に、誰が彼を告発したのか推測しあっているそうである。

アンドレアは看守の話すことを不愉快な気持ちで聞いていたが、彼自身にもわけが分からなかった。――いったい誰が自分を傷つけようと考えたのだろう？　思いつくのはただ一人、フランセスコ・グアルディ親方だ。工房を訪ねると、いつも落ち着きがなく、わたしの観察力を恐れていることには気がついていた。おそらく、わたしのスケッチを数枚見る機会があったのだろう。それで、多くのことに説明がつく。最後のほうには、もう工房に来てほしくないようだったし、やっかみと妬みはずっと感じてもいた。おそらく親方は、絵画技法の秘密を共有しているわたしを追い払いたかったのだろう。だから、いいかげんな罪をでっちあげたのだ。しかし待てよ。グアルディ親方がねたみっぽいのは確かだが、かっとなってわたしを中傷するような人とは思えない。それに、信憑性のある話をでっちあげられるほどわたしのことを知っているわけでもない。カテリーナとの秘密の時間を知っている者は誰もいないはずだ。チチスベオは昼も夜もご婦人のそばで仕えるのが任務で、それを悪くとる者はいない。おそらくこの街には、なんらかの理由で自分の存在を望まない権力が存在しているに違いない。

昼になると、太陽の光がうす青い空に広がり、青がはじけてくる。白い帯や線は消えてしまうものもあれば、小さくかたまるものもある。そして、いっそう強さを増した青は凝縮し、ほんの数時間だけ安定度の高い澄んだ色合いが成立する。だが青はまた刻々と変化していく。

アンドレアの不安は日増しに大きくなっていった。最初のころは伯爵が連れ出してくれるだろうと心を静めていたが、よく考えれば、ああいう立派な人であっても役所の決定に対しては何もできるわけがないと思うようになった。看守の話によれば、ここへ閉じ込められた者はたいがい自分は無実だと思っており、何年も、何が理由か判らず放っておかれるということである。役所の調査も判決も公表されないから、伯爵にも正確なところは探りだせないのだろう。だとしたら、こんな薄暗い湿った部屋に、何ヶ月も何年もいなければならないということか？　しかも、ひとりで？

目を閉じても、もうはっきりした像が浮かんでこなくなった。輪郭はぼやけており色は混ざり合っていて、指でなぞろうとしてもできない。今は、海と空の青い広がりが見えるだけだ。街の一部がその中へ移っていき、ゆらゆらと揺れ動く薄茶色の建物が力強い青さの中に溶け込んでいく。暗い湿地でうごめく褐色のゴンドラ。街の風景がつぎつぎと飛ぶように浮かんでくる。だがそれは、目を閉じると浮かんでくる心象風景ではなく、しだいに弱くなる午後の明かりの中で、自分でも目覚めているのか眠っているのか定かでないまま、まぶたをピクピクさせながら見た夢に現れた像であった。

こんな所に押し込められて、今までとまるで違う生活を強いられていては、カテリーナや建物の姿をしっかり思いだすのは難しかった。頭に浮かんでくるのが夢か現《うつつ》かまぼろしか、それすら判然としなかった。外からの物音が部屋にひびき、空の一部が天窓を通して見える、それが彼の世界であった。

彼はまた水とスープだけで生きるようになっていた。他の食べ物は受けつけず、無理に食べれば戻してしまうか、油が胃に残って気分が悪くなった。動作がのろくなり、起きあがって数歩歩くことすら辛くなって、ほとんどの時間を横になっていた。こんな生活を長くは耐えられない。まるで、体が日々縮まっていくようであり、脳裏につぎつぎと色々な像が浮かんでくるが、それはやがて明るくきらめく色彩の遊びへと変化していく。

伯爵のところへ使いを送り、絵の道具を手配してほしいと看守に頼んだ。絵を描いていれば、ここでもなんとかしばらくの間は我慢できるだろう。今は、観察したり触れて確かめたりできないのだから、自分の思う色で描きはじめよう。自分の夢に現れる像を頼りに、水の都の姿を描いてみるつもりでいる。

夕方の早い時刻には、窓を通して弱い風が吹いてくることもある。ギラギラした太陽は影をひそめ、空の青さが一段と濃くなり、やがて夕焼け。そしてゆっくりと夜が訪れ、空一面を黒が支配するようになる。

第三十五章

パオロは心が休まらなかった。アンドレアが逮捕されてからというもの、矛盾する考えに苦しんでいる。養い子を失ってしまったと考えると胸が痛み、あれは不運だったと思ってみたり、望みもしないのに逮捕されてしまったと考えようとしていた。

ゆっくりと庭を歩き、アンドレアの暮らしていたガラス小屋を一巡りしても、中に入る勇気が出なかった。ここは、アンドレアの領分だ。誰にも頼らずに苗床を作り、草花を育てていた。その草花が枯れはじめている。誰も世話をしてやらないからだが、それが若者不在の歴然たる証拠となっていた。

ある日、ついに勇気を奮い起こして中へ入ると、絵具と油のにおいが鼻をついた。アンドレアは何週間もかかって混ぜ合わせたものを、小さなガラスの容器に入れて、ベンチの下に保管していた。日一日強まるらしいそのにおいは、紛れもなく海のにおいだが、ずっと濃密で、泥土、潮、海藻や鉄分の混じったにおいだ。パオロはアンドレアと初めて出会った時のことを思いだした。小船の中の死体。やわらかな夕暮れの香り、干潟が心に浮かんできた。草地は紫色にかすみ、オレンジ色の夕焼けが緑がかった黒い大地に映える干潟が。

その思い出はどんなに脳裏から追い払おうとしても、まるで化け物のようにくりかえし蘇ってきた。猟師たちの押し殺したような声までが聞こえてくる。彼は時々自分自身が怖くなった。自分は、厳しい判決をくだす裁判官なのか？

そういう思いが押し寄せると、彼は絵画室へと急ぎ、アンドレアのスケッチを取り出した。ほんの数秒それを眺めれば心が落ち着き、あんな激しい怒りはどこから沸いて出たのかと不思議な気持ちになることもある。燃やしてしまおうと考えたこともあったが、自分が感じた屈辱の証拠を消し去るのは適当なこととも思えなかった。切り刻むか、キリでも突き刺すか？　ある時、屈辱と怒りに我を忘れ、キリで穴をあけたこともあったが、あまり強く突き刺して、手のひらに怪我をしてしまった。

アンドレアがいない日々が長くなるにつれ、スケッチの中の男はしだいにどこの誰とも分からぬ者のような気がしてきた。これは創作だ、女の肉体の影に過ぎない、そんな感じがしてきた。――アンドレアが後悔するか、すくなくとも釈明してくれれば、それで充分だ。今すぐとは言わないまでも、あちこちにかけあったりしないで彼と話ができればよいのだが。

パオロは、誰にも疑われないように内密に手を回して、アンドレアにどういう判決が下されるのか調べてみたが、数年は拘束されるだろうということしか判らなかった。罰が重過ぎるように思えたが、もっと軽い罪でも何年も留置される者がおおぜいいると言われれば黙ってひっこむより仕方がない。できるだけ早くアンドレアを訪ねる気になってはいたが、念のために数週間我慢することにした。

ナルディの家は、今も深い悲しみに包まれていた。カテリーナはあれ以来姿を見せず、寝室にこもっているばかりで、ジュリアが涙にくれながら運んでくる食事も受けつけない。老ナルディは頑是無いだだっ子のように、アンドレアの姿を求めて、窓から窓へと車椅子を運ばせ、わずかな果物だけで生き長らえている。まるで大事な人が死んで、残された者たちは呆然としている、という雰囲気が屋敷を支配していた。

カテリーナも老ナルディも八方手を尽くしたが、逮捕理由も拘置期間も知ることはできなかったから、だんだんと、アンドレアは遠い国から来てくれた天使で、もう自分の国へ帰ってしまったのだと思うようにしていた。彼が、暗い部屋でひとりぽつねんとしていることをふたりは知らなかったし、連絡もできなかったから、生身のアンドレアはもう存在しないも同様だった。

「お嬢さま、アンドレアは美しい天使と一緒に消えてしまったのですよ。まるで魔法にかかったように。きっと、もうとっくに刑務所からは脱出して、水の中に身を潜め、泳いで追跡の手を逃れたでしょう。いつか思いがけない所に姿を現すでしょうけど、今はまだその時ではないのですよ」ジュリアは嘆き悲しむばかりのカテリーナを慰めたが、老ナルディからひっきりなしに不平を訴えられることもあって、これ以上ふたりの面倒はみられないという気持ちであった。そこで、方針を変えて、教会でよく語られる癒し伝説を話してみると、これはそれなりの効果があり、カテリーナもやっと気分を落ち着けてきた。

——アンドレアはお嬢さまとのことが原因で逮捕されたのでしょう。お嬢さまは、アンドレアと一緒で、生まれてはじめて幸せでいらしたけど、もうこの幸せは二度と戻らないでしょうね。アンドレアのような人間に出会うことはもうないでしょうから。初めての男性に、知りたいことを全部教えてもらって、それでひとりで放りだされてしまったお嬢さま。老女のように、よき時代を振り返ることしかできないのでしょうけど、いつもいつも過去ばかり考えていても仕方ありません。でも、未来に目を向けてくださいと、お願いしてもむだでしょうね。何をする気も起きないようですし。

パオロはほんの数回、ごく短い時間カテリーナの姿を目にしたが、彼女が悲しみを見せまいとしていることに傷ついた。彼女が後悔するか、すくなくとも自分にはつつみ隠さず話してくれたらよいのにとひそかに考えていた。時々、スケッチを取り出して、裸のふたりに話しかける。さあ、しっかり白状したほうがいいぞ。

こうして、誰も彼もが無為に無気力に日を送っていた。パオロは隣人の屋敷に足を踏み入れる勇気もでなかったが、カテリーナとジュリアは時々はやっと老人のそばまで来るようになり、壊れかけたような老人を悲しみの捌け口としていた。彼らの話す声がまるで挽歌のように荒れ果てた庭にもれ聞こえてくる。

パオロは、この幽霊のつぶやきのような声が耳元でするような感覚に襲われることがあった。相変わらず良心の呵責にさいなまれ、スケッチを見て心を落ち着かせる。そしてある日、永遠とも思える待機の日々が過ぎて、彼は決心した。アンドレアのことがどうしても頭から離れないのなら、訪ねてみるしかあるまい、と。

彼は役所に注意深く申し入れをしてみた。すると、申し出を却下する理由はないから、どうぞおいでくださいという連絡が届いた。

ある午後、監獄に足を踏み入れた彼は、アンドレアの係である看守のところに案内された。天井にぶつからないように頭を低くして歩きながら、自分の行為の重さに押しつぶされる思いだった。やっとアンドレアの独房に辿りつくと、看守は扉を開けて彼を中にいれ、また扉を閉めた。房にはアンドレアとパオロふたりだけが残された。

第三十六章

とても暗かった。パオロはじっと立ち止まり、目が慣れるのを待った。片隅にうずくまったままのろのろと顔をあげたアンドレアは伯爵を認めると立ちあがろうとしたが、重いものでも持ち上げるかのように、すぐには起きあがれなかった。二、三歩よろよろと前へ進むと、うつむいたまま伯爵の手を取った。

思いがけずアンドレアに抱きつかれてパオロはひどく当惑したが、すぐに、若者の体を支えてやるほどの気持ちをこめて強く握り返した。

房の真中で、ふたりは立ったまま、黙って抱き合っていた。やがてアンドレアが口を開いた。

「来ていただいて、とても嬉しいです」

「すぐにも来たかったのだが……」パオロは内心の動揺を気づかれないように、そっけなく答えた。

「努力はしてみたのだが、役所の許しが出なかった」嘘をついた。アンドレアの信頼を保つためには仕方がない。ふたりは机のところへ行くと腰をおろした。

——窓がひとつ、あんな高い所にあるだけだ。あそこから見える世界がアンドレアの全世界というわけか。

だがパオロはすぐに窓から目をそらした。そういう話題は避けたかった。

「伯爵さま、何か判りましたか？　少なくとも、わたしがここに拘束されている理由とか」

「いや。役所は説明してくれない。おそらくどこかの誰かが匿名でおまえを告発したのだろうが、思い当たることがあるかね？」

「考える時間はたっぷりありました。でも判らないのです。唯一思いあたる人物はグアルディ親方ですが」

「グアルディ？　一体どうして彼だと思うのかね？」

「親方は最後の数週間とても疑り深かったのです。わたしが彼の絵画を気にいっていないことを知っていましたし、もうずっと以前から色彩の点ではわたしに負けていることもご承知でした」

「くだらない！」パオロは一蹴した。

「彼は、おまえがスケッチを描いていること、近々絵具も使う気でいることを誰から知ったと言うのだね？むろんわたしからではない。わたしは約束を守って、おまえの仕事のことは誰にも言ってないぞ」

「ですが、わたしが親方にそんなことを自慢気に話すわけもありません。絵のことは、あなた様としか話しておりません」

パオロは立ちあがると、房の中を行ったり来たりした。アンドレアがこんなにしっかり受け答えするとは思わなかった。彼に会った時から、まずいことになりそうな予感があったが、自分が受けた屈辱を思い返して体勢を立て直した。アンドレアは、カテリーナとのことを白状しなければいけないのだ。

「だが、グアルディ親方ではありえないな。それはわたしが保証する。よく考えるのだ、アンドレア。誰かを怒らすようなことをしなかったかな？　誰かを傷つけるとか、侮辱したとか？　おそらく、無意識でのことだろうが」

アンドレアも立ち上がったが、すぐ机に両手をついた。

「いいえ、伯爵。わたしはどなたにも悪いことはしておりません。絶対に！」

「もう一度よくよく思い返してみろ。おまえの描いたスケッチと関係することかもしれないし、ひょっとしたらチチスベオの役にからんだことかもしれない」

パオロは若者の目をじっとのぞきこんだ。――ほらほら、ちゃんと立っていられないじゃないか。何か思いだしただろう？

「いいえ、わたしは何も悪いことはしておりません」

「だが、天網恢恢疎にして漏らさずというぞ。刑務所に入るにはそれなりの理由があったはずだ」パオロは一段と大きな声をだした。

「逮捕の理由は秘密だが、調査は厳密におこなわれたのだから、何か理由があるはずだ」

アンドレアは机から離れると、窓の方へ行き外を見た。

「理由など、何ひとつ思いあたりません。ここに閉じ込められた人間は、たいがいそのわけを知らないという話を聞いてからというもの、誰も信用できなくなりました。おそらく、どこかの誰かがどうでもいいことでわたしを訴えでたのでしょう」

「役所はどうでもいい理由などでは動かない」パオロは思わず大声をあげた。「いいかげんに判決をくだすなどということも決してありえない。誰も自分の罪を認めたがらないだけで、おまえも同じだな。頑固でしぶとく、刑務所にぶちこまれてもなお、自分はまじめな市民だと言い張る」

アンドレアは振り向くと言った。

「伯爵。あなたはわたしが信頼しているただ一人の方です。命を救っていただいたうえに、ひきとってもいただきました。わたしはこれまでずっとあなたに忠実であったとは思われませんか？」

「わたしの意見などこの際どうでもよいことだが、おまえが聞くから、わたしも尋ねるが、おまえは我々の約束をずっと守ってきたかね？」

「はい、ずっと守ってきました」

「おまえは長いことわたしにスケッチを渡してくれていない、そうだな？　自分自身のために描きはじめたようだ。自分の命の恩人で保護者である者のために描くことを止め、自分の責任でやろうとしている」

「どうしてそれをご存知なのですか？」

「知っているのではない、想像しているだけだ。つまり、そういう事なのだな？　しっかり考えて答えるんだ！」

アンドレアは見るからに動揺した。ふたりは今や別々にウロウロと歩き回り、嫌味を言い合うために存在しているようであった。

「騙すつもりはありませんでした。ただ、黙っていただけです。まず完成させて、それから差し上げるつもりでした。他のスケッチと同じように」

「何をスケッチしたのだ？」パオロはほとんど叫ぶように言った。「何週間も何をスケッチしていたのか聞きたいものだ」

「肉体の歓喜をスケッチしました」

「どういう歓喜だ？」

「深い心のうちなる喜びです」

「理解できないね。おまえの言うことは少しも分からない」パオロはアンドレアの腕をつかんでじっとさせようとしたが、若者は逆らい、窓を見上げていた。

「そのことについて話そうとは思いません。わたし自身が分かっていないことを、無理やり話させようとしないでください。肉体の喜びは秘密です。秘密は誰にも話しません。ですがスケッチのことをなぜご存知なのですか？」

パオロは思わず相手の腕を放し、一歩さがった。アンドレアの放つ短い言葉が鋭く胸をついた。

「わたしが何を知っているというのだ？」

「スケッチをご覧になったのでしょう？」

「わたしが？」パオロはさも面倒くさいという振りをしてみせた。「わたしは何も見ていない」

「スケッチはどこにあるのでしょう？」

「いったいどういうことだ？」

「ガラス小屋に置いてあったのです」

「ほう、それで？」

「スケッチを持っていらしたのですか？」

「言ったはずだ。スケッチのことなど何も知らないと」

「ご自身でご覧にならなければ、あんなことは言えないと思いますが……」

パオロは内心の動揺を必死に押し隠した。しらばっくれ、決して白状しない罪人は自分の方ではないか、そんな気に襲われた。

「おまえは何週間もわたしのところへ来なかったから、病気でもしているのか、それとも自分の才能に絶望してしまったのかと、あれこれ考えて心配した。わたしにとっても、おまえの仕事はどうでもいいことではないからな。チチスベオの職が邪魔をしているのではないか、重荷なのではないかと勘ぐってもみた」

アンドレアは振り向くと、またパオロの手を取った。パオロはそうされたくなかったが、手を引っ込めるのが遅すぎた。

「わたしはあなたを欺きました。あなたのおっしゃる通りです」

パオロはこの言葉をずっと待っていたのだった。ついにここまで来たと思うとホッとして、温かい言葉のひとつもかけてやりたくなった。

「もし今後もわたしの援助が必要なら、お互い信頼しあえなければならないから、すべてを打ち明けなさい」

「はい、分かっています。あの絵は自分で持っているつもりでした。それまでに描いたものとは違う像を描きましたから」

「ほう！　それで？」

「それだけです。それ以外には、約束を破るようなことは何もしておりません」

「そんなわけはあるまい。よく考えてみなさい」

「本当です。あのスケッチは手放したくなかったのです。自分自身の肉体の秘密を描いたもので、自分にしか関係ないからです。それ以外に言うべきことはありません」

パオロはアンドレアから離れると椅子に腰をおろした。どうも考えていたようには会話が進まない。アンドレアは何度でもスルリと身をかわして逃れてしまう。知っていることを全部話してしまいたかったが、彼に疑いを抱かせないで働かせることが肝心だ。

「これは提案なのだが」パオロはゆっくりした口調で言った。「間違いを改めるチャンスを与えてやりたいからな」

「ご希望の通りにいたします」アンドレアも椅子に腰をおろした。ふたりは一緒に計画を立てるかのように向き合った。

「おまえがいま話していたスケッチをもう一度ここで、今度はわたしのために描いてもらおう」

——どうして今までこんな簡単なことを思いつかなかったのだろう？　うまい解決策ではないか。そうすれば、アンドレアはひと筆ごとにざんげをすることになるし、自分の過ちをはっきり白状せざるをえまい。紙の上に描かれたものを否定はできないからな。

「ここでは描けません」

「必要なものは全部そろえてやるから、大丈夫だ」パオロは急いで言った。「看守は利口な男だ。きちんと礼をしてやれば、要るものはすべて手に入る」

「絵具が必要です」アンドレアは言った。「それ以外は要りません。以前のように、あなたのために働きます。スケッチはここでは不可能ですが、絵具とカンバスと絵筆を手配していただければ、前に計画したように、彩色画を描きはじめます」

「油彩、カンバスをやってみるつもりか？」

「はい、覚えているものを絵にしてみようと思います。ずっと、そのことばかり考えていました。できあがったものはすべて差し上げます。思い出せるものがなくなるまで描きつづけます」

パオロは思わずニンマリした。ついに目的を達した。すぐ、アントニオに知らせてやろう。アンドレアの絵をふたりはもう待ちくたびれるほど待っていた。ここなら時間はたっぷりある。絵を描くこと以外やることがないのだから、何百枚も描いてくれるだろう。それを、スケッチと一緒に世界中に売りさばく。イギリス、フランス、ドイツ、もちろん傑作と言えるほどのものはイタリアで売る。誰もが、これまでにないほどの金をその絵に払ってくれるだろうから、大儲けができることになる。

パオロは立ちあがるとアンドレアの肩に手を置いた。

「よろしい、すべて手配しよう。これまでの行き違いは忘れるが、今の約束は守ってもらうよ。二度とガッカリさせないでくれ。今日からはこの部屋がおまえの工房だ。ちゃんと面倒はみてもらっているのか？」

「食事が我慢できません。水とスープしかのどを通りません」

「そうか、看守になにがしかを払えばなんとかなるだろう。食べたいものを言って作ってもらうとよい。自由以外なんでも手に入るようにしてやるから、欲しいものがあったら、看守に言いなさい。おまえがここで仕事ができるように上の方にも手を回して、二、三週間したら絵の出来具合を見にやってくる。わかったな？」

「はい、ありがとうございます。あなたほどご親切なかたは知りません」

パオロは当然のような顔で若者の感謝の言葉を聞き流すと、看守に声をかけた。

「あと、もうひとつだけお聞きしたいことがあります」

「何だね？」

「奥さまはいかがお過ごしでしょうか？」

「奥さま？　ああ、カテリーナのことか。元気なのではないかね」

「わたしがいなくてお寂しいことはありませんか？」

「そんなことはあるまい。ただおまえが急にいなくなってしまったから、少しは困っているようだ。前もって分かっていれば、新しいチチスベオをさがしておいたろうが」

「別のチチスベオをですか？」

「おかしなことを聞く男だな。外出するのにお供が必要だろう？」

「はい、それは知っておりますが」

「おまえの後釜を探しているところだよ」

「それは確かでしょうか？」

看守は既に扉の向こう側で、鍵を開けようとしていた。パオロはもうしばらく待つようにと合図してから、アンドレアと向き合った。

「おまえがなぜそういう質問をするのか理解に苦しむ」

「奥さまが、わたしの後釜をさがしているとは信じられません」

「ほう、どうしてそう思うのだ？」

「わたしの後釜などいないからです。そのうち別の男をそばにお呼びになるでしょうが、それは後釜などではありません。あの役目をああいうふうにできるのはわたしだけです」

「くだらんことを言うでない！　代わりがいないほど、おまえには特別なものがあると言うのか？」

「どうか、奥さまにお尋ねください」

「カテリーナに聞け、だと？　バカなことを！　最後にひとつ教えてやろう。彼女はもうおまえのことなどすっかり忘れて、毎日毎日、次のチチスベオ捜しに夢中になっているよ。候補者はいくらでもいるからな。宴会三昧で毎夜煌々と明かりがついている」

「そうですか、わかりました。二度と奥さまのことを尋ねたりいたしません。カルロとジュリア、それと老ジョヴァンニ様によろしくお伝えください。絵具とカンバスが届きましたら、すぐに描きだします。他のことに気を散らしたりいたしません」

よそよそしい物言いが腑に落ちなかったが、パオロはそのまま看守とともに外へ出た。頭をひっこめることをすっかり失念して、なんども天井にぶつかった。空気はじっとり湿っている。小船の中で仰向けに倒れているアンドレアの姿が突然脳裏に浮かび上がってきた。パオロはあの時その姿に耐えられなくて、マントを脱いで、死者を弔うように包んでやった。

気分が悪くなった。看守の後に続きながら見ると、右手がかすかに震えている。アンドレアは絵具を手に入れる。必要なものはすべて手にする。パオロはそれだけを考えた。

第三十七章

　ジュリアは、どうしていいか分からず、ますます不安になっていった。カテリーナを元気づけ、一日に一度は庭へ下りるようにとかきくどいたが、何をどう言われようと、カテリーナは囚人のようにひきこもり、めったに部屋を出ようとしなかった。バルコニーへ出ることだけは同意したが、そこでもすぐにうつろでボンヤリした表情を見せる。アンドレアがいたガラス小屋が見えるから、バルコニーに出ることを承知したのだった。思い出にしがみつき、ジュリアが気分を変えようとすればするほど、ますます夢の中へと沈み込んでいく。

　老乳母には、この状態はもはや耐えがたいものであった。朝早く、彼女はカテリーナの部屋に入るが、よろい戸を開けることは許されていない。着替えをまた手伝うようにはなっているが、ボンヤリとため息ばかりついている半病人が相手では、それも思うようにはいかなかった。朝と昼に一杯のチョコレートを飲むだけのカテリーナはどんどんやせ細っていった。

　誰も家事に心配りせず、食事時になっても食卓が整えられることもない。台所では召使いの女たちが念のためと野菜を洗うが、数時間後にはゴミにしてしまう。誰もがヒソヒソ声で話しているが、大声をあげたらすべてが崩壊すると恐れているようでもあり、主人の帰宅を待っているようでもある。

　玄関ホールにはその地域のゴンドリエがたむろしており、台所から出るものを食べ、一杯のワインを飲んでいる。騒いだりはしないが、しゃべりつづけで、数人が仕事に出かけると、また新手が現れる。彼らは同類だけで集まり、普通は数日毎に居場所を変えるのだが、ナルディの屋敷から出ていく気配はなかった。階段にうずくまり、玄関前のくぼみにもぐりこんでいる。その有様はまるでカラスの群れのようで、ジュリアは何度も立ち去るように命じたが、彼らはいっこうに聞こうとはせず、しゃべりつづけるばかり。そして、彼女がいなくなると、笑い声まであげる始末であった。

たむろするゴンドリエたちは、ジュリアには、この家の没落の象徴のように見えた。

——あの連中はやりたいことだけをやり、誰の言うことも聞こうとしませんよ。この家が主人不在であることを嗅ぎつけ、まるでお嬢さまがもはや生きておいでではないかのようにそこに座りこんで動こうとしない。誰も畏れていないようですが、それも驚くにはあたりませんね。ジョヴァンニ様がお元気のときは、玄関ホールに足を踏み入れる事もできなかったのに……

そのジョヴァンニ・ナルディはしばらく前から生ける屍同然であった。ポカンと開けた口をブルブル震わせながらじっと前をみつめるばかりで、会話はもはや成り立たない。僅かに口をついて出る言葉は、食べたい果物の名前だけだ。何が彼を生に執着させているのか、ジュリアにはわからなかったが、彼は何かを待っているようであった。頭から去りやらない何かに、最後の好奇心に満ちた視線を投げかけるために。

この屋敷の命が完全に消えてしまわないように心を配っているのは老乳母のジュリアだけだった。奥さまからの言いつけのような顔をして庭師に庭の手入れを指図したり、毎日きちんと料理が作られているかのように女中を市場に買い物にやったりしている。領地の管理人と応接し、彼らの言うことを書きとめる。奥さまはご病気ということになっていた。

こうして初めのうちこそなんとかやっていたが、ジュリアはだんだん気持ちが萎えてくるのを感じていた。これ以上言い逃れはできない。この先ずっと生活はつづくのに、カテリーナが目に見えてよくなる気配は感じられない。ある午後、ジュリアは決心した。紺色の服を身にまとい、白いスカーフをかぶると庭へ下り立った。

長いこと締めっきりの門扉のひとつを開けると、隣りの庭へと足を進めた。玄関ホールで出会ったカルロに案内された部屋でしばらく待つと、すぐに伯爵が姿を現した。

パオロは老女を小さなサロンに案内すると窓際に立った。ドアのところにいるジュリアとの距離は大きく、話を手早く済ませたいという気持ちがありありと感じられる。

「どうしたね、ジュリア?」

ジュリアは三歩近づき、部屋の真中で立ち止まった。

「伯爵さま。どうしてよいか分からず、途方にくれてやってまいりました。アンドレアがいなくなってからというもの、すべてが変わってしまいました。お嬢さまは部屋にこもったままで、家を取り仕切る人間が誰もおりません。わたしは年寄りです。なんとかしようと試みましたが、これ以上はとてもやっていけません」

パオロはじっと動かず、ただ庭を眺めていた。どちらも黙りこくったまま口を開こうとしない。やがてパオロは言った。

「座ろうじゃないか、ジュリア」

ふたりは小さなテーブルを囲んだが、パオロは顔を手の中に埋めたままそれ以上話そうとはしなかった。ジュリアはそんな相手をじっと見つめながら待っていた。

「カテリーナがどうしたのかね?」まるで思いがけないことを聞いたというふうな問いかけであった。

「それをお伝えしようと思い、お伺いしたのです。せっぱつまった状態と言ってよいかと存じます。お嬢さまにはアンドレアが必要なのです。その彼がいないために、日々うつろな気持ちでひきこもっておられるのです。ふたりはカップルでした。素敵な、すばらしいカップルでした。すべての点において。わたしはずっとそれを知っておりました。誰かに打ち明けるべきだったのでしょうが、そうするには忍びませんでした。それが正しいことでないことは承知しておりましたし、なんとかしなければとも考えましたが、何の手も打てませんでした。カテリーナさまはとても幸せでした。この幸せを壊すことなど、わたしにはできなかったのです」

咳払いをひとつしただけでじっと前を見つめて身動きしない相手を、ジュリアは不思議な気持ちでながめた。どうしてこんなに冷静でいられるのだろう？

「誰かにこのことを話したかね？」

「いいえ、あなた様がはじめてです」

「そうか。信じがたい話だが信じざるをえまい。だが、どうしてそんな事態になってしまったのだろうか？」

「まあ、不思議でも何でもございません。わたしは裁判官ではありませんけれど、言わせていただきますよ。若い女性をひとりにしておくのは正しいことでしょうか？　弟のアントニオさまは結婚式をあげにここに帰っていらっしゃいましたけれど、巣を作る気のないはぐれ鳥みたいに、すぐまたイギリスへ戻ってしまわれた。このヴェネチアでは夫婦そろって人前に出ることはめったにありませんが、この悪しき風習も、夫婦が二度と顔を合わせないということではございません。カテリーナさまはそばに殿方が欲しかったのです。アントニオさまがいなくなって、あの方はこの町一番のチチスベオを選びました。あなた様は誰よりもアンドレアのことをご存知ですが、あの若者は本当に上品で控えめ、日毎夜毎宴会を渡り歩いているこの町の上流階級の若者などよりずっとすばらしい人間です。アンドレアはどこへもお供いたし、お嬢様のために何でもいたしました。真のチチスベオがいたすことをいたしたのでございます。わたしは、ふたりがどんどん近づくのに気がついて、お嬢さまに注意いたしました。本当でございますよ。ですが、伯爵さま、ふたりはピッタリだとは思われませんか？　お互いがお互いのために作られたようにピッタリだと？」

「否だ」するどく短い答えに、ジュリアは一瞬口をつぐんだ。「ピッタリなどとはとんでもない。生まれも身分も違う。ふたりのしたことは弁解の余地のないものだ。それに、ジュリア、おまえにも責任がある。もっと早いうちにわたしのところへ来るべきだったのだ。手遅れの今になってやって来るとは、論外だ」

「まあ！　わたしまで非難なさるのですか？　わたしの苦労もご存知ないのに！」

「そんなもの知る必要はない。ずっと以前に知らされるべきことを、今になって知ったということだけで充分だ」

「言うだけなら何とでも言えます。部外者は傍観しているだけでよろしいのですから。ですが、伯爵さま、あなた様は部外者のような顔をなさっておいでですけれど、部外者などではございませんよ。それを、お家の大事となると、裁判官のような顔で裁こうとなさる。それが、正しい姿勢と申せますでしょうか？　それに……」

「黙りなさい！」伯爵はさえぎった。「おまえはこの事件がどういうことかまるで分かっていない。わたしの立場というものも全然理解していない」

ジュリアは黙った。こんなに興奮した伯爵を見るのははじめてだった。相手は彼女ではなく、まるで、全世界を敵にまわして防戦これ努めているようである。彼女は黙って床を見つめ、待った。負けるわけにはいかない。自分の言葉が伯爵を傷つけたかどうかなどということはどうでもよい。伯爵がどう振舞おうと、どう考えようと、いっこうにかまわない。大事なことは、カテリーナを救うことだけだ。

「もう少し言わせていただきます」ジュリアはつづけた。「この件でのあなた様の立場、それを言わせてもらいましょう。あなた様も間違いをなさったのです、あなた様もです！　もっとカテリーナさまに心を向けて、お嬢さまをご自分の物にすべきだったのです。あなた様こそが真にその資格のある唯一人の方だったのです！　わたしはいつもそう申しておりましたし、カテリーナさまにもそうお話していました。ジョヴァンニ様の計画など吹き飛ばせばよろしかったのです。長男長女は結婚しないなどという愚かな悪習は今に誰も鼻もひっかけなくなります。あなた様が結婚なされればよろしかったのです。わたしは、それをずっと期待していたのです！」

伯爵はうつむき、その表情は窺えなかったが、ひどい衝撃を受けたようであった。ジュリアには理由がわからず、気分でも悪いのかと考えたが、伯爵はすぐに気を取り直し、少しの沈黙の後で口を開いた。

「たぶん、おまえの言うとおりなのだろう。わたしがカテリーナと結婚すべきだったのだろうが、今さらそれを言って何になる？　わたしはああ決心したのだし、それ以外に仕方がなかった。もう遅過ぎるのだ。過去のことを話し合っても無意味だから、これからどうすべきかを考えようではないか」

「遅過ぎるということはございません」ジュリアは答えた。「わたしがここへ来たわけをお考えください。自分の苦労を訴えに？　愚痴をこぼしに来たとでもお思いですか？　そうではございません。あなた様に、今こそ別の決心をしていただきたくてやって来たのです」

「どういうことだ？」伯爵は姿勢を正した。

「わたくしと一緒においでください！　お嬢さまとお話しください！　どうぞ助けてあげてください。カテリーナ様の傍で、あなたのお役目を果たしてください！」

——またまた彼女の言うとおりだ。わたしはバカみたいに腕をこまねいているばかりで、年老いた召使いに、自分のすべき事を語らせている。一体まだ何を待っているのだ？　何を？　わたしはただずっと待っているだけだった。周りで起きていることを共に見るだけで、自分から決心して、事をなすことはなかった。老ナルディのくだらない話などに耳を貸すべきではなかったのだ。因習など気にしないで、ただ、自分の思いのままに動けばよかったのだ。自分がどうしたいのか、実のところよく分かっていたくせに、結局は臆病だったということだ。わたしがカテリーナと結婚すべきだったのだ、そうすれば、アンドレアなどに惹かれることもなかった。そして、今になってもわたしは何かが起きるのを待っている。だが、一体何が起きるというのだ？　ジュリアの言うとおり、カテリーナには傍に男性が必要だ。義理の兄であるわたしは、彼女の面倒を見る義務がある。チチスベオの役はできなくとも、彼女のお供をするのは不思議でもなんでもないだろう。それに、アンドレアの思い出とつながるチチスベオを彼女はもう望んでいないだろうが、わたしなら家族の一員だし、悪いうわさがたつこともないだろう。もうアンドレアのことは忘れる時期だ。ずっと以前にそう言っておくべきだったのだ。新しい生活をはじめることが大事だ。ジュリアはこの当然のことを教えに来てくれたわけだ。

パオロは興奮を抑えられずに立ち上がった。できることならすぐにもカテリーナのところに行きたかった。

――だが、そんなことをすればジュリアが正しいことを認めることになり、彼女の尊敬を失ってしまうだろう。そんなことになるわけにはいかない。ジュリアは人生経験豊かで、最初からわたしを念頭に置いていたようだ。カテリーナの相手としては誰も考慮しなかったわたしこそが彼女の相手に最もふさわしいと考えていたらしい。

パオロはジュリアを見つめた。紺色の服、白いヴェールの老女はすっかり疲れた表情で立っている。だが彼女はよい時に来てくれた。まだなんとか間にあうだろう。

彼は老女に近寄り抱きしめると、ひたいにキスをした。――まるで母子だな。わたしは自分のしでかした失敗に途方にくれている息子。彼女はすべてを知っていながら愛ゆえに沈黙を守り許す母親。

老女の目には涙があふれている。パオロはもう一度キスすると身を離した。

「明日の朝早くにも行くことにしよう。カテリーナを助けてやらないと。おまえの言うとおり、彼女には傍に男性が必要だからね。過ぎたことは忘れ、この秘密は誰にも漏らさないように願うよ」

「やっと、やっとすべてが変わりますわ。ありがとうございます、伯爵さま。あなたのお役にたつことならなんでもいたします」

指で涙をぬぐうと、もう一度伯爵を抱きしめ退出した。

第三十八章

独房に絵具と絵筆それにカンバスが運びこまれ、アンドレアは描くことを始めた。最初は紙に色を長くなすりつけるばかりだったが、やがてそういう練習は止めにして自分の心にある像を描こうという気持ちになった。明るいはじめのうちは、頭の中にまだかろうじて残っているが、どんどん記憶が薄れていく風景であった。明るい太陽の光の中でゆらゆらと揺れている家々のシルエット、薄墨色の運河に映る青灰色の影、そしてその上に黄色味をおびた空。マストのない小船やゴンドラを濃い黄色や茶色または濃いグレーで描いて、あちこちにそっと寄り添わせている。日の光がきらめき、海を透明に見せている。空はどこまでも広がり、家々がその空に揺らいで見える。

彼はときどき絵の真中に思いがけない赤を置く。それは外に、絵を見る者に働きかける。その隣りに黄色、そして最後に置く青は、赤の動きをゆっくりと引き戻し、深みを出す。建物は軽く、水の色、空気の色でそれと分かるだけであり、海と空は背景で繊細な一本の線となっていく。すべてのものが空気色に消えて、霧のなかで霞む世界ができあがることも多かった。彼は手早く描き、次から次と新しい絵ができあがった。色の混ぜ合わせはますます大胆となり、建物も小船もボートも、絵の真中のおぼろな線までもが燃えはじけだしていった。

そのうち、もっと深い強い色調を使うようになった。ひとつひとつの色が独自に輝きはじめ、生き生きと刺激的な効果を発するようになったから、彼は、自分の心のうちに残っているイメージを描く気になった。そのひとつに「バルコニーのカテリーナとジュリア」があったが、そのバルコニーはナルディ家のバルコニーではなく、それよりずっと大きく、そこからヴェネチアのサン・マルコ広場が見渡せ、右側には海が広がっている。そして海の上には花火。広場にはおおぜいの人間が集まっている。そして逆巻く炎。絵全体を貫き輝かせ、サン・マルコ寺院をガラスの宮殿のようにキラキラきらめかせ、街を、海辺を、照らしている。

グアルディ親方も燃える教会を描いたことがある。その絵では前景に列をなす野次馬が描かれ、黒煙が空を覆っている。親方の描いた火事は消すことができそうな火事だ。だが、アンドレアは火事を街の一区画で起きた事件ととらえず、絵の真中に据えて、すべての色に炎の輝きを与えている。

アンドレアは時々、絵が一枚完成するごとにヴェネチアの街から離れて干潟に近づいて行くような気がした。空と水とが広がる世界では、色は建物や人物に妨げられずに伸び伸びと澄んでいる。美しい色があるがままに、のびやかに広がっている。

彼は、外から入る明かりが嫌で、たいがい窓を背に座っている。手と足を使って、体全体を使って描きたかった。

一日中看守以外の誰とも会うことはなかった。伯爵から金をもらっている看守は、前よりずっと親切で、アンドレアが望めば、すぐに魚のグリルをもってくる。飲み物は水だけだが、氷水の入ったバケツに大きなビンで用意してくれる。

時々、同じように囚われている人の声が聞こえてくることがある。下の階の房に入れられている者の中には格子窓に鏡を括りつけて、誰かが外を通ると呼びかける者もいた。彼らの叫び声はなかなか止まない。彼らは欲しくてたまらない品を持ってきてくれるように叫んでおり、行商人が近づいてきて商いをすることもある。囚人たちの払いはよかった。

アンドレアは、だが、そういうことすべてに無関心だった。釣りがしたいと時々思うことをのぞけば、水と少しのパン以外欲しいものはなかった。ここでは誰にも邪魔されず静かに描くことに集中できるから、今では匿名の密告者に感謝したいくらいの気持ちでいた。描くことさえできれば、こうしてひとりでいることなどなんでもない。それどころか、こうして世間から隔離され独りでいることは、なくした過去が隠れているかもしれない心の奥底に近づける最高の条件かもしれなかった。

そして絵を描きつづけていくうちに、この心の奥底がどんどん生き返ってきて、ヴェネチアに来てから知ったものすべてがだんだんと遠くなっていった。最初が目に見えていた物、それから強烈でうっとりするような香り、夜のざわめき、屋敷内の部屋々々のにおい、それからカテリーナのビロードのような肌。すべてが遠くなっていった。

――彼女はもうとっくにおまえのことなど忘れて新しい生活を楽しんでいると、伯爵は言っていた。若いのだし、生を楽しむのも当然のことだが、まだわたしを恋しがっているのではないかなどと考えている自分はばか者だろうか？　だが、こんなことをあれこれ考え、思い出に浸っていたら、ただくよくよするばかりで、気が散って何もできない。この街で経験した過去を考えるのはもうやめよう。自分の才能、物や人物を掴めそうなほど近々と素描できる才能を発見した時期ではあるが、長い人生の一時期、しかもすぐ消えうせてしまう短いひとときのことなのだから。

だが、色を使って描いていると、人物や物は頭から離れていった。色の調子、温かい色、冷たい色、惹きつけあう色、反発しあう色、色のことしか考えられなかったから、描く対象のことは考えないことにした。

そう、今自分は、黒塗りのゴンドラの中で仰向けに寝て干潟を漂っている。空と水が触れ合うぼんやりしたライン上に、青から出てくる色がゆっくりと集まってくる。まず、小さな島々が原始の創造の姿のままに現れ、やがてそれは大きく膨れ上がるが、すぐ再び青に吸収され、透き通った水晶となって青の下側に集まってくる。

彼は水を描こうとしていた。空と水以外描く気持ちは失せている。それもほとんど動かない水の表面を描こうと思った。巨匠と言われているカナレットやグアルディ親方の描いたようなうその多いものではなく、ごまかしのきかない清い目が長時間じっと観察した挙句の静かな水の表面を描こうとした。影を作る物、建物や人物は忘れることにしたが、雲だけは別。雲は水に深さと重みを与えるからだ。

平らな岸辺に寄せる海を描くことが一番難しい。うねる波、白く砕ける波頭。際限無くつづく波の連なり。彼は色彩にだけ打ち込んで描いた。自然を、目が捉えるまま、感じるままに描いた。こうして色を捜し求めているうちに、いつしか過去が解きほぐれてきて、夢から覚めたような気持ちになった。

今、彼はまたはるかかなた、人っ子ひとりいない干潟にいる。紫色にかすむ草原と、銀色に輝く細い運河と緑の島とに囲まれた干潟。白いちぎれ雲が、ゆっくりと沈んで行く肉体をヴェールのように包み込む。

第三十九章

その時がきて、パオロは行動を起こした。着替えの間を出ると、天井に「四季」の描かれた小サロンを通り、大食堂を抜け、家系図が遅い朝の日に輝く居間に足を踏み入れた。今やっと決心がついたとばかり早足で歩いたが、幸い呼び止める者は誰もいない。彼なりに事態を収拾しに行くのだから、今は誰にも会いたくないし、何も話したくなかった。

広い階段下の玄関ホールでゴンドラの床を掃除しているゴンドリエがふたり彼にあいさつをしたが、短くうなずいただけで足早に庭へ出た。庭には、アンドレアが丹精していた苗床がまだ残っている。これもカルロに命じて始末させなければいけない。ガラス小屋のほうはもう紙一枚残さずとっくに片づけさせてあった。アンドレアを思い出させるようなものは何ひとつ残っていてはならない。ただ彼が描いた絵だけは別で、それは絵画室に保管してあるが、誰にも見せていない。

境の門を開けて隣家の庭に入る。玄関ホールには年老いた乳母のジュリアが立っていた。そこから外へつづく門の近くにゴンドリエの一群が通路をふさぐ形でたむろしている。

「お前たち、ここで何をしているのだ?」伯爵のとがった声に、ゴンドリエたちは野良猫みたいに首をすくめると、蜘蛛の子を散らすように退散した。逃げていく男たちの後姿に、彼は怒声を浴びせ掛けると、ジュリアの腕をとり階段をあがった。

老ナルディの姿を目にしようとは思ってもいなかった。とうの昔に死者の仲間入りをさせていた老人が背もたれのついた椅子に座っている。深く頭をたらした姿で、激しく震える手で肘掛にしがみついている。人の気配を感じると老人は頭をあげ、どんよりと不信そうな表情を見せた。ふたりは見つめあい、パオロは決して許さない敵と対峙するかのように凍りついたが、すぐにジュリアに命じた。

「老人を自分の部屋に連れて行きなさい」そして大声でつけ加えた。「今後は居間に連れてこないように」

老人は、年下の男の言葉をしっかり理解したようであった。

——ついに勝った！　なんともよい気分だ。自分の部屋にさっさとひっこむがいい。近い将来かならず来るお迎えを、哀れな自分の部屋で待つがいい。

老人はもういちど頭をもたげると、か弱い小鳥のように首を伸ばし、何かを食べるように唇を動かしたが、苦いものでも口にしたように顔をしかめた。乾いた咳がはじまると、もう止まらなかった。それはみじめで哀れな姿であった。パオロは顔をそむけ、ジュリアに面倒をみてやれと合図した。

カテリーナの部屋に案内しようとするジュリアをさがらせ、ひとりで先へ進んだ。長いこと敵に征服されていた領土に凱旋してきたような昂揚した気分だった。ドアを軽くノックして部屋に入ると、カテリーナは大きな鏡のそばに座ってボンヤリと本をめくっている。

「まあ、パオロさま」彼女はすぐ本をわきへどけた。無理に笑顔を浮かべ立ちあがると、椅子をすすめ、なにも聞かずにコーヒーをいれた。

「お待ちしていました」とても小さな声だった。「長いことお客さまをお迎えしていないので、失礼があったらお許しくださいね」

見たところ彼女は何も変わっていない。彼女の悩み苦しみは、外見からはうかがい知れなかったが、以前はこんなに小さな声で話すことはなかった。そんな彼女から目をそらさず、彼は切り出した。

「わたしがやって来た理由は分かるかね、カテリーナ？」

彼女は座ると、スカートを意味もなく撫でている。なかなか返らない答えを待ちかねて、パオロはつづけた。

「ジュリアが頼んできたのだよ。君のことを心配してね。どこへも行かず、部屋にこもりっぱなしだそうじゃないか。もうずっとそうしているのだろう？　どうしたのだね？」

カテリーナは相変わらず微笑みをうかべたまま、静かに彼を見つめている。言うべきことがあるはずだ、聞こうではないか、彼はそういう思いをこめて彼女を見つめ返した。

「ジュリアは何か言いまして？」

「それとなくほのめかしはしたが、よくは分からなかった。だから君の口からじかに聞きたいのだよ」

「では、ご存知ないのですね？」

「知ってるわけがないだろう」

「することがたくさんおありで、お忙しいですものね。ジュリアの言うとおり、このところ気分がすぐれないのです。病気でしょうけど、薬で治るようなふつうの病気、体のどこかが悪いというたぐいの病気ではありませんわ。どう言ったらいいのかわたし自身もわからないのですけど、一種の気鬱でしょう」

「気鬱？　何を気に病んでいるのかね？」相手の目をじっとのぞきこんだまま言った。コーヒーカップを唇に運ぶ間も目をそらさない。彼は待った。彼女も自分の口から白状すべきだ、何があったのか。

「お話しますわ。信頼できる方ですもの。いつもそう思っておりましたのよ。でも不思議ですわね、これまで打ち解けて話をしたことありませんでしたわね」

「今そうしようではないか」パオロは急いで口をはさんだ。「君の信頼を見せてほしいね。ぜひ、話してくれ、できるだけざっくばらんに。君の助けになりたいのだよ」

彼女はコーヒーを飲もうとした。だが、カップがずっと前から空なのをパオロは知っていた。時間稼ぎをしているな、そう思った。

「アンドレアに会いたい」カテリーナはポツンと言った。こういう切り出し方をされるとは思いもよらなかった。

「恋しくてたまらないのです。ずっと一緒にいてくれたから、彼がいることが当たり前になっていたから、彼がいなくなって、わたしはいつもひとりぼっちの気がするのです」

「それは分かるが……」パオロは言った。「後釜を見つければよいではないか。知っていれば、わたしが彼に代わる男を見つけてやったのだが。もっと早くにこのことを話しあうべきだったね。悪いのはわたしだ。もっと前に来るべきだった」

「どうしてかね？」

「とんでもない！　お忙しいかたですのに。それにどっちみち同じことですわ」

カテリーナはまたスカートのひだをなでている。パオロは急にしらけた気分になり、話し合いを打ち切りたくなったが、彼女の告白を聞かないわけにはいかなかった。それだけはどうしても聞かずにはいられない。

「アンドレアとわたしは……どう言ったらいいか……とても深いつながりでした。わたしのせいなのです。わたしは彼に衣服をまとわぬ自分をスケッチすることを許しました。彼がスケッチを始めると、ふたりの関係が変化しはじめたのです。私たちは、本当の夫婦のように生きてきました。お互いに離れることなく」

彼女は黙りこんだ。しっかりした布地のスカートに指を這わせることもなく、じっとしたまま身動きひとつしなかった。これだけ聞けば充分かな、パオロはふとそう思った。

「つまり彼を愛したということだね」静かに言った。

カテリーナは彼の言葉が聞こえなかったかのように黙りこんだままでいる。白状させるのは、さぞかし難しいだろうと考えていただけに拍子抜けした思いではあったが、こうして痛みを全身に背負い込むようにじっと黙って座っているだけの相手を見ているのもつらい。

「まあ聞きなさい」彼が口を開いたとたん、彼女はまた話の糸口を見つけたように突然しゃべりだした。

「あれは間違いでした。ええ、そうです。服を着ていないわたしをスケッチなどさせてはいけなかったのです。アンドレアにも同じように服を脱いでほしいなどと頼んではいけなかったのです。わたしは……」

「わたしの言うことも聞きなさい」パオロは大きな声をあげた。「よく分かった。すっかり事情は分かった」

「あんな親密な関係を許してはいけなかったのです。ゴンドラに乗りつづけたり、干潟の中の島へ行ったりしてはいけなかったのです……」

「もう分かったから、どうにかしようでは……」

「あの快楽の日々を考えだしたのはわたしです。彼ではありません。わたしが貪欲だったのです。いつだって彼に触れていたかった。彼の裸が恋しかった……」

「もうたくさんだ！」パオロは声を荒げた。「いったいどういうつもりだ！」

「ほとんど病気のようなものでした」彼女はパオロなど眼中にないようにしゃべりつづけている。「そう、病気。彼の髪の毛、まるで絹のよう。彼の唇、あんなに優しくキスしてくれた……」

「お願いだよ、カテリーナ！」パオロはほとんど立ちあがらんばかりに叫んだ。「わたしの言うことも聞いてくれ！」

「ふたりの体はひとつだったわ。ごく自然にひとつになれた。ふたりの恋人という以上の存在……そう、一心同体だったわ」

「カテリーナ！」パオロは立ち上がった。心臓がドクドクと音を立て、今にも止まりそうな危険を感じた。カテリーナは深い眠りから覚めたように、ピクッと体を震わせると、次には激しく震えだした。

彼は数歩前へ出て隣りに腰をおろすと、彼女の手をとり、しっかり握りしめた。そしてゆっくりと倒れかかってくる彼女を受け止めた。彼女は彼の肩に沈みこみ、彼は目を閉じた。もう見ていられなかった。こんな告白を期待してはいなかった。

長い時間、ふたりはそうして座っていた。やがてカテリーナは身を離すと涙をぬぐった。

「カテリーナ！」彼はもう一度カテリーナの気持ちを自分の方に向けようとしてみたが、彼女がハンカチを目から離すのを見て、時を逸したことを悟った。彼女はずぶぬれで戻ってきた動物のように体をブルッと震わすと、髪をなで、くしの位置を整えた。

「もっとずっと前に来るべきだったのだ。すっかり話してくれて本当によかった。ジュリア以外に、わたしのような者が知っているのはよいことだ。全部胸に収めて、アントニオにも言わないから、心配はいらない。君の気持ちはよく理解できるから、非難もしないよ。古くからの慣習にそむいたわけだがね。アンドレアはいなくなった。誰が彼を告発したのかは誰も知らないし、おそらく投獄される理由となった彼の出自や過去を知っているものもいない。未来を考えようじゃないか。こうして閉じこもってばかりもいられないだろう？　以前のように外出しなければいけないよ。劇場へ行ったり、社交の場へ顔を出さないといけない。そうでないと、色々うわさになるからね」

「はい、分かっています。でも、アンドレアの代わりをさがす気にはなれませんわ。誰にしろなじめませんもの」

「それもよく分かる」パオロはそう言いながら、笑みがこぼれないように注意した。息を飲み、もう一度勇気をふるい起こす。これ以上自分を抑えているのはつらい。

「君と一緒に出歩ける人間をひとり知っているよ。チチスベオとしてではなく、友人、しかもよい友人として」

「どなたかしら？」

「パオロ・ディ・バルバロ伯爵」

カテリーナは一瞬ハッとしたような顔をしたが、パオロの方はやっと笑顔を浮かべることができた。せいせいとした気分だった。

カテリーナはソファにもたれると、じっと天井を見つめた。長いこと解けなかった謎が、ひょんなことから簡単に答えが見つかった、そんな気持ちでいるようだった。

「あなたが？」そう静かに言って、微笑んだ。「あなたがわたしのためにしてくださるのですか？」

「君が承知してくれて、アントニオが駄目だと言わなければね。君は弟と結婚しているのであって、わたしとではないからね」

「でもジュリアはあなたと結婚すればよいと思っていました。ご存知でした？」

「ジュリアは利口な女だ。おそらく、我々のうちで一番賢いだろうね。おまけに趣味がよい」パオロはそう言うと、カテリーナの手をひっぱりソファから立ちあがらせた。

「夕方もう一度来よう。劇を見にいこうではないか。初めてふたりで人前に出るわけだから、びっくりされるかもしれないが、そうでもないかもしれない。義理の兄なんだから。二、三日もすれば、誰も何も言わなくなるさ。気にいったお供が見つかるまで、そうしようではないか」

「気に入った人が見つかるまでね」とカテリーナは答えた。

パオロは彼女の手に接吻し、微笑みながら部屋を後にした。――終わった。とつぜん、何もかも終わってしまった。まるでざんげをしたみたいに気分が軽やかだ。彼女と話すのがこんなに簡単だとは思いもよらなかった。彼女を見つめても、みじめな気持ちにならずにいられた。以前はあんなに心がざわついたのに、それももう過ぎたようだ。彼女を目の前にしても動揺しなかったが、わたしの恋はどこへ行ってしまったのだろう？わたしの彼女はすっかり消えうせてしまったようだ。若いご婦人は理解しがたい。歳の差が今やっとはっきり分かった。こんな当たり前のことにこれまでどうして気がつかなかったのだろう？　目からうろことはこのことか。確かに彼女は美しいが、その美しさはわたしにはどうでもよいことだ。美人はこの街にもおおぜいいるが、そのひとりと言うだけのこと。彼女に腕を差し伸べても、震えがきたり、その視線が気になったりすることもあるまい。ヴェネチアの街を弟嫁といっしょにぶらつくまでだ。他人の目には似合いのカップルに映るだろう。少し年かさの男と好奇心にあふれた若いご婦人のカップル。やっと昔ながらの分別を取り戻したぞ。彼女は年かさの男の分別から多くを学ぶことになるだろう。

パオロはナルディ家の庭へ出ると、すべての門や扉を開け放った。自分の屋敷の庭にはカルロがいた。

「カルロ、これからは向こうの家の面倒も見てやってくれ。門は開けっぱなしでよろしい。召使いの話をよく聞いて、必要なことをしてやりなさい。家計をひとつにして、食事は向こうで奥さまと一緒に食べることにする」

「それはよろしいですね。前からそうお奨めしたいと考えておりました」

「そのうち客もたくさん呼んで、またパーティをしようではないか。亡き父上の時代のように。明日にも庭師と相談して、庭の模様替えをしよう。中心はやはりガラス小屋だろうな。楽師や歌手が急にそこに登場するなんてすばらしいではないか。茂みの陰から歌が聞こえてくるというのもいいね。皆をびっくりさせてやろう」

「なんとすばらしい！　想像するだけでワクワクします」

彼はカルロの返事など聞いてはいなかった。玄関ホールの階段を二、三段おきに駆け上がっていく。とつぜん忙しくなった。新たな力がわいてきた。

第四十章

　声が近づいてくる。アンドレアは立ちあがると、窓下へ移動し明かりを背にした。もうずいぶん長いこと伯爵が来てくれるのを待っていたが、やっとその時が来たようだ。彼は休まず描きつづけてきて、先人が到達できなかった域に達していた。伯爵はきっと驚くだろう。この奇跡を見る最初で、目下のところ唯一の人間は伯爵で、そこいらの連中に見せるなどは論外だ。彼が描いたのはそういう類のものではない。伯爵のようなコレクターだけに理解できる謎をはらんだ絵で、理解するには長いことじっと見つめる必要がある幻想的なものだ。

　看守が扉を開け、伯爵が入ってくると、アンドレアは飛びつくように近づいた。

「やっと来ていただけましたか。すぐ明るいほうにおいでください。どうかすぐ！」

　こんな性急さに出会うとは、パオロは予想もしていなかった。部屋は、窓辺以外はとても暗く、この暗さに目が慣れるのにしばらくかかった。

「元気だったかね？」時間稼ぎの質問をした。

「絵はここにあります。窓の近くに。どうぞご覧になってください」

「元気なんだね？」パオロはもう一度繰り返した。アンドレアは窓側に押しつけた机の上に絵を広げはじめている。

「カテリーナと話したのだがね。旧家の、ある若者に決めたようだ。名前はおまえにはどうでもよいことだろうが、まあ、適切な決定だろう」

「どうかご覧になってください。こちらの絵から始めてください。順番にお見せします。順序が大事なのです」

——この男は変わった。以前よりいちだんとやせて、動作もずっと機敏になった。しゃべり方も違って、明るくなったが、動作と同じように落ち着きがなくなった感じだ。どうしてだろう？　あれから後にこの房で何かが起きたのだろうか。

「おおいに働いたのだね？」パオロはそう言うと、暗さに目が慣れて、前よりよく見えるようになった机に近づいた。

「見てください、どうぞ」アンドレアは伯爵の手を、ほとんど机に押しつけんばかりにした。「どう思いますか？　どう思われます？」

パオロは四枚の小さな絵をながめた。しっかり吟味するには屈まねばならなかった。明るい、水のような色彩。思わず目を細めても、初めのうちは、ほとんど何も見えなかったが、よくよく見ると、所々に何かがかすかに認められる。有名な建物のシルエット、サン・ジョルジョ島、ヴェネチア総督の宮殿と鐘楼等々。だが、どれもこれもぼんやりそうと分かるだけで、はっきりと描きこまれてはいない。うっすらとした色の線は圧倒的なブルーの中に消えている。色彩はまぶしいくらい明るくて、朝早い時刻か、暑い昼間の街を描いたようである。何艘かの小船やゴンドラは綺麗とはいえない茶色やグレーだが、総督宮殿はまぶしいくらいの輝きを見せている。

「色彩を使った最初の作です」アンドレアの声が聞こえたが、パオロは絵から目が離せなかった。こういうものをこれまで見たことがない。色の錯綜。メチャクチャな色使い。色とまったく自由に遊んでいる。

——こういう風に描くのは初心者だけだ。まだ何も意見は言わないでおこう。だが待てよ、初心者はこんな風には描かないか。彼はグアルディ親方のところにたびたび行って、技術は細部まで学んだのだから、こんなごちゃ混ぜは卒業しているはずなのだが。素描の腕は天才なのに、色を使うとよくもまあこんなへたくそになるものだ。

「これは初めのころの作品です」

アンドレアは次々と机の上に作品を並べたが、パオロは身を固くして息を飲むばかりだった。絵はだんだんと大きくなり、アンドレアはパオロの目の前でまるでじゅうたんのようにそれを広げていく。一枚ごとに色彩は事物や人間から離れていく。はじめ色彩は建物や広場に押しつけられていた。四隅にころがり、円を描いていて、離れて見ると、ああ塔だ、ゴンドラだ、劇場の舞台だ、と判った。だが、今目の前にあるものはいったい何だ？　判別できないものが描きなぐってあるだけではないか！　へたくそな徒弟がペンキ塗りをしたようなものだ。見るに耐えない！

「そして、これが第三のグループです」

——もうたくさんだ！　次から次と、まるで攻撃をしかけられているようだ。どの絵もあまりにギラギラしていて落ち着かない気分になる。できれば破り捨てたいところだ。ふつう絵とは、細部を詳しく知るために、それに没頭するものなのに、彼の描いたものにはその細部と言えるものがないではないか。あるのは、わけの分からぬ点々ばかり。中心もなければ手がかりとなるようなものもない。色彩はまるで、檻に入れようとしても入れられない野生の動物のように、かって気ままな振舞いをしている。

そして、第三のグループだと！　今度はその輝く色さえも消えてしまっている。微妙に色合いの違う灰色だけの平面ではないか！　ブルーがかっているような気がするが、これをブルーと言えるだろうか。白とも青ともどちらとも言える。それが平らに塗りたくってあるだけだ。まるでこの中で泳げそうだが、こういうものは絵画の色彩ではない。これは絵ではないぞ、こんなものを絵画とは言わない。これは売れるわけがない。こんなものに人は一リラだって払いはしない。

「これは何だね？　何を描いたのだね？」

「水面、雲、波、空です」アンドレアは言いながら、右手で灰色の波頭をなでるようにした。「信じられますか？　水の表面の微妙な陰を描きあらわすのに成功したのです。ちょっと見ただけでは見分けもつかないかすかな動きを。この波、見てください。正確に描きすぎて、自分自身が波に飲み込まれるような気になりました。どう思われますか、伯爵さま？　わたしは、自然を舞台装置みたいに描くのは止めたのです。見た目のよさだけを追うようには描きません。絵のように美しく自然を描くつもりはありません、グアルディ親方のようには。わたしは自然を明確に、あるがまま、真実のまま、毎日何時間もじっと見つめた人間が理解したように描きました。これ以上にはできません。もっとすばらしいものにはなりません！　伯爵さま、何かおっしゃってください！」

パオロはますます腹がたってきた。――この男はわたしをバカにしているのだろうか？　明確だの真実だのと言っているが、この絵はいったい何だ！　一瞥する価値もない。描写できるものが何も描かれていないではないか！　アントニオになんと伝えたらよいのだ？　我らが希望の星アンドレアはすばらしい絵を描いたぞ、単純明快さを求めて、絵の中に何ひとつ認められない絵を描いたとでも伝えようか？　ロンドンでなら、珍しくないイギリスの雨を表現するものとして印象深いかもしれないから、大儲けができるだろうとでも言ってやるか？

アンドレアに答えてやらなければなるまい、そう考えてパオロは数歩絵から離れた。このとんでもない代物をどう思うか、はっきり言ってやる必要がある。うそやごまかしを言うつもりはない。だが、アンドレアの様子を目にすると、考えをそのまま口にするのがはばかられた。――この男は正気ではない。気が狂ってしまったようだ。この落ち着きのなさ！　目をキョロキョロさせ、せっつくようにしゃべる。長いこと独房にいたせいでおかしくなったのだろう。自分自身に途方もない課題を課して、色を創り出す努力をしてきたわけだが、この課題が重荷過ぎたのだ。どこかおかしいことはすぐに気がついた。わたしが挨拶をしても、ろくに返事もせず、自分ばかりぺらぺらしゃべっている。これではまるで、人が何を望んでいるのか分かっていない子どもみたいではないか。こんな奴と金儲けなどできるわけもない！

だが、アンドレアにじっと見つめつづけられて、パオロは自分の思いを振り払うように言った。

「ずいぶん風変わりな絵だな。これまでに見たことのないものだ。屋敷に運ばせて、静かな環境で見てみよう。ここは暗すぎて、おまえの言っているような陰影だの動きだのがよく分からないからね」

「お気に召しましたか？」とアンドレア。

「まるっきり新しいものだな」

「お気に召しましたか？」

「少し研究してみたい」

「気にいったかどうかと、お尋ねしているのです」アンドレアが叫んだ。「答えてください、伯爵！」

――狂っている！ 確かに狂っている。健康な精神生活への鍵をなくした狂人のごとくに叫びおって！ こういう連中は危険なことが多いから、どこぞの島に連れていかれて、悪さができないように拘束されるものだ。危険な病人なのだからな。

「たいへん気にいったよ」パオロは静かに答えた。「こういうものを見るのは生まれて初めてだがね。絵画における革命だね。人が自然を描くようになって以来の最大の変革だ」

「そうなのです」アンドレアの声が響く。「その通りです。わたしもそう思っています。わたしがここで描いた絵は、絵画というものを根底からくつがえすものです」

パオロはドアの方へとゆっくり数歩さがった。アンドレアが掴みかかってくるのではないかと怖れて、一瞬たりとも相手から目を放さなかった。急に背筋に寒気が走り、今は一刻も早くここから出ていきたくてならなかった。

「紙と絵筆とカンバスがいります」

「他には何もいらないのかね?」

「他と言いますと?」

「たとえば食べ物はどうだ?」

「紙と絵筆とカンバスをお願いします」アンドレアは繰り返した。

若者と別れの握手をする気にはなれなかった。片手でドアを叩き、看守が外で待っていることにホッとした。ドアが開き、アンドレアに軽く手を振ったが、若者はもうこちらを見ていなかった。窓の方を向いて、射し込んでくる光の中を泳ぐようにしている姿があるばかりだ。

「達者でな」パオロの言葉に返事が返る前に看守がドアを閉めてしまった。

「彼はどうしたのだね?」看守につづいて歩きながらパオロは尋ねた。「いったい何が起きたのだね?」

「一日中描いていますよ、伯爵」

「まるで心ここにあらずという感じだ」

「そう言われれば、その通りですね」

「あの絵を持ち出してくれ。彼が渡してくれたら、外に持ち出すように」

「いつがよろしいでしょうか?」

「あの絵には何の価値もない。まるでくだらない絵だ。捨てるなと、破るなと、好きにしてくれてかまわない。どこかへやってしまってくれ」

「承知しました」看守は腰をかがめて挨拶した。

「礼はするから、心配はしなくてよろしい。君の細君の料理にもひきつづき支払わせてもらうよ。アンドレアが欲しいものはかなえてやってくれ。わかったな？」

「はい、承りました」看守はニッコリとした。

「それと、もうひとつ」パオロはそう言いながら立ち止まった。「今後彼を訪ねることは決してないことを承知しておいてもらおう。今から後は、あれは一度も会ったことのない男ということだ」

「そうおっしゃるだろうと思っておりました」看守は伯爵を外まで送っていった。


監獄の建物を出ると、パオロは深く息をついた。おそらくこれでよかったのだ。あの男とは離れる方がよいのだ。アンドレアのいない別の人生を始めるべきなのだ。あの混沌、あの白く燃え上がる炎、あの目くるめくような青、そして、そして、あの黒い空をバックに浮かび上がる花火。どれもこれもどうにも仕様がないではないか。

第四十一章

アンドレアは描きつづけている。一本の細い線上で触れ合う水と空だけを描いている。彼はどんどんこの線に近づいていき、勝ち誇るように堂々とした青の色調のなかで線はかすかに震え、そして火縄のように燃え上がる。燃え上がった一本の線は隣り合う色を引き寄せ変化させていく。

水と空が出会う水平線を描きつづけるうちに、彼はふと納得した。自分は、果てしなき広がり、遮るもののない干潟の水平線以外のものは何も描かないことを。そして、ゆっくりと、だが着実に彼はあの小船の中で過ごした日々に近づいていった。魚を取りに外へ漕ぎ出す。そう、そうだった。日がな一日、小船に乗って外へ出ていた。そして見えるものといえば、たいがいは一本の線、水平線だけだった。ほんの時たま、縦方向のものが見える時もある。水中の植物の茎や船の残す航跡。それ以外は何も見えなかった。

彼は時々、船のへりから水の中へすべりおりる。潜るのは得意中の得意、何分でも潜っていられた。力強く水をかき分けて進む。ざらついた水底に手が触れると、魚の大群がいっせいに浮かび上がる。キラキラときらめく、透き通った魚の群が彼の体の周りを回遊する。肌を掠め、指をつついていく。彼は手で魚を追いかけ、うなぎのように身をくねらせる。時に思いがけず一匹つかまえることもある。岩と石が集まった灰色のかたまりの中では風にはためく衣服のようにひらひら、ゆらゆらと藻が揺れている。岩はたいがい火山のように水面から突き出ており、岩に貼りついている貝殻が太陽の光にきらきらと輝いている。

アンドレアは今、細い線を静かに描こうとしているが、どうしてもわずかに、じっと見つめなければ気がつかないほどわずかだがジグザグができてしまう。だが、自分の船に荷物がたっぷり積み込まれているのが見える。銀色にきらめく魚体がかごの中で重なり、どっしりした網は海から拾いあげた海藻のように巻かれて床に置かれている。そう、彼は故郷へ向かっている。目的地はもう近い。たそがれ時、闇が支配する前。ひえびえとした群青の海はやがて凍りついたような平面となり、しなやかでタフな硬い甲羅を作り上げる。

水平線に目をこらしていると、とつぜん異物が見えてきた。地上から沸きあがる竜巻に似た黒いものが嵐のように近づいてくる。濃い灰色の海原から踊り立つ強大な渦巻きが青い水平線に吹きつける……そうか、水平線上では火事が荒れ狂っているのだ。その火事に向かって自分はいま船を漕いでいる。黒いほど深い赤が、ふちのあたりできらめく黄色に変わっていく。空に吹き上げる炎、バラバラと散る火の粉。地上を覆う黒い煙はすべてを押しつぶす勢いだ。

彼はここに近づきたくなかった。だいぶ以前からその家を認めていたから、この有様は受け入れがたかった。一軒ポツンと立っている木とワラの家。干潟に散らばる貧しい漁師小屋のひとつ。網が干してあり、家畜小屋は壊れかけている。

彼は漕ぐ手をいっそう速めた。夢のなかで彼は故郷へたどりつく。燃え上がる赤はふちが紫がかり、だんだんと濃い灰色へと移っていくから、すべて他のものは沈み込み、ますます燃え広がり明るさを増す火の中に溶け込んでいく。燃え盛る炎の中に立つ家。

わらぶきの屋根がくずれ落ち、炎はどんよくに小屋のまわりをなめながらメラメラと燃え広がる。薄い壁が音を立てながらゆっくりと舞い落ちる。

彼はますます速く、肩の付け根が痛くなるほど漕いだ。煮えたぎる水、その中に彼は潜りこむ。そう、彼は気づいたのだ。炎に飲みこまれ崩壊寸前の小屋へどうしても辿りつかなければならないことに。

アンドレアは手を止め、絵筆をカンバスに押しつけた。釣り竿のように絵筆を宙に放り投げ、灼熱の中に潜りこませようとした。だが、小屋の破片はますます小さくなって増えつづけ消えることがない。一瞬毎に燃え上がる大きな炎はまるで赤い旗のように、沸きかえる青い水の上ではためいている。

彼は船を戻し、水の中に飛び込むと、泳いで近づいた。陸に飛び上がり、炎の中を崩れかけた小屋に入ろうとした。一歩一歩近づく。目をつぶり、手で頭をかばいながら、少しずつ慎重に進むと、裸の足が何か柔らかいものに触れた。母だ！　ふりかかる火の粉に眉毛とまつげが焦げるのもかまわず目を開けた。母はまるで眠っているように床に横たわっている。重い梁と板が何重にも重なり、彼女の体をしっかりと挟みこんでいた。

彼は母の体を力のかぎりひっぱり、重い瓦礫の下からひきずり出そうとした。ひざまずく彼を、熱と煙が嵐のように襲いかかり、息もできない。パチパチ、バラバラ、すさまじい音がする。

火は今やすべてを飲み尽くし、なぎ倒していく。彼はあきらめ、母の隣りに横たわろうと考えた。押し寄せる煙にほとんど息はできず、落ちてきた梁に頭を打たれ、気が遠くなった。だが、彼はのろのろと這って後ずさり、ようやく水辺に辿りつくと頭から飛び込み体を冷やした。再び水から頭をあげた彼が見たものは、燃え尽きた薪の山であった。子ども時代を過ごした家が燃え落ちてしまった。あのそまつな家で父がなくなり、それ以来、母とふたりでずっと暮らしてきた。

疲れはて気力もなくし、彼はここまで漕いできた小船によじのぼろうとしたが、へりを越えるだけの力は残っていなかった。古びた船は、片側に荷重がかかり、不安定に揺れるとひっくり返った。彼は焦げた衣服をはぎとると、ひっくり返った小船の上にバランスを保ちながらしゃがみこみ、炎がすべてを舐め尽くした島に最後の一瞥を投げかけた。家畜小屋、網を広げた物干し、柵、何もかも燃えつきてしまった。

アンドレアは右手をゆっくりあちらこちらと動かして、絵を塗りつぶしはじめた。カンバスは今やどこもかしこも均等に隙間ひとつなく真っ黒に塗られている。手は休まず動きつづけて火事を封じこめ、黒に黒をていねいに重ねて漆黒を、墓標をつくりあげている。これはおそらく彼が描く最後の絵だ。秘密に封印をし、すべての人々の目から秘密を覆い隠す黒一色の絵。

第五部

第四十二章

パオロとアントニオ、バルバロ家の兄弟は父親の年齢を越え、七十歳をだいぶ過ぎた。アントニオはカテリーナとの結婚以来、年に二度ほど帰国していたが、それもヴェネチア共和国終焉後は途絶えている。あの時から彼は美術商としてロンドンで暮らし、イタリアの画家の絵を商っている。彼は名うての芸術通で、しかもごまかすことがなかったから、鑑定を頼まれる事が多かった。

カテリーナは彼の娘をふたり生み、両方の屋敷を街一番のサロンに作り上げていた。バルバロ、ナルディの両屋敷は境の塀をすべて取り壊し、連絡通路や階段を設けて、ほとんどひとつになっている。評判のサロンは、当地の芸術家が、以前は交流を禁じられていた外国からの詩人や画家、音楽家と出会う場所であり、国外からの客人の数は年々増えている。

共和国が崩壊し、それにつづく占領下で、街の古くからの慣習やきまりはだんだんとその姿を消していた。チチスベオ制度もまもなくなくなるだろう。イタリアの他の街と同様、結婚している女性が夫とともに人前に姿をみせるようになっていた。街の中心にある大きな邸宅に住んでいた古い家柄の人々は、占領され荒れ果てた街をきらって郊外へひっこしていたから、からっぽの屋敷が目立っている。街の没落は国外からやってきた詩人たちに、まるでとうに流れに没して消えうせてしまったかのようにおおげさに哀しく詠われていた。

だがパオロはヴェネチアを離れなかった。イギリスへ来たらどうかと弟は再三再四申し出てくれ、誘いに乗ろうかと考えることもあったが、結局はその都度ここにとどまる理由をあれこれ挙げては断っていた。ほとんど自分の絵画コレクションのことしか念頭に置かず、商いはとうに管理人に任せてある。

こんなパオロにカテリーナは全幅の信頼を寄せていた。ほとんど毎朝いっしょに食卓につき、天気のよい暖かな日には庭のガラス小屋で出会う。庭はふたりの庭師の手入れが行き届き見事な大庭園となっている。

ふたりが一緒に食事をするのは朝食だけではなかった。午後の数時間をのぞけば、ふたりはずっとお互いが見えるところにいる。冬には、ザッテレ河岸を行ったり来たりブラブラ散歩をする。ここはふたりが一番好きな場所だ。アンドレアのことはどちらも口にしなかった。

数十年がそうして過ぎてきていたある日、パオロは弟からの手紙を受け取った。アントニオは相変わらず定期的に連絡をよこす。最新のロンドン情報、イタリア絵画がますますよく売れるようになってきたという喜ばしい知らせにつづき、彼は次のように書いてきた。

「……当地の画家が近々イタリア旅行の途中、ヴェネチアへ行くことになっているので、兄上のところに泊まったらよいと薦めています。彼ウィリアム・ターナーは、その描きかたが特異なので、物を知らない連中からは批判されていますが、わたしは偉大な天才だと確信しています。これまでに出会ったなかで一番です。デッサンは驚くほどすばやいのに確実かつ正確ですから、大運河沿いの邸宅など短時間で仕上げるでしょうね。それ以上にすばらしいのが彩色画の描きかたです。まったく自由でとても変わっているので、普通の人間はそれを見ると侮辱されたように感じるみたいです。こちらの新聞では、彼の絵にはなにも描かれていない、まるで石鹸水か水しっくいを塗りたくったようだと酷評されています。メチャクチャな混沌で見る価値もない、とまで言われていますが、そんな批評をしている連中は、展覧会の様子をまるで知らないのです。展覧会会場で、彼の絵は群をぬきんでて人気が高く、彼の絵を見た人はもう他の画家には見向きもしなくなるほどです。どういう点が変わっているかというと、彼は人物とか物には重きを置きません。人の気に入るようには描かないのです。自然を舞台装置のようにではなく、あるがままにはっきりと描くので、わずかな動きや陰影までわかるほどです。この所彼は、干潮時か満潮時の波か水面だけの絵を描くと言っているんですよ。彼の色は力強く輝いていて普通とはまるでかけ離れていますから、そういうテーマにはピッタリだと思います。いつの日か彼はきっと、見る修練を積んでいない者には深く濃い青の上に燃えるような赤しか見えないような絵を描きますよ。まるで天地創造以前の世界のような絵をね。兄上のところに前もって連絡するように言ってありますから、そのうち彼ターナーとお会いになるでしょうが、きっと感心されますよ。わたしのようにね……」

手紙を読み進めていくうちに、昔のことが思いだされてきた。今、窓辺に立って庭を見れば、庭はすっかり様変わりしていて昔の面影はまるで残していない。ジョヴァンニ・ナルディもジュリアもうとっくにこの世から姿を消している。そして、あの、干潟からやって来て、すばらしいスケッチを残していったハンサムな若者のことも遠い過去のこととなっていた。

だが、最後にもう一度だけ彼を訪ねてみよう。パオロはすぐに屋敷を出て監獄に向かった。アンドレアが今ここにいるわけもないのは分かっているが、あの独房をもう一度この目で見てみたかった。あの時の看守はもちろんいない。その筋の役所ももう活動していないから、囚人の数も多くはなかった。

こんな年寄りがこんな場所に何の用があるのだろう、不思議がられはしたが、ひまを持て余したような若い看守に伴われて上へのぼった。以前ここには何度も出入りしていたかのように、看守の先に立って行った。

アンドレアがいた房に着くと、すぐに小さな高窓を見上げた。過ぎ去った日々と同じように今もその窓から光が入ってくる。二、三歩足を進め、湿った壁を指でなぞり、何かを待つようにベッドのそばで少しの時間立ち止まった。若い看守はそんな彼をじっと見つめていたが、老人が何を望んでいるのか理解はしなかった。

「すまんが、しばらくひとりにしてくれないか？　一時間かそこらでよい」

「何かわたしでお役に立てることがありますか？」

パオロは首をふって看守の申し出をことわると、もう一度、ひとりにしてほしいと繰り返し、看守に小銭をにぎらせた。若者はすばやく金額を目で数えると、すぐにひっこんだ。

独房の中をゆっくりと行ったり来たりした。彼はいったいどこへ消えてしまったのだろう？　アンドレアがここに拘留されていたのははるか昔のことだ。もう彼の名前を口にする者はいないし、思いだすよすがとなるものとて何もない。自分が屋敷に隠し持っているスケッチだけが、彼が残した唯一のものだ。

あれは今日のように風のない空気の澄んだ日だった。自分は数人の猟師とともに干潟にいた……ベッドに座ると、手で顔を覆った。あの時のことが鮮明に頭に浮かんできた。夕暮れのなかを鳴きながら飛ぶ鳥の群。猟銃のひびき。猟犬が水に飛び込んでいく。はるかかなたに小船が一艘ゆらゆらと揺れていた。燃え立つような水平線上に浮かんだ黒い影。

パオロはまた立ちあがると窓に近寄った。知らず知らずのうちに首をのばしている。そうだった、アンドレアを観察するのにいつもこうして首をのばしていた。そのことに思いいたり、ハッとして数歩後ずさると壁によりかかった。体から力が抜けていくような気がして、ずるずると床に座り込んだ。

しばらくは両手で体を支えていたが、やがてあおむけに寝ころがり、そのままじっと動かずにいた。若い看守は扉を閉めていったから、伯爵ともあろう人間がここでこうやって大の字になっていても誰にも見られることはないだろう。

窓から明かりが入ってくる。口をあけ大きく息をつくと、広々とした干潟の静けさに、のっぺりと静かな水、紫色にかすむ島の静寂さに囲まれながら、目を閉じてまたじっとしていた。

長いことそうしていた。看守の足音が聞こえ、目を開けた。うめき声をあげて起きあがると、壁によりかかった。指が痛む。体の向きを変え、壁を支えにそろそろと立ちあがる。

冷たいモルタルの壁に触れながら上を向くと、壁に粗末な小屋のスケッチが刻みこまれているのが目にはいった。屋根から炎が高く噴きあげ、柵や木々が燃えている。

それは子どもが描いたような幼稚なスケッチだった。おぼつかなげで単純。まさに子どもの絵そのものであり、子どもだけが感じる強い恐れを発散していた。

訳者後書き

本書は、ドイツ人作家ハンス＝ヨゼフ・オルトハイルの芸術家三部作『ファウスティーナのキス』（一九九八年）、『干潟の光のなかで』（一九九九年）『ドン・ファンの夜』（二〇〇〇年）のうちのひとつである。芸術家三部作は多方面から高い評価を受け、「理屈は別として、思わず惹きこまれてしまう」（ファウスティーナのキス――ドイツ新聞、一九九八年二月）、「ゲーテですら降参するほどすばらしい物語」（干潟の光のなかで――ヴェルト紙、一九九九年四月）、「まるでオペラのような小説」（ドン・ファンの夜――オスナブリュック新聞、二〇〇〇年八月五日）と絶賛され、作者の作家として地位を輝かしいものとした。

『ファウスティーナのキス』はローマのゲーテを、『ドン・ファンの夜』はプラハのモーツァルトを主人公とした創作小説である。

文豪ゲーテ、音楽家モーツァルトとくれば残るは当然画家ということになるが、本書が画家を主人公とした作品と言えるかどうか、疑問のあるところである。作者オルトハイルはそうやすやすと画家の名前を明らかにしてくれていない。十八世紀の末、ヴェネチアに忽然と現れ、これまでにない特異な画法で特異な絵を残しそして姿を消した画家が誰なのか、最後の最後まで判らないという構成を採っている。その道に詳しい人ならば、空と水をそれまでの巨匠、名人と言われている画家とはまるで異なる画法で描いた人物が誰なのか推測できるかもしれないが、訳者を含めて通常の読者には最後に種明かしの楽しみが残されている。

本書『干潟の光のなかで』は、一八世紀末のヴェネチアが舞台である。イタリアというインスピレーションの源がなかったならば、ドイツの文学、音楽、絵画はなかったと言われるほどだが、ローマ、ナポリ、フィレンツェ、ジェノヴァと並びヴェネチアも多くのドイツの芸術家を魅了してきた。本書の作者も、そういうドイツ人芸術家のひとりであろう。運河が縦横にはしり、大運河沿いには貴族階級の屋敷が立ち並んでいた水の都ヴェネチアでは、ゴンドラが重要な交通手段であったが、それはまた人目をしのぶ男女に逢瀬の場も提供していた。干潟で死体として発見され、その後息を吹き返した美形の若者アンドレアは、命の恩人であるバルバロ伯爵に引き取られるが、伯爵がひそかに思いを寄せている隣家の娘で伯爵の弟と結婚したカテリーナに望まれチチスベオとして仕える。当時ヴェネチアの上流階級では、未婚の娘はかごの鳥であったが、ひとたび結婚すればその振舞いはまったく自由で、男の従者チチスベオに伴われてどこへでも行くことができた。だがチチスベオとの交情は厳しく禁止されていた。連れだって出歩く美形のふたりがやがて禁を犯すことになるのは自然の成行きで、そのことを知った伯爵は嫉妬にかられ思いがけない行動をとる……というのが本書の粗筋であるが、この若者が後の大画家Xであることは、最後の最後に明らかにされる。

一七七五年にロンドンで理髪師の息子として生まれ、一八五一年に画家としての名声とかなりの富を残して世を去った画家Xは、その生涯に二度、四十四歳と五十三歳の時にイタリアを訪れており、晩年にはヴェネチアの夜景を好んで描いたが、若い時期にヴェネチアにいたことがあるかどうかは知られていない。だが彼は、十八歳でスケッチや水彩画の題材を求めて広く旅をしている。そして性格的にはきわめて秘密主義であった。だとすれば、誰にも内緒で若い一時期にヴェネチアの地を踏んだこともありえるのではないか？　作者オルトハイルは、画家が残したたくさんの「ヴェネチア風景」、「ジュリエットとその乳母」（一八三六年、油彩）そしてあまりの卑猥さに友人であるジョン・ラスキンにより焼却されてしまったと言われている多数のスケッチ、釣り好きで漁師たちとの交流を好んだという逸話などを縦横無尽に組み立て、想像の翼を広げて本書を構成している。画家が最後まで正式の結婚はしなかった愛人との間にふたりの娘をもうけたという事実はカテリーナが娘をふたり産んだという話に、猟銃の腕前はたいしたことはなかったという事実は伯爵が自分では猟銃を持たないという話に反映されている。また本書の随所に現れる街の光景は画家の描いたヴェネチア風景が土台になっている事はもちろんである。

ドイツのツァイト紙によれば、オルトハイルはゲーテの研究者でもあり、本書はあきらかにゲーテの『ヴィルヘルム・マイスターの修業時代』『親和力』の影響が顕著に現れているということである。そんなことも考え合わせながら、本箱の片隅でおそらく埃をかぶっているであろうゲーテ全集を、この機会にもう一度読んでみるのも興味深いことであろう。

【著者】

ハンス-ヨゼフ・オルトハイル（Hanns-Josef Ortheil）

1951年、ドイツ、ケルン生まれ。マインツ、ローマ、ゲッチンゲン、パリで音楽、哲学、文学を学び、早くから映画評論、音楽評論の分野で活躍する。1979年、「Fermer」で文壇デビュー。各地の大学で教鞭をとりながら多数のエッセイ、小説を執筆。ことに1998年から2000年にかけて発表した芸術家三部作は評価が高い。

【訳者】

鈴木久仁子（すずき・くにこ）

上智大学外国語学部ドイツ語科卒業。訳書に、エーリッヒ・ハックル著「アウローラの動機」、ローズマリー・シューダー著「画集ヒエロニムス・ボス」「ミケランジェロの生涯」「天上の愛と地上の愛　ボッティチェリとセミラミーデ」、ミヒャエル・クレーベルク著「巡礼者プロテウス」、ヴェロニカ・オーサ著「エル・グレコの生涯」、レナーテ・クリューガー著「光の画家レンブラント」（以上共訳）などがある。

エディションq

干潟の光のなかで

2005年５月10日　発行

著　者……………………ハンス－ヨゼフ・オルトハイル
訳　者……………………鈴木久仁子
発行者……………………佐々木一高
発行所……………………エディションq
発売所……………………クインテッセンス出版株式会社
東京都文京区本郷3-2-6
クイントハウスビル　〒113-0033
電話　03-5842-2272
振替口座　00100-3-47751
印刷・製本………………株式会社　シナノ

ISBN4-87417-847-2　C0098

光の画家レンブラント

レナーテ・クリューガー著

相澤和子・鈴木久仁子訳

定価　本体2800円（税別）

ピーター・ブリューゲル物語

絞首台の上のカササギ

ヨーン・フェレメレン著

鈴木久仁子・相澤和子訳

定価　本体3600円（税別）

既刊書

エディションq

アルブレヒト・デューラー

エルンスト・ヴィース著

相澤和子訳

定価　本体3300円（税別）

宮廷画家ゴヤ

荒ぶる魂のさけび

リオン・フォイヒトヴァンガー著

鈴木芳子訳

定価　本体3300円（税別）

既刊書

エディションq